Die Langmut der Liebe

Ein norddeutscher
Stände-Roman von
Wilhelm Rocco

Die Langmut der Liebe

Carl Schünemann Verlag

Wilhelm Rocco wurde am 22. März 1819 in Bremen geboren. Sein Vater, ein italienischer Reitlehrer, der Oberstallmeister beim französischen Gesandten war, verstarb 1831 und Rocco kam in ein Waisenhaus. Ab 1838 war er als Schauspieler unter anderem in Jever, Aurich und Hamburg aktiv. Nach 1849 ging er als Universitäts-Tanzlehrer nach Halle. Ab 1880 verfasste Rocco mehrere Bücher, alle in plattdeutscher Sprache. Das vorliegende Buch erschien 1880 unter dem Titel »Vor veertig Jahr« im Schünemann Verlag.

Rita Schloendorff (geboren 1943) hat nicht nur eine große Liebe zu ihrer norddeutschen Heimat, sondern auch zur Sprache des Nordens. Beides konnte sie in der Übersetzung dieses Buches wunderbar miteinander verbinden.

Es war ein Traum, für mich ein schöner Traum:
Mein Bremen sah ich wieder!
Und was ich träumend sah wie Wirklichkeit,
das schrieb ich wachend nieder.

Der Verfasser

Bei Babendamms

An einem Sonntagnachmittag im Juni 1839, gab es auf der Landstraße, die von Bremen nach Oberneuland führt, ein großes Menschengedränge. Hunderte hatten sich auf den Weg gemacht, den prächtigen Sommertag zu genießen. Die Bremer, alt und jung, zu Fuß und mit Wagen, strömten nach Horn, in die Vahr und in all die umliegenden Dörfer. Ab und zu lag ein Bauernhaus am Weg. Die meisten waren mit Stroh gedeckt und es gab nur wenige, auf denen kein Storch ein Nest gebaut hatte. Einer der Höfe sah besonders stattlich aus. Er gehörte dem reichen Bauern Babendamm in Knipperhausen.

Im Sommer, bei schönem Wetter, stellten die Leute, die an der Landstraße wohnten, Stühle und einen Tisch in ihren Vorgarten, der mit feiner Tischdecke und Kaffeegeschirr gedeckt war, weil sie zu jeder Zeit Besuch erwarten mussten. Da saßen sie dann, um zu sehen und sich sehen zu lassen. So war es auch heute bei Babendamms. Besuch war schon angekommen. Ihr Gast war der Bauer Harms aus Strom. Babendamm hatte ihn willkommen geheißen und beide hatten sich an den Tisch gesetzt und ihre Pfeifen entzündet. Später erschien auch die Hausfrau, die Babendammsche. Sie war eine resolute Person und genauso stämmig gebaut wie ihr Mann. Auf allen Seiten war die Freude groß und es kam eine Unterhaltung in Gang. Während des Gespräches erschien ein junges Mädchen und brachte eine große Kaffeekanne auf einem Tablett. Der alte Harms, der seine Augen überall hatte, ließ keinen Blick von dem stattlichen Mädchen.

Obwohl er bestimmt schon die Sechzig überschritten hatte und seine Haare ergraut schimmerten, konnte man ihm doch ansehen, dass er im Herzen noch immer jung geblieben war.

»Sagt mal, Kinder, woher habt ihr die prachtvolle Mamsell? Die ist wohl aus der Stadt? Die Krabbe schaut ja munter aus den Augen«, sagte er, nachdem sie wieder im Haus verschwunden war.

»Sie ist aus unserem Dorf«, antwortete ihm die Babendammsche, »es ist des seligen Lehrer Petersens Tochter Adelheid und das einzige Kind, das er hinterlassen hat. Weihnachten vor zwei Jahren ist er gestorben. Seit der Zeit haben wir sie bei uns. Weil sie von ihrem Vater viel gelernt hat, ist sie bei unseren kleinen Mädchen so eine Art ›Schulfrollein‹. Allerdings hat sie nicht allzu große Lust zum Unterrichten, lieber arbeitet sie draußen auf dem Hof und beim Vieh. Und das muss ihr der Neid lassen, sie ist sehr schnell bei der Arbeit. Sie und Trina besorgen das Melken ganz allein. Ich brauche mich gar nicht darum zu kümmern. Ein Onkel von ihr wohnt in Bremen, der Bruder ihres Vaters. Er hat keine Kinder und soll, wie die Leute sagen, in guten Verhältnissen leben. Er will sie ganz gern zu sich nehmen, ich lasse sie aber nicht so leicht fort, kann nicht über sie klagen. Sonntags macht sie sich gern hübsch, ist auch manchmal ein wenig naseweis und vorlaut, aber was soll man machen, Fehler haben sie alle! Adelheid passt zu meinen Kindern und in meinen Haushalt. Sie ist mit Trina aufgewachsen, beide vertragen sich gut und da muss man auch mal ein Auge zudrücken.«

»Kinder, Kinder«, sagte der alte Harms, »das ist ein ganz verteufeltes Mädchen, so wahr ich lebe!«

In diesem Augenblick kam Trina, Babendamms Tochter, durch die Haustür in den Vorgarten. Sie gab dem alten Harms die Hand. Wer sie dabei genau beobachtete, konnte erkennen, dass ihr die Hand gewaltig bebte und sie die ernsten dunklen Augen niederschlug.

»Sieh da, Trina, guten Tag«, sagte Harms, »du wirst ja, hol mich der Teufel, von Tag zu Tag größer und hübscher! Ich bin ein alter Mann, aber ich könnte mich wahrhaftig noch in dich verlieben.«

Trina drehte sich weg von ihm. Man konnte ihr deutlich ansehen, dass Harms' Worte und er selbst ihr zuwider waren. Auch darum machte sie ihre Hand, sobald es ihr gelang, von ihm los und setzte sich ganz an das entgegengesetzte Ende des Tisches. Sie nahm ihre Sonntagsarbeit, eine halbfertige Stickerei, in die Hand.

Jetzt wollte das Gespräch gar nicht wieder richtig weitergehen. Die drei Alten schienen etwas auf dem Herzen zu haben, was sie in Trinas Anwesenheit nicht gut erzählen konnten.

Plötzlich begann auf der Diele eine Geige zu spielen und die Alte sagte zu Trina: »Du siehst mir heute so verdrießlich aus, dass du mir gar nicht gefällst. Geh doch ein wenig auf die Diele und tanze einmal. Vielleicht machst du dann ein freundlicheres Gesicht!« Danach drehte sie sich Harms zu und sagte: »Wir haben heute Tröster mit seiner Geige kommen lassen, unsere Leute sollen ein paar Stunden tanzen.«

Trina war nach draußen gekommen, weil sie keine Lust hatte herumzuspringen. Als sie aber merkte, dass ihre Mutter sie loswerden wollte, ging sie dennoch ins Haus.

»Nun sagt mal, Kinder«, fragte der alte Harms, als Trina fort war, »seid ihr damit einverstanden, dass sich unsere Kinder, mein Jan und eure Trina, heiraten? Ich will es euch nur ganz ehrlich sagen, dass ich deshalb heute zu euch gekommen bin. Ich halte es für gut, dass mein Jan so bald wie möglich eine Frau bekommt, sonst schlägt mir der Bengel am Ende noch über die Stränge.«

»Mein lieber Harms«, ergriff nun die Babendammsche das Wort, »es bleibt so, wie wir es auf Wittmanns Hochzeit besprochen haben, die beiden werden ein Paar. Aber so Hals über Kopf muss es doch nicht sein. Ich habe schon einige Male angefangen, mit Trina darüber zu sprechen, und habe ihr den Jan vorgeschlagen, aber das Mädchen begann, laut zu weinen.«

»Was«, fragte der alte Harms, »sie weint, weil sie einen Mann bekommen soll? Das ist doch sonderbar, ist mein Jan vielleicht nicht der Richtige?«

»Ach, was für ein Gerede«, sagte die Babendammsche, »nicht der Richtige! Was weiß so ein dummes Mädchen davon, wer der Richtige ist? Wir Alten müssen das wissen. Wenn wir uns einig darüber sind, hat sie nicht reinzureden, das wäre wohl eine ganz neue Mode. Jan ist, soweit ich ihn kenne, ein hübscher, ordentlicher Mensch und hat ja auch Geld, mehr können wir nicht verlangen. Aber es hat ja noch etwas Zeit. Mir liegt nicht daran, dass sie schon aus dem Haus kommt. Sie ist noch nicht einmal achtzehn Jahre alt. In meiner Wirtschaft ist sie mir eine große Hilfe! Sie ist die Erste, die morgens aufsteht, und wenn die Tiere nur ihre Stimme hören, drehen sie ihr die Köpfe zu. Wenn sie mal aus dem Haus kommt, wird sie mir an allen Ecken und Enden fehlen. Darum wollen wir noch nichts überstürzen!«

Diese Antwort hatte der alte Harms nicht erwartet. Er saß ganz still und schaute in seine Kaffeetasse. Still war es auch am Tisch geworden. Keiner wusste, wie er das Gespräch weiterführen sollte. Da trat der Knipperhauser Lehrer Wienstädt von der Landstraße aus in den Garten und ging auf das Kleeblatt zu. Dass er dazwischenkam, schien dem alten Harms nicht recht zu passen. Er schaute den Lehrer ganz schief von der Seite an.

Die Babendammsche lud Wienstädt an den Tisch, schenkte ihm eine Tasse Kaffee ein und begann beiläufig, von ihren vielen Äpfeln und Birnen zu sprechen, dass, wenn kein Sturm käme, sie nicht wüsste, wo sie mit all dem lieben Obst hin sollte. Als Wienstädt seine Tasse geleert hatte, machte sie es mit ihm genauso wie mit Trina, sie schickte ihn auf die Diele.

»Woher stammt der Lehrer?«, fragte Harms. »Das ist ja ein strammer Kerl. Er sieht mir gar nicht nach einem Lehrer aus, der kommt mir vor wie ein Ökonom.«

»Da hast du ganz recht«, sagte die Babendammsche, »und ich glaube, er wäre auch lieber Ökonom als Lehrer. Wenn ihm seine Schule einen Augenblick Zeit lässt, arbeitet er in seinem kleinen Garten oder auf dem Stück Land, das zur Schule gehört. Und du würdest dich wundern, wenn du sähest, wie er alles in Ordnung hält. Er stammt aus Bremen. Sein Vater war Schneider und ist schon gestorben, seine Mutter lebt aber noch. Sie ist arm und hat ihr Leben lang nicht viel in die Milch zu brocken gehabt. Als ihr Mann starb, stand sie mit ihrem Sohn in Kummer und Elend ganz allein da. Unser Pastor Lüttich, der nun auch schon seit zwei Jahren tot ist – Gott hab ihn selig! –, war Vormund und Pate des Jungen und er hielt große Stücke auf ihn. Jeden Sonntag musste er zu dem alten Lüttich kommen, der ihm seine Schularbeiten nachsah und noch weiteren Unterricht gab. Darum hat Wienstädt dem alten Pastor viel zu verdanken. Und ehrlich gesagt: wir auch. Wenn unsere Trina mehr gelernt hat und in ihrem Benehmen anders ist als die meisten Bauernmädchen, dann haben wir das nur dem seligen Pastor und seiner Frau zu verdanken. Seit Trina zwei Jahre alt war, ist kein Tag vergangen, an dem die Pastorenleute sie nicht für ein paar Stunden bei sich hatten. Wenn das Wetter schlecht war, kam die Frau des Pastors selbst und holte das Kind auf ihrem Arm zu sich herüber. Zuletzt war das Mädchen lieber bei ihnen als bei uns. Um nun wieder auf unseren Lehrer zu kommen, als sein Vorgänger, der Lehrer Petersen, tot war, kam dieser Wienstädt, den du eben gesehen hast, zu mir. Er hatte sich auf die Stelle beworben und ersuchte mich um unsere Fürsprache. Daran hat es auch nicht gefehlt, weil ich den Jungen gern habe und ihn von klein auf gut kenne. Was bei ihm noch besonders in die Waagschale fällt, ist, dass er wunderbar Orgel spielen kann. Er bekam die Stelle und sie ist auch gar nicht schlecht ausgestattet. Fünfundsiebzig Taler bringt sie ihm ein und außerdem isst er der Reihe nach heute bei diesem Bauern, morgen bei einem anderen und das schlägt ja auch bei ihm an, er ist gut genährt. Meinen beiden kleinen Mädchen gibt er auch noch Klavierunterricht. Dafür gebe ich ihm dann ab und an ein paar Grote Trinkgeld. Sonntags isst er bei uns und dann sorgen wir dafür, dass er ein ordentliches Stück Fleisch zu essen bekommt.«

Harms hatte nur halb zugehört. Er wollte eigentlich gar nichts von Wienstädt wissen, er wollte über Trina sprechen. Darum fiel er der Babendammschen ins Wort und sagte: »Ich glaube, der alte Pastor hat es mit deiner Tochter ganz gut gemeint, aber sollte so ein Schulkram für eine Bauersfrau nicht eher Schaden als Nutzen bringen? Mir kommt es so vor, als wollten solche Mädchen immer zu hoch hinaus und dass sie lieber einen Städter zum Mann nehmen als einen Bauernsohn.«

»Gott bewahre, was ist das für ein Gerede!«, sagte die Alte. »Ich glaube, Trina wäre unglücklich, wenn sie in der Stadt leben sollte und wenn sie nicht ein wenig Vieh um sich hätte. Ich weiß allerdings gar nicht, was mit ihr passiert ist, sie ist oft so traurig. Ich habe sie schon mit verweinten Augen angetroffen. Ich muss doch mal mit Doktor Albers sprechen, ob ihr vielleicht etwas fehlt.«

»Ach«, warf der alte Harms dazwischen, »das wird schon alles wieder gut, wenn sie erst einen Mann hat.«

Die Geschichte vom Heiraten begann für Jan Babendamm langsam langweilig zu werden. Darüber hatte er seine Frau bisher allein reden lassen und wollte auch nichts dazu sagen. Er stand nämlich ein wenig unter dem Pantoffel. Er begann darum, von Weizen und Roggen zu sprechen, dass der Preis immer noch nicht in die Höhe gehen wollte und von den beiden Fohlen, die er auf dem letzten Pferdemarkt gekauft hatte. Auf Trina kam die Rede gar nicht zurück.

Drinnen auf der Diele ging es unterdessen lustig zu. Die Nachricht, dass die Leute tanzen sollten, war am Mittag durch den ganzen Hof gegangen.

»Tröster kommt!«, rief der Knecht in den Kuhstall hinein und band holterdiepolter seine Schürze ab.

»Wir sollen heute tanzen!«, rief die Magd dem Großknecht zu, ging an ihren Koffer und steckte sich ein Paar Ohrringe an.

Der Schweinejunge, der schon eine Ahnung davon gehabt hatte, stand am Brunnen und wusch sich. Er hatte den ganzen Kopf voller Seifenschaum, sodass er aussah wie ein großer Schneeball.

Um drei Uhr war Tröster gekommen. Eigentlich war er von Beruf Schuster und nur sonntags Musikant. Als er ankam, in der einen Hand seine Geige, in der anderen seine Mütze, ging er auf die Hausfrau zu und erzählte ihr, dass das Spielen heute sehr schlecht gehen würde, weil ihm eine Saite, die Quint, gerissen wäre.

»Ach was«, sagte die Babendammsche. »Er hat doch noch drei Saiten, damit kann Er genug Spektakel machen!«

Diese Meinung vertrat Tröster auch. Er wollte aber lieber im Voraus sagen, wieso es heute nicht so schön klänge wie sonst.

»Zwei Stunden könnt ihr tanzen«, hatte die Frau zum Großknecht gesagt, »aber pass auf, Krischan, dass es dabei gesittet zugeht!«

Tröster hatte sich auf ein umgestülptes Fass gesetzt und mit einem »Schottschen[1]« und einem »Juchhei!« war die Tanzerei gestartet. Die dicke Kuhmagd forderte zuerst den Schweinejungen zum Tanz auf und dabei ging es ganz manierlich zu: Sie machte einen tiefen Knicks, das hieß, sie warf ihr Untergestell mit einem solchen

1 Ein schottischer Tanz.

Ruck zurück, dass es aussah, als hätte sie plötzlich Leibschmerzen bekommen. Der Junge wollte nun einen Diener machen, hatte damit aber auch nicht viel Glück, denn es sah aus, als ob eine Schildkröte den Kopf aus ihrer Schale steckt und wieder zurückzieht. Er tanzte mit ihr, eigentlich aber tanzte sie mit ihm, denn er bekam keinen Fuß auf den Boden und zappelte mit den Beinen in der Luft herum wie ein Maikäfer an einem Faden.

Heute war unter den Dienstboten gar kein Rangunterschied, alle tanzten durcheinander. Trina und Adelheid standen auf der Diele bei der Tür, die zum Garten führte und Wienstädt nicht weit davon entfernt. Alle drei lachten über die Sprünge, die das junge Volk bei der Tanzerei machte. Plötzlich rief Adelheid: »Mein Gott, Herr Wienstädt, stehen Sie doch nicht da wie der steinerne Roland auf dem Markt, tanzen Sie doch auch einmal mit!«

Wienstädt erschrak und wusste zuerst nicht, was er dazu sagen sollte. Dann ging er zu Adelheid und sagte, dass es mit seinem Tanzen nicht weit her wäre und mit wem er denn tanzen sollte.

»Mit Trina sollen Sie tanzen!«, rief Adelheid und brachte den guten Lehrer dadurch in große Verlegenheit, denn er dachte nichts anderes, als dass Trina ihm einen Korb geben würde. Aber Trina hatte es gehört, und nun konnte er nicht anders, er forderte sie auf.

»Kann ich die Ehre haben?«, fragte er und hielt ihr seinen Arm hin.

»Die Ehre ist ganz auf meiner Seite«, antwortete Trina und hakte sich bei ihm ein.

»Ich muss aber um Nachsicht bitten, ich habe in meinem Leben nicht viel getanzt, wenn das nur geht.«

»Als Junge konntest du doch ganz gut tanzen«, sagte Trina. »Weißt du noch, wenn der Pastor auf seinem Klavier spielte? Hast du das schon vergessen?«

»Du« hatte sie gesagt, zweimal hatte sie »Du« gesagt, seit seinen Jungenjahren hatte er das Wort nicht mehr von ihr gehört.

»Nein«, sagte er, »das vergesse ich mein Leben lang nicht!« Und als sie sich nun so miteinander herumdrehten und er seine Tänzerin so fest an sein Herz drücken konnte, da bekam er Oberwasser.

Und als er nun mit dem Mund, wie es wohl bei dem verrückten Tanzen passieren kann, an ihr linkes Ohr kam, flüsterte er: »Mein liebes, süßes Mädchen, wie hast du mich heute glücklich gemacht!«

Und kreuz und quer, hinauf und hinunter drehten sie sich die alte Lehmdiele entlang, wie zwei Engel, die in den Wolken umherschweben. Als Wienstädt aufhören wollte, sagte Trina: »Nun noch einmal herum!« Und wenn Trina stehenbleiben wollte, sagte Wienstädt wieder: »Nun noch einmal herum!« Und so ging es immer noch einmal herum und noch einmal herum, bis sie beide nicht mehr konnten.

Der Tag war schön für alle, die sich da tummelten und vergnügten. Zu Ende geht er aber doch, und wenn er noch so schön ist. »Die zwei Stunden sind um«, sagte der Großknecht. »Tröster, hör auf mit deiner Geige!« Gern hätten die Leute noch weiter getanzt, aber sie waren auch so zufrieden und jeder ging zurück auf seinen Posten.

Harms saß wieder in seinem Einspänner und sagte: »Adjüs«. Als er fort war, meinte die Babendammsche, dass Harms doch ziemlich brummig weggefahren wäre. Babendamm hatte es auch gemerkt, er dachte aber über die Ursache nicht weiter nach.

In Knipperhausen hatten die Leute über schlaflose Nächte nicht zu klagen und auch in dieser Sonntagnacht lagen sie alle in einem recht gesunden Schlaf. Nur Wienstädt konnte nicht dazu kommen. Trina wollte ihm nicht aus dem Sinn. Es war ihm, als spiele immer noch die Geige. Er warf sich unruhig in seinem Bett von einer Seite auf die andere.

Gegen Morgen ging es Trina nicht viel besser. Sie träumte, sie stände vor der Haustür und Tröster spielte auf seiner Geige. Da kam Wienstädt und begann, mit ihr zu tanzen. Es ging immer im Kreis herum, keiner aber bekam seine Füße auf den Boden. Sie stiegen höher und immer höher und bei all der Angst, die sie bekam, sagte Wienstädt immer wieder: »Nun noch einmal herum!« Zuletzt waren sie so hoch gekommen, dass ihre Köpfe an die Sterne stießen und nun fielen sie beide von oben auf die Erde herab. Trina schrie laut auf, sodass Adelheid, die mit ihr in ihrer Kammer schlief, erwachte. Sie sprang aus dem Bett und kam auf Trina zu, um sie zu wecken und ihr aus dem Traum zu helfen. Trina erwachte schnell und ihre erste Frage war: »Ist Wienstädt tot?«

Adelheid lachte. »Du hast einen Traum gehabt, Trina. Nun lege dich nur wieder hin und schlafe weiter.«

Das aber wollte Trina nicht, und sie konnte es auch nicht. Ihr Herz klopfte gar zu stark.

Der Blumenstrauß

Bei Babendamms waren heute Alt und Jung eine ganze Stunde früher auf den Beinen als sonst, denn Trina und Adelheid hatten alle Leute geweckt, als es noch dämmerig war. Schaden konnte es nicht, denn es gab viel zu tun. Das Heu auf der Weide musste gewendet und eingefahren werden und dabei mussten alle helfen, die Hände und Füße hatten. Nach dem Frühstück gingen die Leute an die Arbeit. Nur Trina und ihre Mutter blieben noch im Haus und als alles getan war, was das Melken und die Milch betraf, wollte Trina auch fortgehen. Ihre Mutter aber rief ihr zu, sie solle ihre beiden Schwestern in die Schule mitnehmen. Es wäre höchste Zeit, dass sie hinkämen.

»Ja«, sagte sie, »es stimmt, ich gehe direkt an der Schule vorüber, kommt Kinder!«

Als sie nun durch den Garten gingen, der hinter dem Haus lag, schaute ein Junge über den Zaun und zeigte eine große Sonnenblume. »Die soll der Lehrer haben«, sagte er.

»Sieh, das ist schön«, sagte Trina.

»Wollt ihr ihm nicht auch einen Blumenstrauß schenken?«, fragte sie ihre kleinen Schwestern.

»Wir haben ja keinen«, sagte die kleine Guste.

»Dann pflücken wir einen«, sagte Trina, zog ihr Messer aus der Tasche und schnitt Rosen und Reseden. Als sie am Kuhgraben vorübergingen, pflückte sie noch eine Hand Vergissmeinnicht dazu.

»So«, sagte sie, »die nehmt ihr für den Lehrer mit. Und lernt mir auch recht fleißig. Um zwölf Uhr hole ich euch dann wieder ab. Adjüs, ihr zwei!«

Wienstädt stand in seiner Schule. Er hatte die Wandtafel schon voller großer Buchstaben geschrieben und die Kleinen, die in der ersten Bank saßen, mussten es lesen: »ba, be, bi, bo, bu« ging es.

»Richtig so«, sagte Wienstädt, »nun schreibt es auf eure Tafeln. Macht mir aber keine Fehler.«

Und dann kamen die Großen dran. Wienstädt nahm einen Zettel, auf dem ein Vers geschrieben stand. Den wollte er diktieren. Er war nämlich gerade bei den Präpositionen mit dem Akkusativ und den behalten die Jungens am besten, wenn man ihnen einen Vers daraus zu machen weiß. Er las also:

> ***Durch*** *dich ist die Welt so schön,*
> ***Ohne*** *dich würd ich sie hassen,*
> ***Für*** *dich leb ich ganz allein,*
> ***Um*** *dich will ich gern erblassen.*
> ***Gegen*** *dich soll kein Verleumder*
> *Ungestraft sich je vergeh'n.*
> *Ich will dir zur Seite steh'n …*

So weit war er gekommen, als die beiden kleinen Babendamms mit dem Blumenstrauß zur Tür hereinkamen. Sie gingen auf ihn zu und die Kleinste sagte, die Blumen hätten sie für ihn mitgebracht. Ihre Schwester Trina hätte die Blumen für ihn gepflückt.

»Trina hat sie gepflückt, für mich gepflückt?«, sagte unser Wienstädt. Er starrte auf die Vergissmeinnicht und wusste nicht, welchen Dank er herausstottern sollte, nahm den ganzen Blumenstrauß und stellte ihn auf seinem Pult ins Wasser.

»Sieh mal«, sagte Klaus Meyer zu seinem Nachbarn, »meine Sonnenblume hat er nicht ins Wasser gestellt, aber die Blumen der Mädchen stellt er sofort hinein!«

Wienstädt zog die Rollos in die Höhe und öffnete das Fenster. »Ich weiß nicht«, sagte er, »ich bin heute so bedrückt. Wir bekommen wohl ein Gewitter.« Er schaute zum Himmel, der aber ganz klar war. Er setzte sich wieder ans Pult, gab den Rackern etwas zu tun und holte ein kleines beschriebenes Blatt Papier heraus. Es war ein Gedicht, das er auf Trina gedichtet hatte. In die Ecke des Bogens hatte er ein Vergissmeinnicht gemalt, das sollte der Zaunpfahl sein, mit dem er winkte. Bisher war es ihm ein zu großes Wagnis gewesen, ihr dies Gedicht zu geben. Nach dem Tanz und der Blumenstraußgeschichte aber war er nun fest entschlossen. Er las seine Schreiberei noch einmal durch und nahm sich vor, Trina das Gedicht bei der ersten Gelegenheit in die Hand zu drücken. Das Gedicht lautete so:

Katharina!
Ein lächelnd Engelsangesicht –
Zwei Grübchen in den Rosenwangen,
Zwei Sterne, die wie Morgenlicht
Im Himmel ihrer Augen prangen –
Ach! küsste doch ihr süßer Mund
Mein liebeskrankes Herz gesund!

Ihr Hals so weiß wie frischer Schnee –
Ihr Wuchs den Grazien vergleichbar,
Wie sie in klarer Himmelshöh
So schön, so fern und unerreichbar.
Ihr Füßchen schlank und zier und fein
Sprang mitten in mein Herz hinein.

Wenn sie bei ihrer Herde singt,
So schämen sich die Nachtigallen.
Wenn sie im leichten Tanz sich schwingt,
Scheint sie die Königin von allen –
Und gleicht doch auch dem zarten Lamm.
Und heißt? – Kathrina Babendamm.

Die Welt kam ihm heute so viel schöner vor als sonst. Er hatte Trina schon immer lieb gehabt, aber er hatte ihr noch nicht zu verstehen gegeben, wie wahr und tief seine Freundschaft war. Dass Freundschaft und Liebe Schwesterkinder sind, daran hatte er am Anfang gar nicht gedacht. Und immer hatte er sich vorgenommen, seine Gefühle in seinem Herzen zu bewahren, und Trina nicht mit Fragen oder Zudringlichkeiten zur Last zu fallen. Darum hatte er sein Gedicht zur Seite gelegt. Heute aber waren seine Vorsätze ins Wanken geraten.

Die Jungen hatten schon lange gemerkt, dass Wienstädt sich heute gar nicht um sie kümmern konnte. Sie ließen die Arbeit Arbeit sein und vertrieben sich die Zeit mit anderen Dingen. Als aber der Spektakel zu groß wurde, erwachte Wienstädt aus seinem Traum, griff nach seinem Stock, schlug damit aufs Pult und rief »Achtung!« Das half, die Ruhe in der Schule war wiederhergestellt und Hannes Dirks, der mit seinen Holzschuhen so viel Radau unter dem Tisch gemacht hatte, musste nun seine Lektion aufsagen. Wienstädt war mit seinen Gedanken aber bei Trina und merkte gar nicht, dass der Junge bei seinem Vortrag von einem Lied in ein anderes rutschte. Hannes trug in seiner Dummheit vor:

Kinder, geht zur Biene hin,
Seht die kleine Künstlerin,

O, wie freu ich mich der Gabe,
Dass ich gute Eltern habe,
Die mich kleiden – sich bemüh'n –
Und aus allem Honig zieh'n.

»Gut«, sagte Wienstädt, als die Kirchturmuhr gerade zwölf schlug, »ihr könnt jetzt gehen, die Schule ist aus.«

Nun flogen sie wie die Tauben, deren Schlag geöffnet wird, nach allen Seiten auseinander. Nur die beiden kleinen Babendamms gingen mit ihm in seinen Rosengarten, weil Trina gesagt hatte, sie wolle die Kinder um zwölf Uhr abholen. Und richtig, da kam sie schon.

Als sie nun auf ihn zutrat und sie einander anschauten, klopfte beiden das Herz sehr laut. Er wusste nicht, was er sagen sollte, und auch sie war wie vor den Kopf geschlagen. Endlich erzählte er, als er wieder zu Atem kam und Trina ihre Schwestern an die Hand nahm, dass für ihn die letzten beiden Tage die schönsten seines ganzen Lebens gewesen wären.

»Ja«, sagte Trina und wurde feuerrot, »das Wetter ist soweit ganz gut, aber drüben hinter dem Busch ziehen sich Wolken zusammen. Ich glaube, es gibt ein Gewitter.«

So meinte er es nicht, antwortete er. Er hätte die Blumen im Sinn, die sie heute für ihn gepflückt und ihm geschickt hätte. Ihre Schwestern hätten es ihm erzählt. Wenn er mal stürbe, sagte er noch, dann sollten sie ihm die Blumen mit in seinen Sarg legen.

Trina mochte gar nicht zu ihm aufsehen und sagte halblaut, er solle doch bitte nicht vom Sterben sprechen, das könnte sie nicht von ihm hören. Und zu ihren Schwestern sagte sie: »Geht schon voraus, ich komme euch gleich nach!«

Jetzt pflückte Wienstädt eine gerade erblühte Rose, gab sie Trina und drückte ihr dabei etwas in die Hand. Es war das Gedicht. Eigentlich aber waren es zwei Gedichte, denn aus Versehen hatte er ihr die Präpositionsverse auch mitgegeben. Er sagte, es wäre ein Gedicht und als er die Verse gemacht hätte, wären seine Gedanken bei ihr gewesen. Sie sollte es ihm verzeihen. Dabei machte er ein Gesicht, als wollte er sagen: »Ich will es in meinem ganzen Leben auch nicht wieder tun.«

Sie überlegte einen Augenblick, ob sie das Papier annehmen sollte oder nicht? Sie hörte auf ihr Herz, nahm es und steckte es an ihren Busen, bedankte sich vielmals und sagte dann wegen seiner Rose das Gleiche, was er von ihren Blumen gesagt hatte: Sie wolle sie auch mit in ihr Grab nehmen.

Hand in Hand standen sie beisammen und doch konnte keiner von ihnen Worte finden, sein Glück auszusprechen.

Wenn sie nun beide nicht hoch in den Wolken geschwebt hätten, hätten sie feststellen müssen, dass sich zwei Frauenköpfe im gegenüberliegenden Haus hinter den Blumentöpfen auf dem Fensterbrett versteckten, als lauerten ein paar Katzen auf unschuldige Vögel, die sie fressen wollen. Beide ließen die jungen Leute, die Hand in Hand beisammenstanden, nicht aus den Augen.

»Lieg still, lass dich nicht sehen«, sagte die eine zur anderen. »Was ich hier sehe, kann mir gelegen kommen.«

Trina sagte »Adjüs«, ihre Hand konnte sie aber nicht so schnell frei bekommen. Wienstädt hielt sie so lange wie möglich fest. Es war als wollte er sein Glück nicht aus der Hand geben.

Als sie fort war, ging er in den Klassenraum und betete zu seinem Herrgott. Was er mit ihm besprochen hat, hat niemand gehört, und ich weiß es auch nicht. Man konnte ihm aber ansehen, dass seine Worte aus vollem Herzen kamen. Er erlebte den ersten Frühlingssturm. Er war ein einfacher guter Mensch. Und doch war er nicht glücklich, denn er fühlte, dass er sich in seinem Leben nicht am richtigen Ort befand. Man konnte nicht von ihm sagen, dass ihn ein innerer Drang zu einem Lehrer gemacht hatte und dass er den Lehrerberuf aus freien Stücken gewählt hatte. Sein seliger Vater aber, der Schneider, hatte eine hohe Meinung von seinem Sohn. Er hielt seinen Heinrich für ein großes Licht der Wissenschaft und das musste Lehrer werden! Und was sein Vater wollte, wollte auch die Mutter. Wenn Heinrich eine Schreibprobe aus der Schule mitbrachte und der Lehrer hatte »Sehr zufrieden« darunter geschrieben, lief der Alte von einem Kunden zum nächsten, um Heinrichs Schreiben zu zeigen. Wenn die Leute dann sagten, so etwas Schönes hätten sie noch nicht gesehen, und sein Sohn müsse Lehrer werden, schlug dem alten Mann das Herz vor Freude. Dass mehr als eine gute Handschrift zu einem Lehrer gehört, bedachten die Leute nicht. Der junge Wienstädt wusste es aber sehr gut. Wenn es nach seinem eigenen Willen gegangen wäre, hätte er lieber als einfacher Bauer gearbeitet, statt Lehrer zu spielen. Der Alte war aber von seinen Plänen nicht abzubringen. Er arbeitete bis an sein Lebensende Tag und Nacht, um so viel zu verdienen, dass sein Junge studieren konnte.

Als Wienstädt mit Ach und Krach das Examen bestanden hatte, gab man ihm diese Jammerstelle, bei der er der Reihe nach bei den Bauern sein Mittagessen bekam und dazu fünfundsiebzig Taler Gehalt. Er war nun seit anderthalb Jahren in Knipperhausen und hatte sich ganz in sein Schicksal ergeben. Was er verdiente, gab er seiner kranken Mutter. Heute nun stiegen Gedanken und Wünsche in seinem Kopf empor, die ihn schwindelig machten, und Furcht, Hoffnung und Liebe ließen sein Herz laut schlagen und ihn nicht zur Ruhe kommen.

Die Wahrsagerin

Gegenüber der Schule stand ein einstöckiges Haus. Es gehörte dem Maurer Klöppel, der es nach Feierabend gemeinsam mit einem Zimmermann renoviert hatte. Auf der einen Hausseite wohnte Klöppel, auf der anderen die Näherin Romberg, die für die jungen Mädchen der Umgebung die Sonntagskleider schneiderte. In Fiken Rombergs Stube saßen heute zwei ganz hässliche Frauen. Die eine, die kurze Dicke mit der knubbeligen Nase, war die Rombergsche selbst, das andere Schäwat[2] war die Ehlersche aus dem Galgenviertel in Bremen. Was die Rombergsche zu klein war, war ihre Freundin zu lang. Aus ihrem gelbbraunen Hexengesicht schaute eine gewaltige Hakennase und zwei schwarze Teufelsaugen flogen in dem Lockenkopf hin und her. Diese beiden Weiber belauerten Wienstädt, als er Trina sein Gedicht gab.

Die Ehlersche kam immer am Sonntagnachmittag nach Knipperhausen und blieb die Nacht bei Fiken. Sie nannte sich Handelsfrau, all ihre Ware aber, die sie in einem mächtig großen Armkorb mitbrachte, bestand nur aus einem Dutzend Kopftüchern und ein bisschen Band, Nähnadeln und Zwirn und waren nichts anderes als der Deckmantel für ihren Hauptverdienst, die Wahrsagerei. Sie erzählte gerne, dass sie Witwe sei. Sie sei mit einem Steuermann verheiratet gewesen und habe mit ihm auch eine Seereise unternommen. Auf dieser Reise aber sei ihr Mann in Spanien gestorben. Jeden Tag erzählte sie den

2 Eine Schuftin/eine Unholdin.

Leuten, wie gut ihr seliger Mann zu ihr gewesen sei. Dabei äußerte sie sich wortreich über das abscheuliche Spanien. Es hätte die Schuld an seinem Tod und daher kam es, dass sie die spanische Fliege genannt wurde. Viele Schlechtigkeiten wurden über sie berichtet. Sie sollte auch schon mal drei Tage im Gefängnis gesessen haben.

Als diese beiden Freundinnen also das glückliche Paar im Schulgarten beobachteten, ließen sie kein Auge von ihm.

»Sieh mal«, sagte die Ehlersche, »wie zärtlich beide miteinander umgehen, sind das nicht Babendamms Trina und der Lehrer?«

»Ja, wahrhaftig«, sagte Fiken, »er drückt ihr die Hand und lässt sie gar nicht wieder los. Sie wagen nicht, sich in die Augen zu sehen. Die sind verliebt, mit den beiden ist es keine saubere Angelegenheit.«

»Hast recht, die haben ein Feuer entzündet, dass sie nicht wieder ausgehen lassen wollen. Na, warte nur, ich will bald dahinter kommen.«

»Ich lach mich schief, wenn ihre Alte davon hört, das alte aufsässige Weib fährt aus der Haut.«

»Lass mich nur machen. Vor acht Tagen hat sie mich bestellt. Wenn es sich einmal passt, will ich ihr etwas aus den Karten lesen, dass ihr die Augen übergehen. Du musst immer nur auf die beiden achten und mir am nächsten Sonntag berichten, was du gehört und gesehen hast. Während der Woche habe ich keine Zeit herzukommen. Da habe ich genug zu Hause zu tun. Ich sage dir, bei mir läuft es jetzt den ganzen Tag und bald kannst du zu mir kommen und mir beim Kartenlegen helfen. Alle wollen etwas Neues wissen. Und die Vornehmen sind die schlimmsten.«

Und nun nahm sie ihren Korb, der heute bis zum Rand ganz mit Wurst, Schinken, Eiern und Butter gefüllt war; denn gestern waren zwölf Bauerntöchter bei ihr gewesen und hatten sich die Karten legen lassen. Alles hatten ihr die Mädchen mitgebracht und noch Geld dazu. An der Tür drehte sie sich noch einmal um.

»Mädchen, Mädchen«, sagte Fiken, »wie freue ich mich, dass es der Babendammschen so gehen muss!«

»Na, und ich mich erst. Zweimal ist mir die Babendammsche begegnet und hat mich, weil sie Leute bei sich hatte, nicht einmal gegrüßt. Ja, zum Wahrsagen bin ich ihr gut genug. Warte! Dafür will ich dich piesacken! Ich will diesem Aal Salz auf den Schwanz streuen, dass er nicht weiß, ob er sich hinten oder vorne kratzen soll!«

Beide gingen nun laut lachend aus der Tür. Als die Ehlersche vor dem Haus anlangte, waren die beiden Glücklichen verschwunden.

»Es ist gut«, sprach die Ehlersche vor sich hin, »dass sie weg sind und mich nicht gesehen haben, das passt mir genau in meinen Plan.«

Ein Arzt soll einmal gesagt haben, dass nicht nur diejenigen, die wir ins Tollhaus sperren, einen Klaps weg haben, nein, dass jedes Menschenkind einen Klaps hat. Wenn das stimmt, haben Verliebte jedenfalls einen doppelten. Sie glauben, alle Hindernisse, die sich ihnen in den Weg stellen, einfach zur Seite schieben zu können. Kein Berg ist zu hoch, um ihn zu überwinden. So ging es auch unseren beiden. Wienstädt wusste selbst, dass er, wenn auch nicht einen guten Lehrer, so doch einen forschen Bauern abgeben könnte, und bei all seiner Bescheidenheit glaubte er steif und fest, dass er einmal selbst den großen Hof in Knipperhausen bewirtschaften würde; er, der arme Lehrer, des reichen Babendamms großes Anwesen! Er nahm sich auch vor, seinem Schwiegervater mit all seiner Kraft beizustehen und plagte sich hin und wieder schon mit dem Gedanken, ob er den Mist aus Bremen holen sollte, wie Babendamm es machte, oder ob er den Guano, der neu aufgekommen war, anwenden sollte.

Trina wieder dachte, ihr Vater hätte ja erst kürzlich gesagt, der Lehrer würde ihm von Tag zu Tag lieber, da er mehr von der Landwirtschaft verstehe als mancher der Bauernsöhne. Wie oft hatte er bedauert, dass er keinen Sohn hatte, der ihn unterstützen konnte. Und ihre Mutter könnte sich ja nur freuen, wenn sie ihre Tochter bei sich behielte. Sie hatte ja schon oft gesagt: »Wie wird es mir erst gehen, wenn Trina aus dem Haus kommt, dann fällt die ganze Last der Wirtschaft auf mich.«

Der Dienstag war vorübergegangen, ohne dass Trina und Wienstädt sich gesprochen hatten. Heute war Mittwoch und Wienstädt hatte sagen lassen, dass er am Nachmittag beim Heuen helfen wollte. Das war etwas für unsere Trina! Ihre Arbeit im Haus wurde doppelt so schnell fertig und gleich nach dem Essen ging sie auf die Weide, auf der alte und junge Knechte und Mägde fleißig waren. Wienstädt quälte sich ab, als ginge es schon auf seine eigene Rechnung und Trina zeigte, dass auch sie wusste, was Arbeiten bedeutet. Welch glückliche Stunden waren das! Beide hatten den festen Glauben, dass kein Mensch dies Glück aus ihren Herzen reißen konnte. Ja, für ihre junge Liebe war heute so ein richtiger Frühlingstag! Dass Frühlingstage auch Gewitter bringen, hatten sie vergessen.

Um vier Uhr kam Adelheid mit dem Vesperbrot und alle Leute setzten sich um die Heuhaufen und verzehrten ihren Speck und ihr Brot. Auch für Wienstädt und Trina hatte Adelheid Vesperbrot gebracht. Das hatte sie aber an einem besonders großen Heuhaufen hingestellt und da saßen nun die beiden, die den Himmel im Herzen trugen, ganz für sich allein. Eine Zeit lang waren beide still und jeder glaubte, der andere müsste zuerst etwas sagen. Dann aber sprang doch ein süßes kleines Wort heraus und dann ein anderes. Nach und nach kamen sie ins richtige Fahrwasser und bald gingen sie unter vollen Segeln auf ihr Ziel los.

»Heinrich«, sagte Trina nach einer Weile, »ich verspreche dir, dass ich deine Frau werden will, wenn meine Eltern ihre Einwilligung dazu geben. Und warum sollten sie es wohl nicht? Aber auch wenn sie es nicht tun, ich schwöre es dir vor unserem Gott, der alles hört, dass ich keinem anderen meine Hand gebe als dir. Wenn meine Eltern Ja sagen, wirst du Landmann, und dann wollen wir beide ihnen zur Seite stehen. Wir sind noch jung und die Arbeit wird uns nicht schwer.«

Wienstädt legte seinen Arm um Trina und zum ersten Mal küssten seine Lippen den lieben Mund, der das Glück seines Lebens ausgesprochen hatte. In diesem Augenblick war ihnen beiden zumute, als riefe eine Stimme vom Himmel herab: »Ihr werdet glücklich!«

Einige Minuten saßen sie noch Hand in Hand und keiner wagte, die Stille zu unterbrechen. Plötzlich aber erhob sich Trina und sagte: »Lass uns wieder an die Arbeit gehen. Kein Mensch darf von dem, was wir uns gelobt haben, etwas wissen. Den ersten Kuss hast du mir gegeben, den zweiten bekommst du von mir, wenn meine Eltern ihre Einwilligung zu unserer Hochzeit gegeben haben. Und wenn zwei Jahre darüber vergehen sollten, küss mich vorher nicht wieder. Ich bitte dich darum, mein Herz klopft, als hätte ich etwas Schlimmes getan. Wir sind beide noch jung und können noch ein paar Jahre warten.« Wienstädt gab ihr die Hand und versprach, alles zu tun, was sie von ihm verlangte. Er wollte sich zusammennehmen und sein Glück für sich behalten. Nur jeden Mittag um zwölf wollte er an ihrer Tür vorübergehen und sie sollte sich dann zuweilen auch mal sehen lassen, damit er doch merken könnte, dass sie an ihn gedacht hätte.

Sonntags aß Wienstädt, wie es ausgemacht war, bei Babendamms zu Mittag. Das Essen war ihm jetzt eigentlich Nebensache, saß er doch mit seiner Trina an einem Tisch. Wochentags spazierte er um zwölf Uhr an Babendamms Haus vorüber und wenn der Mund bei diesen Visiten nichts zu tun hatte, die Augen sprachen umso mehr.

Der Geburtstag

Am 12. August ging es in Babendamms Haus hoch her. Es war ein Sonntag und Jan Babendamms Geburtstag wurde gefeiert. Sie schlugen zwei Fliegen mit einer Klappe, das Erntefest wurde gleich mitgefeiert. Jung und Alt, Arm und Reich freute sich das ganze Jahr über auf diesen Tag. Innen und außen war das Haus mit Kränzen behängt. Adelheid hatte sich die ganze Nacht mit dem Buschwerk abgemüht. Schon viele Jahre war das Doppelfest mit einem großen Juchhei gefeiert worden, nur heute Morgen war es feierlicher gewesen. Um fünf Uhr hatte Wienstädt mit seinen Schuljungen den Choral »Nun danket alle Gott« gesungen und die kleinen Burschen hatten ihre Sache so wunderschön gemacht, dass den beiden alten Babendamms vor lauter Freude die Tränen über die Wangen gelaufen waren.

Auf das Fest hatten sich die Köchinnen seit drei Tagen vorbereitet. Berge von Kuchenteig waren zusammengerührt worden, weil doch bei einer solchen Gelegenheit viel Kuchen gegessen wird und jeder Gast noch ein Paket mit nach Hause nimmt. Über den Viehbestand war Mord und Totschlag gekommen, zwei Kälber, ein Schwein, zwanzig Gänse und fünfundzwanzig Hühner hatten dran glauben müssen und das Feuer im Herd war den ganzen Tag nicht erloschen. Wer an dem Haus vorüberkam, dem stieg unter anderem der Duft von Kalbsbraten und dickem Reis mit Zucker und Zimt in die Nase, und manchem mag ordentlich das Wasser im Mund zusammengelaufen sein. Aber auch für die Kunst wurde etwas getan. Die Musikanten hatten vorgesorgt und sich für das Fest zusätzlich noch eine große und eine kleine Trommel geborgt. Damit konnten sie mehr Spektakel machen und die Bauern entsprechend beeindrucken.

Aus allen Himmelsrichtungen waren schon Gäste angereist, auch der alte Harms und sein Sohn. Beide hatten sich gewaltig herausgeputzt und spielten sich auf, als wollten sie heute Hochzeit halten. Auch aus der Stadt waren Freunde zum Gratulieren gekommen. Die meisten brachten kleine Geschenke mit und großen Appetit. Alle wurden freundlich aufgenommen, bevorzugt allerdings die Leute, die mit ihren Kutschen angereist waren und den meisten Staat machten. Für mehr als hundert Gäste waren Tische gedeckt; denn manches Mal bekamen Babendamms an diesem Tag auch Leute zu Gast, die sie in ihrem ganzen Leben noch nicht gesehen hatten. Hundertmal konnte man denn auch heute von den beiden Alten die Worte hören: »Seien Sie uns willkommen!«

In der besten Stube waren die Geschenke aufgebaut. Meistens handelte es sich um Geschirrteile aus Glas oder Porzellan, aber auch Teile aus Silber waren dabei. Zwei silberne Leuchter stammten von einem reichen Weinhändler, der wohl wusste, warum er so spendabel war, zwei Löffel vom Kaufmann, der mit der Wurst nach dem Schinken warf. Sogar ein kleiner Pokal war da, den hatte der Seidenhändler gebracht. In dieser Stube durften die feinen Leute aus der Stadt Platz nehmen und zu trinken gab es ausschließlich Wein. Auch das Ehepaar Babendamm fand sich dort ein. In allen Ecken des Hauses wimmelte es von lustigen Menschen und auf der Diele hatte der Zimmermann Tische und Stühle zusammengebaut. Wer an anderer Stelle keinen Platz finden konnte, setzte sich auf die Diele, dort gab es Bier und Branntwein.

Jan Babendamm hatte den Lehrer auch in die beste Stube gebeten, denn Wienstädt hatte als Präsent einen Plan von allen Babendammschen Ackerstücken gezeichnet und dem Alten damit eine große Freude bereitet. Selbst der kleinste Streifen Land war dort aufgeführt, nichts war vergessen. Dieser Plan war auf Leinen geklebt und sollte als Paradestück in der besten Stube hängen.

An allen Tischen waren die Bauern nun mächtig zugange und mittendrin angesehene Bremer Bürger, Gläser klangen überall, Essen und Trinken gab es in Hülle und Fülle. Wenn ein Gang vorüber war, begann schon der nächste und mancher freute sich, dass die Natur es so weise eingerichtet hat, dass der Magen sich bei solchen Gelegenheiten nach allen Seiten in die Länge und Breite dehnen kann.

Nach dem Essen sollte das Tanzen beginnen. Es dauerte nicht lange und die Diele war zum Tanzsaal umfunktioniert. Die Musiker setzten sich zurecht, der Bassist strich mit seinem Bogen über ein Stück Harz, die große Trommel wurde geholt und der Trompeter trank etwas, um seine Lippen zu befeuchten. Als sich alle Paare hintereinander aufgestellt hatten, erschien die Babendammsche, die mit dem Weinhändler vortanzen wollte. Ihre Schürze war gefüllt mit holländischen Gulden, von denen zwei so viel wert waren wie ein Taler Gold. Sie hielt es immer so, ihre Leute gleich nach Tisch zu beschenken. Der Tanz musste also noch einen Augenblick warten. Sie begann beim Großknecht, dann kam Adelheid und danach alle anderen. Und als sie fertig war, ging sie zu Wienstädt und sagte: »Damit Sie nicht zu kurz kommen, sollen Sie heute auch zwei Taler haben.« Wienstädt machte ein betrübtes Gesicht, er wusste nicht gleich warum. Es wäre ihm lieber gewesen, wenn sie ihm kein Geld gegeben hätte. Die Kinder aus dem Dorf freuten sich aber, dass ihr Lehrer auch etwas bekommen hatte. Dann war das Geldklappern vorüber und nun begann der Tanz mit dem Polnischen Gang.

Der Weinhändler hatte Handschuhe übergezogen und stolzierte mit Frau Babendamm voraus und Jan Babendamm folgte mit der Frau des Weinhändlers. Trina war von Jan Harms aufgefordert worden, sie konnte ihn aber einfach nicht ausstehen. Ihre Mutter hatte ihn ihr zugeführt und so hatte sie es nicht verhindern können. Sie bebte aber am ganzen Körper und hatte Gänsehaut, als Jan ihr seine kalte Hand reichte. Wienstädt stand betrübt bei den Musikanten und als die Tänzer an ihm vorüberzogen, rief die Babendammsche ihm zu: »Tanzen Sie doch mit! Adelheid hat noch keinen Tänzer.«

»Ich kann nicht tanzen«, rief Wienstädt.

»Ach, dummes Zeug, Adelheid wird Sie schon herumbekommen.« Wienstädt schien es, als wäre für ihn heute ein Trauertag. Adelheid indessen fand es sehr ungerecht von Wienstädt, dass er sie nicht aufforderte. Sie hatte sich hübsch zurechtgemacht. Sieben Schleifen hingen an ihrem Kopf, sie trug ein Stirnband mit goldenen Schnallen und trotzdem wollte niemand mit ihr tanzen, nicht einmal der Lehrer.

Die Leute aus dem Dorf, die nicht zum Fest geladen waren, standen an der Tür und amüsierten sich über die Tanzerei. Auch die Ehlersche und Fiken Rombergs waren da.

»Sieh«, sagte die Ehlersche, »die Alte hat ihr den Jan Harms zugeführt, was aber macht Trina für ein Gesicht! Lieber hätte sie mit dem Lehrer getanzt.«

Nun begann der Walzer und als Jan Harms mit Trina loslegte, wollte er ihr beim Tanzen seine rechte Wange ans Gesicht legen. Sie wollte davon aber nichts wissen und stellte sich stur hin. Er ließ sich aber nicht abweisen und drückte sie trotzdem fest an sich. Da riss sie sich plötzlich los und schrie laut auf, dass sie sich den Fuß verstaucht hätte. Nun half es ihm nicht mehr, nun musste er sie in Ruhe lassen. Jan Harms schien sich aber nicht viel daraus zu machen, er ging an seinen Tisch zurück und schenkte sein Glas voll.

Wienstädt hatte alles mit angesehen. Er knirschte mit den Zähnen und konnte gegen diesen reichen Bauernsohn, dem er am liebsten den Hals umgedreht hätte, doch nichts ausrichten. Er versuchte, sich zu der Seite zu drängen, wo seine arme Trina auf der Bank saß. Und als es ihm gelungen war, sich durch all die Dickwänste hindurchzuzwängen, drückte er verstohlen Trinas Hand. Trina drückte ihm die Hand zurück und dieses Händedrücken ließ beide vergessen, was sie eben ausgestanden hatten.

Dass sie jemand in diesem Trubel belauern könnte, daran dachten beide nicht. Aber die Ehlersche und Fiken, die sich als Wachtposten vor der Tür aufgestellt hatten, hatten kein Auge von ihnen gelassen und alles gesehen und gehört. »Sieh mal, nun, da sie Jan Harms los ist, kann sie wieder schnell laufen«, sagte die eine zur anderen und beide schlichen zur Seite, wo die Babendammsche mit den Leuten aus der Stadt redete. Sie nahmen den Augenblick wahr, als sie sich wegdrehen wollte, um ihr zu dem schönen Fest zu gratulieren. Frau Babendamm dankte freundlich und sagte zu der Ehlerschen, dass sie doch morgens früh einmal zu ihr kommen sollte, ihre englischen Nähnadeln wären schon wieder alle und am liebsten wäre es ihr, wenn sie so zwischen neun und zehn kommen wollte.

»Sie können sich darauf verlassen, gegen zehn bin ich bei Ihnen«, war die Antwort.

Unten im Garten unter dem großen Apfelbaum, wo kein Mensch ihn sehen konnte, stand Wienstädt und las, was Trina ihm geschrieben hatte:

Frag nicht, warum die Sterne so blinken,
Die Nachtigall ihre Lieder singt,
Das Wasser still im Winter steht,
Die Sonne auf und untergeht.

Ich weiß es nicht; und fragst du mich,
Warum ich dich so lieb hab, Dich,
Dass mir das Blut zum Herzen schießt:
Ich weiß es nicht, – ich muss, ich muss!

Aller Kummer, den er den Tag über ertragen hatte, floh aus seinem Herzen. Das Glück fiel schwer in die Waagschale, das Leid auf der anderen Seite der Waage war leicht wie Flaumfedern!

Unter Tanzen und Juchhei verging nun eine Stunde nach der anderen und auch aus der besten Stube klang es nach draußen: »Es kann ja nicht immer so bleiben.« Die Sänger hatten recht. Auch das Fest ging zu Ende. Die Pferde wurden aus dem Stall geholt und angespannt. Und wer keinen Wagen hatte, wackelte zu Fuß mit seinem Kuchen unter dem Arm nach Hause.

Ein Kuckucksei

Montagmorgen um zehn Uhr, als die Babendammsche noch in ihrer Kammer stand, um sich das Haar zu kämmen, war die Ehlersche schon bei ihr. Diese alte Hexe saß an ihrem Nähtisch und hatte die fettigen Karten in vier Reihen verteilt hingelegt. Von einer Karte tippte sie auf die nächste und sagte: »Drei – sechs – neun, sehen Sie, das deckt sich, jedenfalls bekommen Sie heute noch Geld!«

»Kann wohl sein«, sagte die Babendammsche.

»Drei – sechs – neun. Sie werden in diesen Tagen noch etwas Neues hören.«

»Wenn es nur etwas Gutes ist«, meinte die andere.

»Drei – sechs – neun, Besuch bekommen Sie auch. Lieber Gott, das deckt sich schon wieder, sehen Sie, Pik Ass, das bedeutet Ärger.«

»Ja, das glaube ich, den gibt es jeden Tag, das kenne ich schon«, sagte die Babendammsche wieder.

»Drei – sechs – neun. Ein Freier liegt am Haus.«

»Das hat noch keine große Eile, meine Trina ist noch jung, mit ihrem Geld kann sie jeden Tag einen Mann bekommen. Und ich weiß auch schon, wen sie bekommt.«

»Drei – sechs – neun, da liegt schon ihr Schatz, hier – Karo Bauer –, er ist blond und hat blaue Augen.«

»Nein, blond ist er nicht. Jan Harms hat schwarze Haare und braune Augen.«

»Drei – sechs – neun. Er hat etwas mit Schreiben zu tun.«

»Das weiß ich ja gar nicht«, sagte Frau Babendamms, »wer soll das sein?«

»Er geht hier im Haus schon lange aus und ein.«

»Blond soll er sein? Das kann ich nicht verstehen.«

»Ja, sehen Sie, Karo Acht. Sie können sich darauf verlassen, und hier liegt auch ein kleiner Junge am Haus, sehen Sie hier, Herz Sieben, das ist ein Junge.«

»Seien Sie von dem Jungen nur still. Den soll ich nun schon seit zehn Jahren bekommen. Der bleibt lange unterwegs. Wenn es wahr wird, habe ich Ihnen hundert Taler versprochen. Die sollen Sie dann auch haben. Sehen Sie noch einmal nach dem Freier!«

»Dann muss ich noch einmal mischen«, sagte die Ehlersche.

Das tat sie dann auch und die Babendammsche musste dieses Mal neun Karten ziehen. Als die Ehlersche alle in eine Reihe gelegt hatte, begann sie: »Drei – sechs – neun. Ja, hier ist es ganz deutlich, er ist blond und hat blaue Augen, ist ein ganz hübscher Mensch und hat viel mit Kindern zu tun, aber Geld hat er nicht. Drei – sechs – neun, beide jungen Leute sind schon miteinander verabredet.«

»Welche beiden?«, fragte die Babendammsche und starrte mit ihren Augen auf die Karten.

»Darauf warte nur«, dachte die Ehlersche, »dass ich es dir sage!« – »Das weiß ich nicht«, sagte sie, »aber hier, das Kreuz Ass, das bedeutet etwas Schriftliches, was das Mädchen von dem Freier schon in Händen hat. Nur in wenigen Tagen werden Sie, wenn Sie aufpassen, es selbst in Ihre Hände bekommen. Sieh mal einer an, das Kind liegt hier schon wieder, sehen Sie, das ...«

»Na, nun ist es genug«, sagte die Babendammsche, »ich will nichts mehr hören«, und dabei sah sie ziemlich verärgert aus, gab der Ehlerschen zwei Gulden und sagte zu ihr, sie solle sich von Adelheid Kuchen geben lassen, den könnte sie mit nach Hause nehmen.

Als die Ehlersche wieder zu Fiken Rombergs Haus ging, lachte sie vor sich hin und sagte: »Die Dummen werden nicht alle, und das Teufelsei, das ich ihr ins Haus gebracht habe, hat sie teuer genug bezahlt.«

Die Babendammsche aber stand in ihrer Kammer wie angenagelt. »Wo habe ich meine Augen gehabt?«, sagte sie, »und wer konnte sich denken, dass das Mädchen sich so weit vergessen konnte? Es ist doch nicht zu glauben, dass eine Tochter aus unserem Haus sich so wegwerfen kann? Der Kerl muss ihr etwas eingegeben haben, muss ihr etwas angetan haben, denn mit gesundem Menschenverstand kann sie sich doch nicht in so einen hungrigen Lehrer verlieben! Ich mag gar nicht daran denken, welches Unglück dadurch noch über uns kommen kann. Ich schäme mich, die Augen aufzuheben, wenn die Leute es erfahren. Nun ist mir auch klar, warum sie so schrie, als ich ihr sagte, dass Jan Harms um sie anhalten will. Nun fällt es mir wie Schuppen von den Augen. Auch gestern hat sie sich nicht um ihn gekümmert und auch nicht um den alten Harms, obgleich ich es ihr bestimmt zehnmal gesagt habe.«

Sie setzte sich in ihren Lehnstuhl, die Beine wollten sie nicht mehr tragen. »Das kann das Mädchen in ihrem Leben nicht wiedergutmachen, dass sie so Scham und Ehre vergessen konnte und ihrer Familie diesen Schimpf antut. Den Lümmel, den Lehrer, bringe ich aus dem Dorf, der soll verjagt werden, so wahr Gott im Himmel lebt. Ich habe von diesem Menschen viel gehalten, ich habe ihn beinahe zwei Jahre gefüttert, aber der Schleicher soll mich erst noch kennenlernen. Er wird noch die Stunde verfluchen, in der er die Unverschämtheit hatte, uns so etwas anzutun.«

Plötzlich sprang sie in die Höhe, als hätte sie einen Gedanken gefasst, band sich ihre Schürze um und verließ die Kammer. Auf der Diele standen Trina und Adelheid und lachten. Adelheid hatte beim

Ausfegen einen Strumpf gefunden und gemeint, dass sie wohl schon gehört hätte, dass einer beim Tanzen die Schuhe verloren hätte, aber dass man auch die Strümpfe verlieren könnte, war doch wohl etwas ganz Neues. Die Babendammsche sagte zu Trina, sie müsste gleich zu Jürgens nach Lilienthal gehen und ihm zweihundert Taler bringen. Trina hätte nun gern gefragt, ob es nicht noch Zeit hätte, als sie aber das böse Gesicht ihrer Mutter sah, wagte sie es nicht. Sie bekam das Geld und ging.

Sie war noch keine fünf Minuten weg, da hatte ihre Mutter schon den Schlüssel zu ihrer Kammer geholt und jagte damit durchs Haus. Alle Kästen und Kommoden kramte sie aus. Sie hatte bereits zweimal alles aus- und eingekramt aber nichts gefunden. Als sie schon mit dem Suchen aufhören wollte, fiel ihr Blick auf Bibel und Gesangbuch. In der Bibel lagen getrocknete Blumen und im Gesangbuch drei beschriebene Bogen Papier. Das Erste was sie in die Hand bekam, war Trinas Konfirmationsspruch: »Siehe, ich bin bei Euch alle Tage bis an der Welt Ende«, dann kam das Präpositionsgedicht, und dies, war es das? Ja, da stand es groß: »Katharina!«

»Sieh«, sagte sie, »da hat die Ehlersche doch recht gehabt!«

Sie packte wieder alles an die richtige Stelle, nur die beiden verdächtigen Papiere nahm sie mit sich in ihre Kammer und schloss hinter sich ab. Zuerst kam das schöne Präpositionsgedicht an die Reihe: »Durch dich ist die Welt so schön.«

»Der Kerl hat einen Klaps«, sagte sie und nahm das andere.

»Na, das ist deutlich genug, aber der alte Flachskopf soll an Katharina Babendamm denken! Was wird mein Mann dazu sagen. Er wird wohl noch schlafen, aber es hilft nicht.« Sie öffnete die Tür zu seiner Kammer und sah, dass er sich schon erhoben hatte. »Komm einmal herein, Jan«, sagte sie, »ich habe dir etwas Neues zu erzählen.«

»Na, was hast du denn auf dem Herzen«, fragte Jan und kam auch herein.

»Denk dir, unser Mädchen hat sich in den Lehrer verliebt!«

»Was ist dabei zu wundern«, sagte Babendamm, »Wienstädt ist ja 'n ganz flotter Kerl.«

»Was?«, sagte die Babendammsche, »das sagst du so dahin, als ob es ganz in Ordnung wäre. Dabei bleibst du so kalt?«

»Mein bestes Kind, das ist nun mal so in der Welt. Wenn sie flügge sind, wollen sie heraus aus dem Nest. Adelheid ist nun flügge und die beiden passen auch zusammen. Art lässt nicht von Art. Ihr Vater ist ja auch nichts anderes als Lehrer gewesen.«

»Von wem sprichst du eigentlich?«, fragte die Babendammsche.

»Na, von Adelheid«, sagte Babendamm.

»Nein«, sagte seine Frau, »ich spreche von deiner Tochter, von unserer Trina. Sie hat eine Liebelei mit dem Lehrer angefangen.«

Der Alte stand da wie versteinert. »Das ist wohl nicht möglich, wer hat dir wieder so etwas in den Kopf gesetzt?«

Frau Babendamm erzählte nun alles, was sie wusste, zeigte ihm auch die Gedichte, las sie ihm vor und konnte nicht begreifen, warum ihr Mann dabei nicht aus der Haut fuhr.

»Glaube nicht«, sagte der Alte, »wenn ich auch ruhig bin, dass ich das so passieren lasse. Wenn der Kerl uns wieder ins Haus kommt, schlage ich ihm Arme und Beine entzwei. Nur, was sagt Trina denn dazu?«

»Sie weiß noch nicht, dass ich ihr auf die Schliche gekommen bin«, sagte die Babendammsche.

»Sie lacht dich aus«, sagte Babendamm, »Trina denkt noch gar nicht an solche Narrheiten und die ganze alte Schreiberei, die Gedichte da, sind Spielerei und Kinderkram. An solch altem Weibergerede muss man sich gar nicht kehren!« Damit ging er aus der Tür.

»Das mag der liebe Gott geben«, sagte die Babendammsche vor sich hin und steckte die Gedichte an ihren Busen.

Das Mittagessen war schon vorüber, als Trina von Lilienthal zurückkam. Ohne den Sturm zu ahnen, der ihr bevorstand, kam sie guten Mutes ins Haus. Sie hatte noch einen Umweg gemacht und war an der Schule vorübergekommen. Was sie aber da sehen wollte, hatte sie nicht gefunden und in das Haus hineingehen wollte sie nicht, das hatte sie sich fest vorgenommen.

Als sie nun in die Wohnstube trat, fragte ihre Mutter: »Sage mir mal, hast du es dir überlegt, willst du Jan Harms das Jawort geben?«

Trinas Herz klopfte bei diesem Namen vor Sorge, Angst und Kummer. Sie nahm sich zusammen, um nicht in Tränen auszubrechen.

»Mutter«, sagte sie, »sieh mich nicht so streng an, ich möchte noch nicht heiraten.«

»Ist das dein Ernst?«

»Ja, Mutter, und Jan Harms, den nehme ich auf keinen Fall. Ich will mich und ihn nicht unglücklich machen. Lass mich doch noch ein paar Jahre zu Hause, ich habe zum Heiraten noch keine Lust.«

»So?«, fragte die Alte. »Noch keine Lust? Sage mir mal, würdest du denn vielleicht Lust haben, wenn ich den Lehrer vorschlagen würde?«

Wie eine Sturmwolke überzog dies Wort Trinas Herz, sie wurde totenblass. Wenn ihre Mutter sie nun an die Hand genommen und freundliche Worte zu ihr gesprochen hätte, wie es sich für eine Mutter gehört, und wenn sie nicht ein so bitterböses Gesicht gemacht hätte, hätte sich Trina an ihre Brust gelegt und gesagt, was sie bis jetzt ganz tief in ihrem Herzen verschlossen hatte, dass ihre Liebe zu Wienstädt so wahr und aufrichtig und so heiß und treu war. So aber konnte sie keine Worte finden und schlug ihre Augen nieder.

»Hast du nicht gehört, was ich dich gefragt habe? Ich frage, ob du den Lehrer haben willst?«

»Ja, Mutter, wenn ich dich nicht belügen soll, viel lieber als Jan Harms«, sagte Trina.

»So, weißt du denn auch, ob er dir gut ist?«

»Ja, das glaube ich.«

»Ich will die Wahrheit wissen, hat er es dir geschrieben oder hat er es dir gesagt?«

»Nein«, sagte Trina, »einen Brief hat er mir nicht geschrieben, er hat es mir gesagt.«

»Wann war das?«

»Als wir beim Heuen waren.«

»Wenn er dir keinen Brief geschrieben hat, hat er dir dann vielleicht Gedichte geschrieben?«

Trina schwieg.

»Ich frage dich, hat er dir Gedichte geschrieben?«

Trina dachte an Wienstädt. Sie wollte ihn nicht verraten und schwieg noch immer.

»Sieh mal, was ich hier für nette Schreibereien gefunden habe«, sagte da ihre Mutter und hielt ihr die Blätter hin. Trina vergingen beinahe die Sinne. Ihre Mutter war aber noch nicht zu Ende. Sie fragte: »Hat er dich schon geküsst? Ich will Antwort.«

»Ja«, sagte Trina leise, »einmal.«

»So«, sagte die Babendammsche, »ist es also wahr. Du schlechtes Frauenzimmer kannst so sündige Gedanken und Wünsche in dir aufkommen lassen? Du kannst dir von so einem erbärmlichen Hungerleider, so einem Lehrer, den Kopf verdrehen lassen?«

Als würde ihr ein Messer durchs Herz fahren, so war es Trina zumute, als sie das hören musste.

»Sage mir nur mal, wo hast du deinen Kopf gehabt, hast du denn geglaubt, dass ich und dein Vater dazu Ja sagen würden? Den Kerl, den begreife ich wohl, der möchte gern in gutes Futter kommen, aber dass du so dumm gewesen bist und auf ihn gehört hast, das begreife ich nicht. Ich will dir nun ein für alle Mal etwas sagen, ich will dir acht Tage Bedenkzeit geben. Dann sagst du mir Bescheid, ob du Jan Harms das Jawort geben willst oder nicht. Ich muss die Geschichte aus der Welt haben, und komme mir früher nicht wieder unter die Augen. Du kommst nicht eher wieder in meine Stube, das sage ich dir, bis du dich dazu entschlossen hast. Und Gnade dir Gott, wenn du nach acht Tagen noch sagst: ›Ich will den Lehrer!‹ Ich werfe dich gewiss und wahrhaftig aus dem Haus, verstehst du mich! Und nun mach, dass du mir aus den Augen kommst!«

Trina wankte zu ihrer Kammer. Sie konnte gar nicht begreifen, was ihr geschehen war, und dann dachte sie wieder an ihren armen Wienstädt. Ganz schwarz wurde ihr vor Augen, sie fiel auf ihr Bett und fühlte eine Zeit lang nicht mehr das tiefe Weh in ihrem Herzen.

Das Pastorenhaus in Knipperhausen

In Knipperhausens Mitte, in der Nähe der Kirche, stand das Pastorenhaus. Von außen konnte man den Eindruck gewinnen, es wäre ein großes mit Stroh gedecktes Bauernhaus. So behaglich wie die anderen Häuser der Bauern sah es allerdings nicht aus. Ja, als der alte Pastor noch lebte, da hatte es freundlicher ausgeschaut. Da war alles anders gewesen, da hatten die Bauern in Knipperhausen sich an ihm ein Beispiel nehmen können. Nun aber wurde an den Efeu und an den wilden Wein, der noch vom seligen Pastor gepflanzt war, keine Hand mehr gelegt. Und so war denn alles durcheinandergewachsen und Pfeifenkraut und Teufelsstern waren noch hinzugekommen und hatten sich an der frommen Tür unseres Pastors recht breit gemacht. In den Wegen, die früher so sauber geharkt gewesen waren, wuchs Gras, und das Haus selbst sah auch ziemlich verkommen aus. Fenster und Türen hatten, solange der alte Pastor tot war, keine Farbe mehr gesehen und von den Vorhängen konnte man nicht wissen, ob sie von Natur aus gelb waren oder ob der Rauch die Farbe aufgesetzt hatte. So wie es von außen wirkte, war es auch von innen. Dieser Pastor wollte nichts von Landwirtschaft wissen, seine Ländereien hatte er an Babendamm verpachtet und die Ställe auf seiner Hausdiele mit alten Säcken, Leinen und allerlei Tapeten zugehängt. Es sah aus, als wären auf jeder Seite große Landkarten gespannt.

Pastor Habicht führte mit seiner Schwester ein recht einsames Leben. Beide waren nicht verheiratet gewesen und hatten jetzt auch keine Lust mehr dazu. Der Pastor sollte vor dreißig Jahren mal eine Braut gehabt haben. Als die ihm aber den Abschied gab, gelobte er sich, dass er nun gar nicht heiraten wollte. Und an seine Schwester hatte sich nie ein Mann herangewagt. Sie hatte ein gar zu großes Mundwerk und tat dabei immer, als wäre sie so eine Art Heilige.

Im Pastorenhaus lebte auch noch eine dritte Person, es war ein fünfzehnjähriges Mädchen, das die Hausarbeit besorgen musste. Die Kleine war ein ziemlich schwächliches Wesen. Die Pastorenleute hatten sie zu sich genommen, als ihr Vater und ihre Mutter gestorben waren. Doris, so war ihr Name, sollte bei Pastors Gottes Wort hören und daran ließen es der Pastor und seine Schwester nicht fehlen. Aber auch an die Arbeit sollte sie herangeführt werden, dafür sorgte das alte Fräulein schon. Vom Morgen bis zum Abend war Doris ihr Aschenputtel, musste mit ihren schwachen Armen arbeiten wie die großen kräftigen Mädchen des Dorfes. Dabei war sie keine Magd, nein, sie gehörte mit zur Familie und gab für die guten Lehren noch jedes Jahr 150 Taler dazu. Sonntags durfte Doris ihr bestes Kleid anziehen und zur Kirche gehen. Wenn sie aber wieder zurückkam, musste sie es gleich in den Schrank hängen und wieder in ihren grob gewebten Rock schlüpfen. In der Kirche hatte sie die große Ehre, im Pastorenstuhl zu sitzen und bekam immer einen halben Groten für den Klingelbeutel mit, den sie mit freudigem Herzen hineinwerfen musste, denn »einen freudigen Geber hat Gott lieb« sagte das Fräulein. Am Sonntagnachmittag durfte Doris ihre Strümpfe stopfen und Hemden flicken und, wenn sie noch Zeit hatte, Traktätchen lesen, die sie vom Fräulein geschenkt bekam, weil ja so wunderschöne Geschichten darin standen. Nur ins Dorf durfte sie nicht gehen und sich mit anderen Leuten nicht unterhalten. Doris hatte es »auch sonst ganz gut«! Das Fräulein und der Pastor machten ihr im Herbst, wenn der Sturm Äpfel und Birnen von den

Bäumen geschüttelt hatte, ab und zu die Freude, ihr zum Nachmittagsbrot zwei Äpfel und Birnen zu geben. Vom Fallobst durfte sie für sich selbst nichts nehmen. Alles wurde sorgfältig verwahrt und was sie nicht selbst für Apfelmus und Birnen mit Speck brauchten, das wurde vom Nachbarn zum Markt mitgenommen und für den Pastor verkauft. Letztes Weihnachten hatte Doris sogar einen großen Pfefferkuchen bekommen und eine Bibel mit einem goldenen Schnitt, dazu noch zwei Dutzend ganz neue Traktätchen und gute Ermahnungen. Auf eine Geschichte machte das Fräulein Doris noch ganz besonders aufmerksam, die war betitelt: »Der durch das Wort des Missionars Hans Bulthaupt bekehrte Zimmergesell.« Diese Geschichte hatte das Fräulein selbst gedichtet und sie war besonders stolz auf den einen Vers, den sie mit hineingenommen hatte. Er stand am Schluss und lautete:

Wie ächzest du, wie lechzest du,
Wie zitterst du, wie zagest du,
Du purpur-blutrot's Würmelein.
Nimm mich in deinen Himmel ein,
Du purpur-blutrot's Würmelein!

Jeden Montag nach dem Ersten eines Monats ging der Pastor mit seiner Schwester in die Stadt zur Missionsstunde, er war dort Mitglied des Vorstandes. Doris' Vormund, der auch zu dieser frommen Gesellschaft gehörte, konnte Gott nicht genug dafür danken, dass sein Mündel bei so gottesfürchtigen Leuten Unterkunft gefunden hatte. Er bedankte sich in der Missionsstunde noch jedes Mal dafür.

Der Pastor sagte dann, dass er Doris ganz gern genommen hätte und dass er sie noch zehn Jahre bei sich behalten wollte. Er wollte dafür sorgen, dass der Himmel diese Seele nicht von sich ließe und wollte sich auch gern jedes Jahr mit den hundertfünfzig Talern begnügen, obgleich die Ansprüche an das Leben, je älter so ein Kind wurde, auch größer wurden. Und das muss man ihm lassen, das Kind hat sich bei ihm nicht ein einziges Mal durch Völlerei den Magen verdorben!

Außerdem gab es noch einen großen Spitzhund, der das glückliche Familienleben im Pastorenhaus teilte. Leider hatte er nur ein Auge, das andere hatte ihm vor einigen Jahren ein Handwerksbursche ausgeschlagen. Dieser Handwerksbursche hatte sich unterstanden, in das Pastorenhaus zu kommen und zu betteln. Und als Spitz konnte er das nicht leiden und seine Herrchen ebenso wenig. Und weil er dem Handwerksburschen bei der Bettelei die Hose vom Körper gerissen hatte, dass die Fetzen daran herunterhingen, war der Kerl so böse geworden und hatte ihm das Auge ausgeschlagen. Seitdem war der Hund der größte Feind von Bettlern und reisende Handwerksburschen konnte er schon gar nicht ausstehen. Er hatte einige Zeit im Kriegsgetümmel zubringen müssen und konnte nicht vergessen, was er dort an Schrecklichem erlebt hatte. Deshalb bellte er jedem, der vorüberkam, noch eine Viertelstunde hinterher. Wenn aber jemand kam, der einen dicken Knüppel bei sich trug, ging er nicht an ihn ran, vor dem hatte er nun Respekt. So einer kam denn auch unbeschadet mit heilen Hosen vom Hof. Dieser Hund war des Fräuleins Augapfel. Ob es nun daher kam, dass er die Bettler von ihr fern hielt oder ob es kam, dass er ihr in mancher Art ähnlich sah, weiß ich nicht. Der Hund zeigte jedenfalls, wenn er böse war, zwei Reihen schneeweißer Zähne und das Fräulein machte es ebenso, wenn sie freundlich sein wollte.

Vor diesem Pastorenhaus stand heute die Babendammsche. Sie war holterdiepolter aus ihrem Haus gerannt und hatte nicht einmal ihre goldene Kette mit dem dicken goldenen Kreuz umgehängt –

und das tat sie doch sonst immer, wenn sie auf Besuch ging. Sie klingelte forsch, wie es sich für solch eine reiche Frau gehört, als wollte sie sagen: »Ich bin es selbst.« Daher mochte es kommen, dass sie nicht zu warten brauchte, denn das Fräulein erhob sich sofort und öffnete die kleine Klappe an der Haustür wie sie es immer zu tun pflegte, bevor sie die große Haustür aufschloss. Standen Bettler vor der Tür, warf sie die Klappe schnell wieder zu und öffnete die untere Klappe, damit der Hund herauskommen und seine Freude haben konnte. Nun sah sie aber, dass es Frau Babendamm war. Sie hielt den Hund zurück, der ganz unbändig wurde, und öffnete die Haustür weit. In einem solchen Augenblick setzte sie immer ein freundliches Gesicht auf. Ihre Nasenlöcher wurden dabei doppelt so groß und die Lippen zog sie wie durch eine Maschine betrieben nach unten und nach oben auseinander, sodass beide Zahnreihen in ganzer Länge zu sehen waren.. Das war nun ein Händeschütteln und Begrüßen, als wären sie ein Herz und eine Seele.

»Ist der Herr Pastor zu Hause?«, fragte die Babendammsche.

»Ja, mein Bruder Ehrwürden ist in seiner Studierstube.« Und da saß er dann auch vor seinem Schreibtisch, der mit Briefen, Paketen und Bibeln beladen war. Über seinem Tisch hing ein gerahmter Ausdruck des Textes, den der Pastor aus Bremen gewählt hatte, als er Habicht in sein Amt eingeführt hatte: 1. Mos. 24, 31. »Und er sprach: ›Komm herein, Du Gesegneter des Herrn, warum stehest Du draußen? Ich habe das Haus geräumt und für Kamele auch Raum gemacht.‹«

Als sie angeklopft und ein patziges »Herein!« gehört hatte, öffnete sie die Tür. Der Pastor sah sich ungehalten um. Er war gerade damit beschäftigt, in einem Buch nach Rhabarber, Schwefel und Magnesium zu suchen. Er brauchte ein Mittel gegen Hämorriden, konnte aber trotz etwa 30 verschiedenen Erläuterungen nichts Passendes finden. Als er Frau Babendamms sah, erhob er sich jedoch schnell von seinem Stuhl, ging ihr entgegen und fragte, was ihm denn das Vergnügen verschaffte, seine liebe Frau Nachbarin bei sich zu sehen. »Ich will Ihnen etwas bringen, Herr Pastor«, war die Antwort. Man sagt nun immer: »Geben ist seliger als Nehmen« und doch hören die meisten Menschen lieber, dass man etwas bringt, als dass man etwas holen will. So ging es auch dem Pastor, sein Gesicht wurde nun noch freundlicher. Die Babendammsche brachte dem Pastor nämlich ab und zu Geld für seine Mildtätigkeit. Die höchste Summe, die sie auf einmal spendete, waren fünf Taler. Heute zählte sie aber zehn Rolltaler auf den Tisch des Pastors und sagte, er möge das Geld für die Armen verwenden. Unserem Pastor fielen bei solchen Gelegenheiten sofort Bibelsprüche ein. Schon sagte er einen auf, gab ihr die Hand und versprach ihr für die zehn Taler die doppelte Menge Himmelssegen, den er in früheren Zeiten zugesagt hatte. Dann zog er sie mit Gewalt auf das Sofa und setzte sich wieder auf seinen Stuhl ihr gegenüber. Früher hatte er ihr nur einen Stuhl angeboten.

»Ach, Herr Pastor«, sprach die Babendammsche nun, »ich habe etwas auf meinem Herzen, was ich Ihnen mitteilen muss.«

»Soll ich auch lieber hinausgehen?«, fragte das alte Fräulein.

»Nein«, erwiderte die Babendammsche, »bleiben Sie nur hier.«

Also setzte sich das Fräulein zurecht, als wäre sie in einem Theater, und der Vorhang sollte gleich aufgehen. Sie spitzte ihre Ohren. Alle Schlechtigkeiten des Lehrers und Trinas wurden nun erzählt, nur verschwieg die Babendammsche, dass die Wahrsagerin ihr die Sache verraten hatte. Sie redete sich dabei so in Hitze, dass sie vor dem Pastor auf den Tisch schlug und den Lehrer mehrmals einen Hungerleider nannte. Der Pastor wusste gar nicht, was er sagen sollte und konnte zuerst auch gar nicht zu Wort kommen. Das hätte er sein Lebtag nicht geglaubt, erklärte er dann, dass ein solcher Mensch mit fünfundsiebzig Talern Gehalt diese Niederträchtigkeit besitzen könnte, sich in ein reiches Mädchen zu verlieben. Das Fräulein aber war die Schlimmste, sie redete andauernd von der verdorbenen Welt und der bösen Fleischeslust.

»Haben Sie, meine liebe Frau Nachbarin«, fragte nun der Pastor, »Beweise in Händen, dass hier ein wirkliches, richtiges offenbares Liebesverhältnis besteht?«

»Jawohl«, sagte die Babendammsche und holte zuerst den Präpositionszettel aus ihrer Tasche. Als der Pastor den gelesen hatte, sagte er, das wäre nichts, das wären nur Verse, die die Kinder in der Schule auswendig lernen müssten. »Was?«, fragte die Babendammsche. »Ist es mit der Menschheit schon so weit gekommen?«, und gab ihm das andere Gedicht. »Ist das auch etwas für Kinder?«

»Nein«, sagte der Pastor, als er es laut vorgelesen hatte, und schüttelte seinen Kopf, dass dabei die Bäffchen ganz zur Seite rutschten. Das wäre etwas anderes, das wäre deutlich genug. Strafbar wäre es aber nach weltlichen Gesetzen nicht. Von seinem Standpunkt aus, dächte er aber ganz anders darüber.

Das Fräulein meinte, dies Gedicht wäre auf jeden Fall strafbar.

Als der Pastor nun noch immer auf den Zettel starrte, spielte die Babendammsche ihren letzten Trumpf aus: »Denken Sie sich, Herr Pastor, er hat ihr sogar einen Kuss gegeben!«

Nun sprang das alte Fräulein in die Höhe: »Du lieber himmlischer Vater«, rief sie, »ist es schon so weit gekommen? Ein Kuss hat schon manches junge Mädchen an den Abgrund geführt.«

»Ja«, sagte die Babendammsche, »es ist wahr, Trina hat es mir gestehen müssen. Ich habe sie so lange gepiesackt, bis sie mir die Wahrheit gesagt hat.«

»Sagen Sie einmal, Frau Babendamm«, fragte das Fräulein halb verschämt, »hat Trina denn beim Küssen stillgehalten?«

»Das muss sie doch wohl«, sagte die Babendammsche, »das glaube ich bestimmt.«

Ja, sagte der Pastor, damit hätte seine Schwester recht, diese Frage wäre nicht unwichtig. Hier käme es darauf an, ob Wienstädt sich den Kuss mit Gewalt genommen hätte. In diesem Fall könnte er ihn eher beim Kragen kriegen und er wolle erst einmal annehmen, dass sie nicht stillgehalten hätte.

»Nein«, sagte die Babendammsche, »ich glaube steif und fest, das dumme Mädchen hat sich geduldig küssen lassen.«

»In diesem Fall«, sagte das Fräulein, »hat sie einen Rechtsfehler begangen. Sie hätte ihm doch zumindest durch das Gesicht kratzen oder ihm ein paar Zähne ausschlagen müssen«, und dabei schaute sie so zum Himmel hinauf, dass man in ihren Augen nur das Weiße sehen konnte. »Ich bin doch auch mal jung gewesen«, sagte sie.

»Das kann ich mir wohl denken«, erklärte die Babendammsche.

»Und«, sprach das Fräulein weiter, »wie die Leute sagten, auch hübsch.«

»Das kann ich mir nicht denken«, hätte die Babendammsche fast von sich gegeben, sie verbiss es sich aber gerade noch.

»Trotzdem hat es in meinem Leben aber noch kein Mann wagen können, mir einen Kuss zu geben, und auf mich hat noch kein Mensch ein Gedicht gemacht!« Sie war sich bewusst, dass sie die reine Wahrheit sprach.

»Die ganze Geschichte«, sagte die Babendammsche, »rührt vom Heuen her. Auf einem Heuhaufen hat es sich angesponnen.« Das alte Fräulein verdrehte wieder ihre Augen. Sie ging zum Schrank, nahm eine Flasche Kölnisch Wasser heraus und goss sich etwas in ihr Taschentuch, als ob sie gleich eine Ohnmacht anfallen wollte. Der Pastor schüttelte noch immer seinen Kopf. Die Bäffchen saßen nun schon ganz hinten im Nacken.

»Meine beste Frau Babendamm«, sagte er, »ich muss mir überlegen, wie weit meine Macht geht und ob ich ihn bestrafen kann.«

Zu allererst wolle er ihm eine Strafpredigt halten. Nun ging aber das Fräulein ins Geschirr. Sie könnte gar nicht begreifen, dass ein Prediger sich auch nur einen Augenblick überlegen müsste, was dabei zu machen wäre, wobei die Babendammsche ihr zu Hilfe kam und sagte: »Mit einer Strafpredigt, Herr Pastor, ist es nicht getan. Der Kerl muss aus dem Dorf hinaus. Ich schicke meine Kinder nicht eher wieder in die Schule, bis ein anderer Lehrer da ist, und wenn ich sie in die Horner Schule schicken muss. Oder ich schicke sie, wie mein Mann es will, nach Hannover in Pension. Er bekommt die beiden Mädchen nicht wieder.«

Das half! Der Pastor gab ihr die Hand und sagte, er wolle einen Bericht an den Senat schicken. Er hätte nicht das Recht, ihn einfach aus dem Dienst zu entlassen. Das aber wolle er tun: Er wollte ihm die Hölle so heiß machen, dass er sich wahrscheinlich selbst auf die Socken machen würde. Und je länger er redete, umso mehr schlug er die Hände über dem Kopf zusammen. Und die beiden Frauen schlugen nun auch die Hände über ihren Köpfen zusammen. Und als sie das eine Zeit lang gemacht hatten, fiel das Fräulein der Babendammschen um den Hals und hätte ihr wohl auch einen Kuss gegeben, wenn sie nicht an ihre falschen Zähne gedacht hätte, die bei Lichtenstein schon so viel Geld für die Reparatur gekostet hatten. Sie ließen es dabei bewenden, dass sie sich noch einmal die Hände gaben und sich darüber einig waren, dass dieser Kerl von Lehrer so bald wie möglich aus dem Dorf hinaus sollte.

An der Haustür sagte das Fräulein noch zum Abschied, dass die weltliche Liebe doch recht viel Unglück über die Menschheit brächte. Sie für ihre Person hätte das große Kapital von Liebe, dass sie in sich spüre, von der Welt zurückgezogen und dem Himmel zugewandt.

Der Pastor schrieb inzwischen schon den Bericht über Wienstädt an die Behörde. »Ich schreibe sogleich«, sagte er zu seiner Schwester, als sie wieder hereinkam, »an Ältermann Haase, der wird das Weitere schon besorgen.« Als er nun fertig war und Sand darüber streute, lachte er vor sich hin und sagte zu sich: »Hm, hm, macht sich der Kerl an die allerliebste kleine Kröte«, und holte tief Luft. Und zu seiner Schwester sagte er: »Siehst du, Bertha, schöne Lippen sind Klippen.« Das Fräulein griff zu ihrem Notizbuch. Das wollte sie sich merken, das konnte sie für ihre Dichtkunst gebrauchen. Darauf ließ sich gut etwas reimen und sie schrieb in ihr Buch: »Schöne Lippen sind Klippen – nippen, tippen, wippen, stippen, Rippen, kippen.«

Das Verhör beim Pastor

Der Vogel, der früh morgens singt, den holt am Abend die Katze, dachte Wienstädt, als er noch in seinem Bett lag und dem Gesang seines Vogels lauschte. Er hatte sich einen Dompfaff zugelegt und ihn in die Lehre genommen. Das machte ihm sehr viel Spaß, denn der Vogel gab erstaunliche Proben seiner Gelehrigkeit. Er sollte singen lernen, und zwar das Lied: »Wir winden dir den Jungfernkranz«. Eben begann er und kam nur bis an den Jungfernkranz. Dann stockte er plötzlich. Wenn ein solcher Vogel Lust zum Singen hat, muss der Lehrmeister den richtigen Augenblick wahrnehmen, das wusste Wienstädt. Gleich war er zur Stelle, schlüpfte in seine Kleider, stellte sich vor das Bauer und flötete dem Vogel die Töne vor. Er konnte ihn aber nicht über den Jungfernkranz hinwegbringen. Der Vogel begann immer wieder von Neuem und als es zuletzt gar nicht klappen wollte, zog er die Flügel in die Höhe wie ein Mensch, der seine Schultern zuckt und sagt: »Ich kann es wirklich nicht.« Wienstädt hatte das Lied wohl schon zum hundertsten Mal mit ihm begonnen. Wenn sie an das schwierige Wort kamen, ließ ihn der Vogel allein flöten, setzte sich zuletzt in die Ecke des Bauers, schwieg total und schüttelte seinen Kopf: »Nun habe ich keine Lust mehr.« Und Wienstädt hatte auch keine mehr. Auch die Schule schmeckte heute gar nicht, denn seine Liebe und die ungewisse Zukunft lagen ihm zu schwer in den Gliedern. Pünktlich an seinem Pult war er aber doch. Als er nun dem ruppigen Hinnerk Schwertfeger ein paar mit der Reitgerte über den Rücken gezogen hatte, ging es ihm ein wenig besser. Er verteilte Schätze der Wissenschaft mit Wort und Gerte nach allen Seiten und die Kinder nahmen den Eindruck von beidem mit nach Hause, Hinnerk Schwertfeger nur den einen mit dem Rücken.

Die Luft war allerdings sehr schwül, er fühlte sich unwohl! Ihm war, als ständen ihm noch viele Sorgen und auch Kummer bevor. Er konnte es in dem alten dumpfen Klassenraum nicht länger ertragen. »Kommt, Jungens«, sagte er, »ich will euch zeigen, wie es gemacht wird, wenn man Rosen okuliert.« Das war allemal ein Fest für die Jungen, wenn er ihnen etwas im Garten zeigte. Wienstädt tat es zuweilen. Lehrer und Bauer befanden sich bei ihm andauernd im Widerstreit und fast immer blieb der Bauer Sieger, so auch heute. Ihm blieb nur ein Trost: Konnte er seine Jungen auch nicht zu gelehrten Bengeln erziehen, so konnte er aus ihnen doch gute Menschen und gute Landwirte machen.

Gegen zwei Uhr, Schule fand an dem Nachmittag nicht statt, kam Doris aus dem Pastorenhaus und bestellte ihm, dass er gleich zum Pastor kommen sollte. Schnell zog er nun seinen besten Anzug an und kämmte sich die Haare. »Was mag der von mir wollen?«, dachte er. »Sollte er mir Zulage geben wollen? Als ich die Stelle antrat, hat er mir gesagt, wenn ich mich gut anließe, wollte er dafür sorgen dass ich mehr Gehalt bekäme. Das kann nun wohl sein, dass er darum angefragt hat und mir gute Nachricht geben will. Sonst würde er es wohl nicht so eilig machen.« Allerlei Luftschlösser malte er sich aus, aber wie Kartenhäuser fielen sie in sich zusammen, als er vor des Pastors Haustür stand und bescheiden an der Klingel zog.

Die Klappe des Guckloches öffnete sich, das Fräulein steckte ihren Kopf heraus und sagte, ihr Bruder habe sich hingelegt. Wienstädt solle draußen im Garten so lange warten, bis er ausgeschlafen habe, dann wollte sie ihn hereinrufen. Und – ratsch! – warf sie die Klappe wieder zu. Wienstädt ging im Garten hin und her. Er dachte an seine Jugendzeit, als der verstorbene Pastor ihm die gleiche Tür so freundlich geöffnet hatte, wenn er sonntags zu Besuch gekommen war. Heute gelangte kein freundliches Wort an sein Ohr, heute ließen sie ihn vor der Tür stehen wie einen Bettler. Er schaute sich im Garten um, wie fremd sah hier jetzt alles aus, nur die Bäume waren noch die gleichen. Es schien ihm aber, als ob auch sie nicht mehr so waren, wie er sie kannte. Im hinteren Teil des Gartens, unter dem großen Birnbaum, hatte er so oft mit der kleinen Trina gesessen, wenn auch sie zu Besuch beim Pastor war. Er hatte ihr Geschichten erzählt, von Robinson und Eulenspiegel. Sie hatte dann immer unter vielen Tränen die Märchen von Genoveva und Schneewittchen zum Besten gegeben.

Plötzlich rief es aus der Tür: »Sie sollen zum Pastor kommen«, und nun half nichts mehr, er musste hinein.

Der Pastor saß am Tisch und deklamierte mit quälender Stimme: »Freund, wie bist du hereingekommen, du hast ja kein hochzeitlich Kleid an.« Wienstädt überlegte, er hatte doch seinen besten Anzug angezogen? Bald aber sollte er merken, welches »Kleid« Ehrwürden meinte. Er sprach vom »Seelenkleid« und das Kleid des Lehrers müsste so weiß sein wie frisch gefallener Schnee, Wienstädts aber wäre schmutzig von unten bis oben.

Uns gruselt, wenn wir heutzutage Foltermaschinen aus früheren Zeiten betrachten, mit denen arme Sünder zum Geständnis gebracht wurden. Und dann freuen wir uns, dass solche Zangen, Ketten und eiserne Jungfern nicht mehr in Gebrauch sind. Es gibt aber leider noch andere Arten von Foltermaschinen, die nicht abgeschafft werden können und die wusste der Pastor gut anzuwenden. Als Wienstädt den eindringlichen sehr üblen Worten des Pastors lange genug zugehört hatte, gestand er alles. Sie ließen ihm keine Zeit zum Überlegen und am Ende kam er sich selbst wie ein großer Verbrecher vor.

»Sie sehen«, sagte der Pastor, »dass Sie sich durch Ihr leichtsinniges Betragen als Lehrer unmöglich gemacht haben. Nehmen Sie von selbst Ihren Abschied, so mögen Sie sich an einer anderen Schule nützlicher zeigen als hier. Wollen Sie es auf einen Senatsbeschluss ankommen lassen, werden Sie wahrscheinlich Ihr Brot nicht mehr als Lehrer verdienen können. Katharina Babendamm, ich habe den Auftrag, Ihnen das mitzuteilen, bereut ihren Fehltritt jetzt bitterlich, sie hasst ihren Verführer. Und somit betrachte ich Sie als Ihrer Lehrerstelle wegen unmoralischen Lebenswandels für enthoben«, sagte Habicht zu ihm.

Die ganze Verhandlung war grausig anzuhören. Und doch gab es eine, der das Zuhören Vergnügen zu bereiten schien. Es war das alte Fräulein. Damit ihr kein Wort entging, hatte sie ihr Ohr an die Tür gelegt.

Des Öfteren rühmte sie sich ihrer »echten Weiblichkeit«, die ihr jetzt aber anscheinend gänzlich abhandengekommen war. Vielleicht hatte sie ihr großes Kapital an Liebe schon im Voraus zum Himmel geschickt.

Wienstädt äußerte sich nicht, er dachte im Moment eigentlich gar nichts mehr. Es war ihm, als hätte der Schlag ihn getroffen ob einer solchen Anschuldigung. Was sollte er getan haben? Als er aus dem Pastorenhaus trat, holte er tief Luft. »Wegen unmoralischem Lebenswandel entlassen.« – »Katharina Babendamm bereut ihren Fehltritt bitterlich und hasst ihren Verführer.« Er konnte es nicht fassen! Welche Last war plötzlich auf sein Herz gefallen, wie jagte das Blut durch seine Adern. Seine Beine wollten ihn nicht mehr tragen, vor seinen Augen funkelten Sterne in allen Farben.

Er setzte sich auf einen großen Stein, der am Weg lag und presste seine Hand aufs Herz, als wollte er es beruhigen. Das war nicht mehr der zufriedene Herzschlag eines glücklichen Menschen, die Hölle schlug ihren Trommelwirbel in ihm. Er senkte seine Augen und glaubte bestimmt, die Kinder würden mit Fingern auf ihn zeigen. Und immer wieder klang es in seinen Ohren: »wegen unmoralischem Lebenswandel entlassen, Katharina hasst ihren Verführer«. Die Scham trieb ihm das Blut ins Gesicht und eine unendliche Wut stieg in ihm auf. Er sprang in die Höhe, er konnte sich nicht mehr zurückhalten. Er wollte zum Pastor, er wollte ihm ... Da fiel ihm seine alte Mutter ein und er sank zurück auf den Stein.

Endlich ließ der wilde Strom in seinem Inneren etwas nach. Er fühlte, dass, wenn auch alle Welt ihn zu verlassen schien, ihm doch unser Herrgott geblieben war. Er erhob sich und beschloss, so bald wie möglich Knipperhausen zu verlassen. Zum letzten Mal noch wollte er seine Wohnung betreten, um von dem Ort Abschied zu nehmen, der ihm und seiner armen Mutter Brot gegeben hatte. Um von niemandem gesehen zu werden, schlug er auf dem Rückweg einen Nebenweg ein. Sein Hauswirt aber, der alte Müller, stand vor seiner Haustür und stopfte die Pfeife. Wienstädt flog an ihm vorüber.

»Mein Gott«, sprach der alte Müller zu sich, »was ist das? Er sagt nicht einmal guten Tag. Das ist ja sonderbar. Er starrt vor sich hin und sein Gang ist so unsicher, der ist doch nicht betrunken? Nein, das kann nicht sein, das kann ihm gar nicht passieren.« Also ging er in die Stube zu seiner Frau. »Ich bitte dich«, sagte er, »geh doch mal zu Wienstädt, dem muss etwas Schlimmes passiert sein. Er ist bleich wie der Tod an mir vorübergekommen und hat nicht einmal gegrüßt. Und nun ist es in seiner Stube plötzlich ganz still geworden. Geh schnell hinein, Alke, lass alles stehen und liegen. Sieh zu, was ihm fehlt. Du weißt am besten mit ihm umzugehen.«

Frau Müller erschrak, schob ihre weißen Bohnen zur Seite und ging direkt in Wienstädts Stube. Richtig, es war etwas passiert. Er saß auf seinem Sofa, hielt das Taschentuch vor sein Gesicht und weinte bittere Tränen.

»Mein lieber Wienstädt«, fragte die Alte, »was ist los, was fehlt Ihnen? Sprechen Sie sich aus, machen Sie mir keine Angst. Sie wissen, dass ich es gut mit Ihnen meine. Verschließen Sie Ihren Kummer nicht in sich. Wenn ich Ihnen helfen kann, will ich es tun.«

Wienstädt schüttelte betrübt den Kopf, als könnte er sein Unglück nicht begreifen, und schaute mit stierenden Augen die alte Müllersche an. »Frau Müller«, sagte er endlich, »was wird aus meiner kranken Mutter, was aus meiner guten Trina, was wird aus mir werden, was habe ich Schlechtes getan, dass man mich aus meiner Stelle und von dem Menschen jagt, der mein Lebensglück bedeutet?«

»Was?«, fragte die Müllersche. »Was ist das, Sie aus Ihrer Stelle jagen! Wer redet solch ein dummes Zeug?«

»Der Pastor«, sagte Wienstädt, »weil ich mich mit Trina Babendamm angefreundet habe.«

Nun begriff die Müllersche allmählich. »Der Pastor?«, fragte sie, »der Kerl hat wohl wieder seine dumme Stunde gehabt. Seit wann ist es verboten, Freundschaft zu schließen?«

»Ich soll auch einen schlechten, unmoralischen Lebenswandel führen, und es wäre höchste Zeit, dass ich aus dem Dorf verschwände, sagte der Pastor auch noch.«

»Sie einen unmoralischen Lebenswandel führen, Sie? Wie kann der Dummkopf so etwas sagen? Halten Sie nicht jeden Tag Ihre Schule auf das Pünktlichste? Und wer hegt und pflegt seine Mutter wohl mehr als Sie, bezahlen Sie nicht Ihre Miete pünktlich? Schämen soll sich der alte Kerl bis in seine Seele, dass er so etwas sagen mag. Aber ich will mal mit ihm reden. Auf der Stelle gehe ich hin, er soll an mich denken!«

»Frau Müller«, widersprach Wienstädt, »es hilft alles nichts, lassen Sie es. Er ist unerbittlich und seine Schwester spie vor mir aus als ich aus der Tür ging. Ich bin beschimpft für mein ganzes Leben.« Weiter konnte er nicht sprechen.

»Die alte Schlange, die Augenverdreherin«, sagte Frau Müller, »die soll sich vor einen Spiegel stellen und sich selbst bespucken, die Alte mit den großen Kalbsaugen, die sie im Kopf verdreht, wenn sie zur Kirche geht und das Gesangbuch auf ihrem Magen liegt. Sagen Sie, was sie wollen, ich will mit ihnen sprechen. Soviel ich weiß, haben die beiden noch keinem Menschen etwas Gutes getan. Sie können nicht leiden, dass die Sonne ins Wasser scheint. Wir aber wollen von ihnen nichts haben, wir wollen nur unser Recht!« Und damit ging sie aus der Tür und in ihre eigene Kammer. Holterdiepolter riss sie sich ihren Hut vom Kopf, stellte sich vor den Spiegel, nahm einen großen Kamm zur Hand und strich sich damit durchs Haar.

»Ich muss mich ein wenig zurechtmachen«, sagte sie zu sich selbst, »und dann will ich doch mal sehen, ob ich nicht auch ein Wort mitreden kann.« Beim Haarekämmen redete sie sich aber so in Wut und riss so gewaltig an ihrem grauen Kopf herum, dass sie sich mit dem Kamm einen dicken Wust Haare ausgerissen hatte, ohne dass sie etwas davon spürte. »Der wird wohl ein anderes Lied singen, wenn ich zu ihm komme«, meinte sie. »Mit ihm ist auch besser umzugehen als mit dem alten Benitt[3], seiner Schwester. Diese Schlange kann so unschuldig tun, aber sie ist die Schlimmste! Zuerst will ich einigermaßen vorsichtig mit ihm umgehen. Ich bin auch nicht die Frau danach, ich kann kein Huhn kränken, aber wenn der alte Bullenbeißer mich anranzen will wie einen Truthahn und wenn das alte Itzengesicht, seine Schwester, die alte Ranunkel, anfängt zu schimp-

3 Eine alte Frau, ein »Besen«.

fen, dann bin ich auch nicht auf den Mund gefallen. Dann sollen sie sehen, dass ich auch Spottverse machen kann! ... So«, sagte sie, als sie mit den Haaren fertig war und sich ihren Hut wieder auf den Kopf stülpte, »jetzt kann das Schafscheren losgehen.« Nun kam ihr Mann in die Stube und fragte nach Wienstädt. Die schlaue Frau wusste genau, dass ihr Mann nichts verschweigen konnte. Er war ein altes Plappermaul und weil sie glaubte, sie könnte beim Pastor noch alles wieder in Ordnung bringen, sagte sie: »Ach Gott, Krischan, was ist da Großes passiert, es ist wegen der Gans, die gestern gestorben ist. Du weißt doch, dass er sie für seine Mutter fett machen wollte. Darüber kann er sich nun ganz und gar nicht beruhigen.«

»Ach, du mein Gott«, sagte der Alte, »wenn es weiter nichts ist, so ein Tier will ich ihm wohl wieder beschaffen.«

»Komm, Krischan«, sagte die Müllersche, »setz dich hier mal hin und verlese mir die weißen Bohnen und lege auch ein Stück Holz unter den Kessel. Ich denke, dass ich bald wieder zurück bin, ich habe einen Gang zu machen.«

Der Alte schaute aus dem Fenster und als er sich überzeugt hatte, dass seine Frau außer Sicht war, ließ er die Bohnen liegen, nahm seine blaue Schlafmütze ab, setzte eine ganz listige Miene auf und ging hinüber zu Wienstädt. »Ja, ja, mein liebster Herr Wienstädt, hin ist hin, verloren ist verloren.«

Ja, sagte Wienstädt, leider Gottes, er hätte das Liebste verloren was die Welt für ihn trüge.

Der Alte sagte nun, das wäre gar nicht gefährlich, es gäbe noch mehr von der Art. Wienstädt hatte seinen Kopf mit dem Arm abgestützt und gab keine Antwort.

»Passen Sie mal auf«, begann der Alte wieder, »ich sorge für eine andere, die fetter ist als das magere Tier, denn das müssen Sie doch selbst sagen, sie hatte kein bisschen Fett am Leib.«

»Schweigen Sie«, sagte Wienstädt, »ich verstehe Sie gar nicht. Was reden Sie da von Fett?«

»Ja«, sagte der Alte, »mein lieber Herr Wienstädt, ich meine nur, es ist doch besser, dass Sie sie jetzt verloren haben, und dann«, sagte er, »dürfen Sie sich auch nicht an unserem Herrgott versündigen. Sie dürfen nicht so darüber jammern. Der da oben kann uns noch größere Leiden auferlegen, als dass er uns so eine alte dumme Gans nimmt. Und dabei bleibe ich, ich merkte es schon länger, sie ist schon seit drei Wochen krank gewesen.«

Der Lehrer, der glauben mochte, dass von seiner Trina die Rede war, sprang auf und schimpfte: »Das wird mir doch zu bunt, und wenn Sie nicht machen, dass Sie aus dieser Stube verschwinden, dann sollen Sie mal sehen, was passiert!«

»Nein, mein bester Herr Wienstädt«, sagte der Alte, »ich gehe schon, ich habe es nur gut gemeint.« Und als er draußen war, sprach er vor sich hin: »Wem nicht zu raten ist, dem ist auch nicht zu helfen.«

Frau Müller als Anwalt

Während Herr Müller beim Lehrer mit seinem Trost nichts ausrichten konnte, hatte seine Frau mit der Familie des Pastors ihre liebe Not. Als sie ankam, bedauerte das Fräulein, dass ihr Bruder im Augenblick nicht zu sprechen wäre. Sie sagte, wenn sie vor einer Stunde gekommen wäre, hätte sie noch mit ihm reden können, jetzt wäre er beim lieben Gott.

»Was«, fragte die Müllersche, »ist er tot?«

Nein, das nicht, sagte das Fräulein, er hätte mit Gottes Wort zu tun, er studiere gerade die Sonntagspredigt. »Können Sie mir nicht sagen, was Sie von meinem Bruder wollen?«

»Nein, ich muss ihn selbst sprechen. Sagen Sie mir nur, um welche Zeit er für uns Menschenkinder hier auf Erden zu sprechen ist, dann komme ich wieder.«

»Warten Sie einen Augenblick«, sagte nun das Fräulein, »ich will mal nachsehen, ob wir schon an ihn herankönnen.«

Es dauerte gar nicht lange, da stand die Müllersche in der Studierstube des Pastors. Sie nahm kein Blatt vor den Mund und verteidigte ihren Wienstädt wie eine Löwin. Kein Anwalt hätte es besser machen können. Aber, leider Gottes, weder gute noch schlechte Worte machten auf den Pastor Eindruck. Zuletzt brachte sie die alte Frau Wienstädt ins Spiel. Sie erzählte ihm von dem, was die alte Frau in ihrem Leben durchgemacht hatte und wenn sie das Unglück ihres Sohnes auch noch hören würde, müsste ihr das Herz brechen.

Als sie alles berichtet hatte, sagte der Pastor, ja, das sähe er ein, das wären große Leiden gewesen. Er könnte daraus aber auch erkennen, dass der Herr die alte Frau sehr lieb haben müsste.

»Wie meinen Sie das, Herr Pastor?«

»Meine liebe Frau«, sprach der Pastor, »die Heilige Schrift sagt: ›Wen der Herr lieb hat, den züchtigt er‹. Und deshalb glaube ich, dass er die alte Frau recht lieb hat. Ohne seinen Willen fällt kein Sperling vom Dache. Was Gott tut, das ist wohlgetan, und denen, die den Herrn lieben, müssen alle Dinge zum Besten dienen.«

»Wir Menschen, Herr Pastor«, fiel ihm die Müllersche ins Wort, »müssen uns aber im Leiden gegenseitig unterstützen.«

Nun begann das alte Fräulein: »Wir Menschen? Wir sind viel zu kurzsichtig, um unser Bestes zu erkennen, sonst würden wir sprechen: ›Herr, Dein Wille geschehe!‹« Und sie meinte weiter, die Wege, die der Herr oft wähle, um die verdorbene Menschheit an sich zu ziehen, seien wunderbar und dunkel zugleich. Und man müsse die Hand küssen, die einen schlüge. Und durch die »Rute des Herrn« würden zudem mehr Menschen für den Himmel gewonnen als durch seine Liebe und Barmherzigkeit. Und wenn sie glauben sollte, dass die alte Frau Wienstädt durch die Nachricht sterben würde, müsste man es ihr nach und nach beibringen. Das ließe sich ja wohl einrichten. »Und dann gebe ich Ihnen, meine liebe Frau Müller, auch noch zu bedenken, ob nicht der Herr die alte Frau vielleicht darauf hinweisen wollte, dass der Weg ihres Sohnes nicht der richtige gewesen ist, dass er sie das Falsche ihrer Erziehung schon hier büßen lässt und dafür ihre arme Seele jenseits in Gnaden annimmt«. Und was sie Müllersche gesagt hätte, dass Wienstädt seine paar Groschen für seine kranke Mutter brauche, so müsste sie wieder sagen: »Was hülfe es dem Menschen, wenn er die ganze Welt gewönne und nähme doch Schaden an seiner Seele.« Hier im Dorf unter solchen Verhältnissen würde er jedenfalls Schaden an seiner Seele nehmen. »Wissen Sie denn auch, dass Wienstädt und Trina sich geküsst haben?«, setzte sie noch hinzu.

»Das kann wohl sein«, sagte die Müllersche, »mein Gott, was ist denn dabei?«

»Ich bitte Sie, Frau Müller«, sagte das Fräulein, »sprechen Sie nicht so sündhaft. So wie Sie, Frau Müller, uns den Wienstädt schildern, muss er freilich der reine keusche Josef sein, aber – aber!«

»Ist er auch«, sagte die Müllersche, »machen Sie mal die Mantelprobe[4] mit ihm, dann werden Sie sehen, wie er flüchtet.«

»Wie können Sie mir so etwas zumuten!«, sagte das Fräulein. »Mir ist noch kein Mann mit einem Kuss zu nahe gekommen.«

»Das glaube ich gern«, antwortete die Müllersche. »Und wenn man erst in unsere Jahre gekommen ist, versündigt sich so leicht kein Mensch mehr an uns. Wer Erdbeeren pflücken will, sucht sie nicht im Winter unter dem Schnee.« Dann wandte sie sich dem Pastor zu und sagte: »Ich bin nur eine einfache Bauersfrau, Herr Pastor, aber ich denke darüber ganz anders, unser seliger Herr Pastor hat es uns auch anders ausgelegt.«

»Ja«, sagte das Fräulein, »der Pastor hatte eine ganz andere Sicht der Dinge als mein Bruder und ich. Und daher kommt es auch, dass Sie so darüber denken! Der steht nun vor seinem Richter und muss Rechenschaft ablegen. Er war ein Weltkind. Und wenn er auch, wie die Leute sagen, ein ›großer Kopf‹ gewesen ist, muss er doch seine Rechnung aufmachen, und – und ›wem viel gegeben ist, von dem wird man viel fordern‹.«

Nun sprach der Pastor wieder in seinem Kanzelton und sagte, er gehöre nicht zu den Predigern, die bei jeder Wunde, die der Herr

4 Prüfung der Tugendhaftigkeit/Keuschheit.

schlüge, mit Balsam zur Hand wäre. Er ließe die Wunde brennen, bis er sich überzeugt hätte, dass das Herz des Kranken dem Herrn wohlgefällig sei. »Denn warum sendet uns der Herr die Schmerzen? Warum hat er an der Dornenkrone, mit der er seine Kinder schmückt, die Stacheln so scharf gespitzt, dass sie ins Fleisch schneiden und von dem Fleische gefühlt werden sollen?«

»›Ich strafe meine Frau mit Gottes Wort‹, hat jener auch gesagt, da warf er seiner Frau die Bibel an den Kopf«, erwiderte Frau Müller. »Ich merke wohl, Sie wollen Wienstädt auch in Gottes Namen grün und blau schlagen. Lassen Sie mich nur eines sagen: Wienstädt ist ein braver Kerl, der, solange er bei mir gewohnt hat, gewiss seine Pflicht und Schuldigkeit getan hat und das muss eine ganz niederträchtige Kreatur sein, die ihm etwas Schlechtes nachsagt.«

»Und doch«, sagte der Pastor, »bleibt es dabei, was ich gesagt habe, er geht ab.«

»Bedenken Sie es, Herr Pastor, Sie machen zwei Menschen unglücklich. Können Sie mir für die arme Mutter keinen Trost geben?«

Der Pastor schaute seine Schwester an und sagte: »Liebe Bertha, wir wollen unter diesen Umständen der Frau Müller den Martin Moller mitgeben.«

»Wer ist das und was soll der?«, fragte die Müllersche.

»Das ist ein Trost- und Hilfsbüchlein: ›Die heilige Sterbekunst‹, ein Pflaster auf Herzenswunden. Bringen Sie dies der Frau.«

»Nein«, sagte sie, »dieses Pflaster behalten Sie für sich. Ich bin kirchlich nicht groß eingestellt. Wenn aber meine Mitmenschen in Not und Elend sind und ich kann ihnen nichts anderes anbieten, als Traktätchen und Trostbücher, dann gebe ich lieber gar nichts. Wir sind nun miteinander fertig. Ich wünsche von Herzen«, da musste sie erst ihren Ärger hinunterwürgen, als hätte er ihr die Kehle zugeschnürt, »ich wünsche von Herzen, dass der Herr Sie alle beide so lieb haben möge wie die alte Frau Wienstädt, dass er nicht zu dünn seine Liebe an Ihnen beweist«, und dabei nickte sie mit dem Kopf, als wollte sie sagen: So, steckt euch das hinter die Kusen[5].

Der Pastor behielt jedoch seine Ruhe und sagte: »Adjüs, meine liebe Frau Müller, der Herr behüte und bewahre Sie.«

Das alte Fräulein brachte Frau Müller noch bis an die Haustür. Sie machte genau wie ihr Bruder ein freundliches Gesicht, zeigte ihre Zähne und fragte noch einmal: »Na, wie ist es mit Martin Moller? Wollen Sie ihn mitnehmen?«

»Bleiben Sie mir, zum Donnerwetter, mit Ihrem Martin Moller vom Leib!«, brach sich Frau Müllers Ärger gewaltig Bahn und sie drehte ihr demonstrativ den Rücken zu.

Als Frau Müller die traurige Antwort, die sie vor lauter Weinen kaum herausbekam, Wienstädt überbracht hatte, ließ sie ihn in seinem Kummer allein. Plötzlich begann der Vogel zu pfeifen: »Wir winden dir den Jungfernkranz.« Überraschend war ihm die Aufgabe gelungen! Unter anderen Umständen hätte Wienstädt vor lauter Freude wohl hell aufgelacht, jetzt verzog er keine Miene. Für die Unglücklichen scheint ja all das Gute, was für sie geblieben ist, wertlos. Nur das, was sie verloren haben oder was sie sich wünschen, hat für sie Wert, und Wienstädt hatte heute viel verloren.

»Wir winden dir den Jungfernkranz«, begann der Vogel zum zweiten Mal und dabei streckte er seinen Hals, als wolle er sagen: Na, was sagst du nun? Wienstädt wollte dem Vogel als Belohnung ein freundliches Gesicht zeigen, es gelang ihm aber nicht. Erinnerung und Hoffnung, diese beiden Engel machten wohl den Versuch, in seinem Herzen unterzukommen, gingen aber betrübt wieder von dannen. Es war noch zu früh, für sie gab es noch keinen Platz.

5 Wörtlich: Backenzähne, hier: »Schreibt euch das hinter die Ohren!«

Was die Leute sagen

Als am nächsten Tag die Kinder in die Schule kamen, sagte ihnen Frau Müller, es gäbe heute keinen Unterricht, Wienstädt sei verreist und sie wüsste auch nicht, wann er zurückkäme. Die Freude über diese Nachricht war groß, alle Jungen schrien »Hurra«, einer schlug sogar ein Rad. Und als nun Hermann Klöppel kam, der gegenüber der Schule wohnte, und ihnen sagte, dass er es schon gestern Abend gewusst hätte und dass Rombergs Fiken erzählt hätte, Wienstädt wäre entlassen worden, da war die Freude noch unbändiger. Jungen sind Jungen, sie freuen sich, wenn die Schule ausfällt. Warum und wieso ist ihnen ganz egal. Und wenn alle Lehrer der Welt verjagt würden, den meisten wäre es recht. Die Eltern wussten nicht was sie denken sollten, sie überlegten in jede Richtung. Einige meinten, Wienstädt wäre wohl abgesetzt, weil er Hinnerk Schwertfeger jeden Tag auf den Rücken geschlagen und der alte Schwertfeger sich darüber beschwert hätte. Die anderen glaubten, er sei verrückt geworden, der alte Müller hatte nämlich im Dorf erzählt, dass es Wienstädt schlecht ginge, weil seine Gans gestorben sei. Keiner aber hatte es so eilig wie die schiefe Fiken. Sie glaubte, sie wäre heute die Hauptperson, weil sie mehr wusste als alle anderen. Vor dem Wirtshaus versammelten sich die Frauen und Fiken in der Mitte hatte alles im Griff. Sie agierte wie ein Feldwebel, wenn er an seine Soldaten die Parole ausgibt. Und alle hatten das Ohr, mit dem sie am besten hören konnten, ihr zugewandt, damit ihnen kein Wort verloren ging.

»Das mit der Gans«, sagte Fiken, »ist nur dummes Gerede, das hat gar nichts damit zu tun. Deswegen wird kein Mensch verrückt. Was aber die Leute sagen, dass die Babendammsche den Lehrer bei Trina angetroffen hat, kann ich auch nicht glauben.«

Nun hatte es zwar kein Mensch gesagt und Fiken war die Erste, die es aussprach, aber wie Frauen sind: Sie nickten einander zu, als wollten sie sagen, nun wissen wir Bescheid, da liegt der Hase im Pfeffer.

»Möglich ist es«, sagte die Klänertsche, »so etwas kann bei der Art auch vorkommen.«

»Da hast du ganz recht«, sagte die Hänertsche, »kluge Hühner legen zuweilen auch in die Nesseln und verbrennen sich den Hintern.«

»Von nichts kommt nichts«, sagte die Trolsche, und die Köter-sche tat, als drehe sie einen Leierkasten und begann zu singen: »Die Liebe muss was Süßes sein, die Liebe, ach, die Liebe, sie kennt nicht Rang noch Stand.«

Und nun stoben sie alle auseinander und gingen eiligst nach Hause. Sie hatten viel gehört und mussten sich Luft schaffen.

Ein Bremer Schnack soll drei Tage dauern. Das mag in der Stadt zutreffen, wo jeden Tag etwas Neues passiert. Auf dem Dorf ist es aber etwas anders, da hält ein solcher Skandal länger an. Es war nun schon der fünfte Tag und in Knipperhausen wussten die Leute noch immer von nichts anderem zu erzählen als von Wienstädt und Trina. Die einen bedauerten die alten, die anderen die junge Leute. Die einen ließen nichts auf die beiden kommen, die anderen konnten nicht genug Schlechtigkeiten über sie berichten. Einige wollten sogar längst allerhand verdächtige Zeichen an Trina bemerkt haben. Am meisten hatte Frau Müller zu tun. Sie verteidigte die beiden, dass das Zuhören eine Freude war. Mit dem halben Dorf hatte sie sich bereits zerstritten und kam gar nicht mehr aus dem Ärger heraus. Zweimal hatte sie deswegen schon Hoffmannstropfen eingenommen und ein großes Senfpflaster auf den Magen gelegt. Und zu ihrem Mann hatte sie gesagt: »Sollst mal sehen, mir läuft noch die Galle über.«

Das Schlimmste für die Leute war, dass sie den richtigen Zusammenhang nicht erfuhren, Adelheid gab keinerlei Auskunft. Trina wurde von niemandem gesehen, Babendamms Leute sagten, sie wäre krank.

Adelheid hatte sich noch nicht mit Krischan, dem Großknecht, unter vier Augen aussprechen können. Sie wusste, dass er von Trina viel hielt und hatte schon mehrere Male versucht, mit ihm zu reden. Heute nun traf es sich gut. Er wollte Mist aufs Land fahren und sie musste ins Dorf, da hatten sie den gleichen Weg.

»Nun sage mal, Adelheid«, begann Krischan, »wie ist denn eigentlich die Geschichte ans Licht gekommen?«

Adelheid erzählte ihm nun, wie an dem Morgen alles abgelaufen war. Dass die Alte nach dem Fest erst um neun Uhr aufgestanden wäre und bei guter Laune gewesen wäre. Gegen zehn wäre dann die Ehlersche, die alte Kartenlegerin, erschienen und wäre direkt in die Kammer der Alten gegangen. Als sie auch hineingewollt hätte, wäre die Tür verschlossen gewesen und der Schlüssel hätte von innen gesteckt. So hätte sie beim besten Willen nicht durch das Schlüsselloch sehen können.

»Kannst glauben, Krischan, die Alte hat sich wahrsagen lassen, und ich wette darauf, die alte spanische Fliege hat es ihr aus den Karten gelesen.«

»Ach was, dummes Zeug!«, sagte Krischan. »Wie kann jemand so etwas aus den Karten lesen?«

»Ja«, meinte Adelheid, »die Ehlersche kann das.«

»Ach was«, sagte Krischan, »wenn das alte Fell ihr etwas gesagt hat, so hat das Weib von jemand anderem Wind bekommen. Aus den Karten kann das kein Mensch sehen. Aber wenn ich es bestimmt wüsste, dass jemand schuld daran wäre, ich schlüge ihm mit der Peitsche über den Rücken, dass das alte Eulengesicht wie eine Kreuz zehn aussehen sollte.«

»Krischan, lass dich nicht mit der alten Hexe ein, die könnte dir etwas antun.«

»Nein«, sagte Krischan, »alte Weiber können das nicht, das könnte höchstens ein junges hübsches Mädchen.«

»Die Ehlersche«, sagte Adelheid, »ist eine geschlagene halbe Stunde bei ihr geblieben und anschließend begann der Spektakel. Als die Alte aus ihrer Kammer kam, stand ich mit Trina auf der Diele. Sie kam wie eine Furie auf uns zu und schickte Trina nach Lilienthal. Und als die weg war, hat sie in unserer Kammer ganz lange herumgekramt. Und da, denke ich mir, hat sie Briefe von Wienstädt gefunden.«

»Da kannst du recht haben«, sagte Krischan, »so mag es wohl gewesen sein.«

»Wie mir die gute Trina leidtut«, begann Adelheid wieder. »Sie ist nun schwer krank. Noch keine zehn Wörter hat sie mit mir gesprochen und isst auch nichts. Und die beiden Alten haben die ganze Zeit noch keinen Fuß in ihre Kammer gesetzt.«

»Hast du den Alten denn nicht gesagt, wie krank Trina ist?«, fragte Krischan.

»Natürlich habe ich es ihnen gesagt. Wenn Trina nur nicht stirbt, sagte ich zu der Alten. Ach was, meinte sie, so leicht stirbt es sich nicht. Das zieht sich wohl wieder zurecht.«

»Der alte Satan«, sagte Krischan, »wenn der Alte nicht solch ein Dummkopf wäre, wäre es auch anders, aber der wagt ja gar nicht, den Mund aufzumachen.«

»Zwischen den beiden«, sagte Adelheid, »muss auch etwas vorgefallen sein, sie spricht gar nicht mit ihm.«

»Ich sollte an seiner Stelle sein«, sagte Krischan, »jeden Tag bekäme sie dreimal ihren Buckel voll!« Und dabei gab er dem Handpferd einen Schlag über das Kreuz, dass das arme Tier erschreckt aufsprang.

Zu dem Sattelpferd hätte es sagen mögen: »Was will der verdrehte Kerl schon wieder. Ich kann doch vor einem Mistwagen nicht Galopp tanzen?«

»Wohin gehst du denn, Adelheid?«

»Ich will zum Bäcker, er soll uns für morgen zwei Butterkuchen backen. Wir bekommen Besuch, und ich kann mir wohl denken, wer das ist. Der alte Harms kommt wieder vorbei. Er und die Alte wollen Trina unbedingt mit Jan Harms verheiraten.«

»Einen schlechteren Kerl als diesen Switjeh[6]«, sagte Krischan, »hätte sie wohl nicht finden können.«

»Gestern Nachmittag«, flüsterte Adelheid ihm zu, »musste ich nach Strom und für Harms einen Brief abgeben. Da kam die alte Harms, die Transuse, und fragte so nebenbei, wie es in Knipperhausen aussähe? ›Wie soll es aussehen?‹, sagte ich. ›Da ist immer alles beim Alten.‹ – ›Sooo?‹, drängte sie. ›Was hat denn euer Lehrer ausgefressen, dass er so Knall auf Fall weggemusst hat?‹ – ›Ist der weg?‹, fragte ich. ›Das weiß ich ja gar nicht.‹ – ›Das ist ja sonderbar, das weißt du nicht? Dann wissen wir ja mehr als ihr. Na, dann halte dich nur nicht lange auf und bestelle, dass mein Mann übermorgen kommt.‹ Das alte abgemagerte Weib kennt also die ganze Geschichte.«

»Ja, es ist kein Wunder«, sagte Krischan, »daran ist niemand anderer Schuld als unsere Alte. Die hat es an die große Glocke gehängt.«

»Ich will dir noch etwas verraten, Krischan«, sagte Adelheid, als sie vor dem Bäckerladen standen. »Ich gehe weg, ich kann in

6 Luftikus.

die Stadt zu meinem Onkel und meiner Tante. Sie haben im letzten Frühjahr ihre einzige Tochter durch Scharlachfieber verloren und wollen mich nun zu sich nehmen. Sie leben von ihren Zinsen und ich soll sie mal beerben.«

»Dann kannst du wohl lachen«, sagte Krischan. »Ich bin auch die längste Zeit hier gewesen.«

»Ich muss jetzt in den Laden, Krischan, verrate mich nicht und sage keinem Menschen, worüber wir gesprochen haben.«

»Du glaubst wohl, ich bin nicht klug? Von mir soll niemand etwas erfahren«, sagte Krischan, und fuhr mit seinem Mistwagen davon.

Sonderbar! Am nächsten Sonntag kamen die Leute von nah und fern zur Kirche nach Knipperhausen, was sonst niemandem einfiel. Die Knipperhauser gingen immer in die Horner Kirche, weil sie den Horner Pastor lieber hörten. Frau Babendamms hatte sich vorgenommen, sie wollte den Leuten in der Kirche heute ein recht zufriedenes Gesicht zeigen. Kein Mensch sollte von ihrem Ärger etwas merken, den sie in diesen Tagen gehabt hatte. Als sie nun in ihrem besten Sonntagsstaat ankam, schauten die Leute ihr direkt ins Gesicht. Sie wollten sehen, welchen Eindruck die Geschichte auf sie gemacht hatte und vergaßen ganz, ihr guten Morgen zu sagen. Und sie selbst konnte das doch nicht zuerst tun. Als sie sich in ihren Stuhl gesetzt und ihren Kopf kurz nach unten gebeugt hatte, bekam sie einen Schreck, als sie sich wieder aufgerichtet hatte. Alle reckten ihre Hälse und schauten sie an. Langsam begannen ihre Knochen zu beben. Das hätte sie nicht gedacht, sie schlug ihre Augen nieder und mochte von ihrem Gesangbuch gar nicht wieder aufsehen. Endlich trat der Pastor auf die Kanzel, aber auch aus seinem gelben griesgrämigen Gesicht fiel der erste Blick auf ihren Stuhl. Er predigte über die Offenbarung des Johannes, Kapitel 3, Vers 20: »Siehe, ich stehe vor der Tür und klopfe an.« Seine Predigt war ganz gut, und dass er mit seinen Händen ein wenig zu stark auf die Kanzel schlug, konnte ja nicht schaden, denn die war fest gebaut und die Nerven seiner Zuhörer waren tadellos. So voll wie heute hatte der Pastor seine Kirche noch nie gesehen und er nahm die Gelegenheit wahr, ihnen mal ordentlich die Wahrheit zu sagen, sozusagen die Leviten zu lesen.

Aber auch diese Predigt war schließlich vorüber. Frau Babendamm saß wieder in ihrer Kammer, riss ihren Hut vom Kopf und warf sie auf die Kommode. Der Kirchgang hatte ihr Herz nicht erweicht, nein, in ihr kochte die Wut. Sie glaubte sich von der ganzen Gemeinde beschimpft und in der Predigt selbst war etwas gesagt worden, was der Pastor gewiss auf sie gemünzt hatte. Dass sie durch ihr Benehmen selbst die Sache verschlimmert hatte, der Gedanke kam ihr nicht in den Sinn. In diesem Augenblick hätte sie ihre Tochter mitsamt dem ehrvergessenen Lehrer Wienstädt zerreißen können.

Wienstädts alte Mutter

Wienstädts Unglück machte wohl auf niemanden einen solch schlimmen Eindruck wie auf seine Mutter. Als er von Knipperhausen fortgegangen war, hatte er sich fest vorgenommen, seiner Mutter zu verschweigen, dass er seine Arbeitsstelle verloren hatte. In seiner Angst sagte er sich, die alte Frau könnte dadurch sterben, und doch wurde es ihm schwer, sie zu belügen. Er überlegte hin und her und lief dabei noch eine ganze Stunde durch die Straßen, ehe er zu seiner Mutter ging. Sie hatte ihn nicht erwartet und wunderte sich deshalb, als er zur Tür hereinkam. Er sagte ihr, er hätte acht Tage Urlaub bekommen und wolle so lange bei ihr bleiben. Allerdings, es kam so sonderbar über seine Lippen, und dabei hatte er rotverweinte Augen. Es musste seiner Mutter auffallen. Eine Mutter sieht ja immer zuerst, wenn wir Kummer und Sorgen haben. Und bei Wienstädt, der seine alte Mutter so lieb hatte, war es erst recht so.

»Du hast etwas auf dem Herzen, Heinrich, dir ist etwas Schlimmes passiert und du willst es nicht sagen. Das ist nicht gut, wer kann es wohl besser mit dir meinen als deine Mutter. Freue dich doch, dass du noch eine Mutter hast, bei der du dein Herz ausschütten kannst. Sieh mich mal an, Heinrich. Nicht wahr, Schlechtes hast du nicht getan?«

»Nein, Mutter, ich bin mir nichts Schlechtem bewusst. Ich wollte dir nur den Kummer ersparen, der mich quält, und doch hast du recht, ich muss dir etwas sagen. Aber, Mutter, bleibe bitte ruhig.

Sieh, meine gute Mutter, wenn ich auch nichts Schlechtes getan habe, so wollen sie mir doch etwas anhängen und haben mir meine Stelle genommen!«

Wie ängstlich saß die alte Frau da, wie schwer wurde ihr der Atem, wie laut klopfte ihr Herz, bald schnell, bald als wollte es stillstehen. Heinrich lag auf den Knien vor seiner Mutter. Seinen Kopf hatte er in ihren Schoß gelegt, er konnte das liebe Gesicht nicht ansehen. Er erzählte ihr alles – alles, und sie hörte ihm zu. Sie hatte doch keine Ahnung davon gehabt, dass ihr Sohn sein Auge auf eine so reiche Bauerntochter gerichtet hatte. Sie in ihrer bescheidenen Stellung schaute zu reichen und vornehmen Leuten empor. Ihr Sohn hatte ihr wohl erzählt, dass Trina freundlich zu ihm war, dass sie fleißig und bescheiden war, aber sie hatte sich dabei nichts gedacht. Sie wusste zuerst gar nicht, was sie sagen sollte. »Hast du dir nicht noch Schlimmeres zum Vorwurf zu machen?«, fragte sie dann.

»Nein, Mutter, gewiss nicht, so wahr Gott …«

»Sei still«, sagte sie, »schwöre nicht, ich glaube dir auch so und bedaure dich, mein armer unglücklicher Sohn.«

Plötzlich saß sie still, als ob sie etwas überlegte und hielt beide Hände auf ihr Herz. Heinrich wagte kaum zu atmen, da sagte sie ängstlich: »Heinrich, laufe schnell zu Tante Burmeister, sie soll doch gleich mal zu mir kommen. Geh, ich bitte dich.«

»Meine beste Mutter«, sagte Wienstädt, »was ist mit dir? Nimm es dir nicht so zu Herzen. Soll ich jemand anderen zur Tante schicken? Ich kann dich, wenn dir nicht gut ist, nicht alleine lassen.«

»Mir wird schon wieder besser, ich kann allein hier bleiben. Geh und hole die Tante.«

Kaum hatte Wienstädt seine Mutter verlassen, als sie Blut spuckte. Es war nicht das erste Mal, sie hatte es schon zweimal erlebt. Dieses Mal ging der Anfall schnell vorüber.

»Gottlob«, sagte sie, »dass Heinrich es nicht gesehen hat.« Und so schwach sie auch war, sie brachte noch alles in die Reihe, damit ihr Heinrich, wenn er wieder zurückkäme, nichts davon merken sollte. Als Tante Burmeister zur Tür hereinkam, sah sie gleich was passiert war und gab der alten Frau nun alle mögliche Pflege. Ihr Zustand blieb aber doch recht schlimm und in der Nacht kam der Anfall noch einmal. Erst gegen Morgen bekam Frau Wienstädt ein wenig Ruhe.

Wie still war es am nächsten Morgen in der Kammer, als Tante Burmeister ihr das Bett gemacht hatte. Sie lag ohne jegliche Regung gottergeben in ihren sauberen Laken. Vor lauter Müdigkeit wollten ihr die Augen zufallen und doch konnte sie nicht einschlafen. Tante Burmeister und Heinrich standen am Bett und bewegten sich nicht. Sie hofften, dass der Schlaf sich ihrer erbarmen würde. Endlich war es geschehen. Frau Burmeister gab Heinrich einen Wink, er sollte mit in die Wohnstube kommen. Sie schlichen sich beide auf Socken vom Bett weg. »Gebe Gott, dass sie ein paar Stunden Schlaf bekommt«, sagte die Tante und schloss ganz leise die Tür.

»Komm, Heinrich«, sagte sie, »setze dich mal zu mir. Als du mir deine Leidensgeschichte erzählt hast, habe ich nichts gesagt. Jetzt, wo wir allein sind, will ich dir mal meine Meinung dazu sagen.« Und nun begann sie lang und breit darüber zu moralisieren. »Du musst dir von deiner Traurigkeit nichts anmerken lassen, darunter muss deine Mutter mitleiden. Unter solchen Umständen kann sie nicht wieder gesund werden. Wenn du mit einem so betrübten Gesicht vor ihrem Bett stehst, so ist es gerade, als ob du dich in einem Spiegel selbst siehst. Deine ganze Traurigkeit spiegelt sich in ihrem Gesicht wider. Weißt du, dass im Leben eines Menschen auch Sturmtage ihr Gutes haben? Wir können dabei lernen, fest zu stehen. Ein Baum braucht in der Jugend eine Stütze. Ist er groß und kräftig, soll er alleine stehen können. Du bist jetzt zweiundzwanzig Jahre alt und du musst nun auch lernen, allein zu stehen. Bedenke, mein Sohn, dass die Stütze, die du an deiner Mutter hast, dir bald genommen wird. Ich halte es für meine Pflicht, es dir zu sagen, vielleicht kommt es früher als du ahnst, denn deine gute Mutter ist schwer krank. Wenn uns ein Kummer plagt, müssen wir durch Arbeit gegen ihn ankämpfen. ›Bete und arbeite‹ heißt es, und darum wollen wir gleich dafür sorgen, dass du Arbeit bekommst. Morgen früh gehe ich zu meiner guten Senatorin, die weiß immer Rat. Ich muss sehen, dass du je eher je lieber wieder eine Stelle bekommst. Aber nimm es mir nicht übel, recht unklug, mein Sohn, hast du dich bei der ganzen Geschichte doch benommen. Ich hätte lieber gesehen, dass du vor dem Pastor auf den Tisch geschlagen und Beweise gefordert hättest, als er dir sagte, dass du ein unmoralisches Leben führst. Und wärest du beim Verteidigen auch ein wenig zu weit gegangen, ich hätte es dir leichter vergeben, als dass du so einfach weggegangen bist. Woher kommt es aber, dass du so reagierst? Ich weiß wohl, es kommt von den Lehren, die dir deine Mutter mitgegeben hat und diese Lehren hängen wieder mit ihrer gedrückten Lage zusammen. Sie hat dir von morgens bis abends vorgepredigt, dass du dich in Demut vor Gott und den Menschen beugen sollst. Vor Gott und vor den Gesetzen ja, das versteht sich von selbst, da müssen wir uns beugen. Vor schlechten Menschen aber sich zu bücken auch wenn sie unsere Vorgesetzten sind, das wäre wohl noch besser. Deine gute Mutter, das habe ich immer gesagt, ist in ihrem Denken viel zu bescheiden. Ich will ihr daraus keinen Vorwurf machen. Leider ist sie in die Hände von solchen Seelenkneifern geraten, in die Hände von Pharisäern, die immer Demut predigen. Wenn ich ihr vom Markt eine Blume brachte, quälte sie der Gedanke, ob sie wohl das Glück verdient hätte. Wenn ich mit ihr sonntags einen Spaziergang über den Wall machte und sie ihren großen Strohhut trug, der so altmodisch aussah, als hätte sie sich fünfundzwanzig Jahre nicht um Mode gekümmert, quälte sie sich doch noch mit dem Gedanken, ob sie nicht zu viel Wert auf Weltliches legen würde. Hätte ich Ja dazu gesagt, sie hätte unterwegs den Kranz von dem alten Hut abgeschnitten. Nein, Heinrich, ich gehe aufrecht durch diese Welt und frage den Teufel etwas danach, was die Leute über mich sagen, wenn ich nur nichts Schlechtes tue. Ich freue mich über jeden Tag, den Gott mir schenkt. Ich brauche im Sommer nur in die freie Natur, durch die Felder zu gehen, auf denen das Korn auf- und niederwogt, dann kommt es mir vor, als wehten im Wind bunte Fahnen wie an Festtagen. Die blühenden Obstbäume scheinen mir wie riesige Mengen von Weihnachtsbäumen, die für uns Menschen aufgestellt sind. Gehe ich an einem Garten vorüber und prächtige Rosen nicken mir zu, bin ich gleich glücklich. Ein Geruch ist dann in der Luft, als brächte ich meiner Mutter als kleines Mädchen einen Blumenstrauß zum Geburtstag. Und du, mein Junge, darfst die Freude am Leben auch nicht verloren gehen lassen, sie gehört dazu. Du bist jung und gewiss auch ein tüchtiger Lehrer. Du weißt auch, welch großen Respekt ich vor Lehrern habe, aber gerade darum kann ich nicht begreifen, wie du den Kopf so ganz und gar verlieren kannst. Mir scheint es beinahe, als fehle dir der Stolz auf dein Amt.«

»Meine liebe Tante«, antwortete Wienstädt, »halb hast du recht. Der Stolz auf mein Amt fehlt mir zwar nicht und er kann mir auch nicht verloren gehen, aber ich kann nicht stolz sein auf das, was ich in meinem Amt leiste. Ich habe nicht genug gelernt und habe meine ganze Hoffnung darauf gesetzt, in Knipperhausen an mir selbst zu arbeiten, damit ich später auch einmal sagen kann: ›Du bist was du scheinst, ein Lehrer‹. Eine andere Stelle zu bekommen, mit der ich meine arme Mutter ernähren kann, ist fast undenkbar, ich weiß nicht genug. Und so, meine liebe Tante, habe ich alles verloren, was für mich auf Erden Wert hat: mein täglich Brot, meinen guten Namen und meine Hoffnung.«

Frau Burmeister hatte jetzt viel zu tun, um ihn von diesen schweren Gedanken abzubringen, um die Blumen der Hoffnung, die in jedem Menschen wohnen, wieder zum Blühen zu bringen. Ja, sie verstand sich darauf, sie wusste in ihre Worte Trost und Rat, süß und bitter wie Medizin zusammenzumischen. Sie war eine kluge Frau. Sie kannte das Mittel, womit jungen Männern am besten zu helfen ist und hielt ihrem Wienstädt immer wieder die Erinnerung an seine Trina unter die Nase, genauso wie man einen Ohnmächtigen mit Salmiakgeist wieder aufrichtet, nur das es in diesem Fall ein wenig süßer war.

Seine Mutter war wieder erwacht, sie rief seinen Namen und er sprang an ihr Bett. Es schien ihm, als wäre sie in diesem Augenblick gar nicht mehr so krank. Ihre Wangen waren ganz rot. »Du sollst mal sehen, meine gute Mutter«, sagte er, »es wird noch alles wieder gut!« Und er drückte ihre mageren Hände an seine Lippen.

Mutter und Tochter

Trina war seit der Auseinandersetzung mit ihrer Mutter nicht wieder aus ihrer Kammer gekommen. Sie war krank an Leib und Seele, von Vater und Mutter verlassen, nur Adelheid war ihr treu geblieben. Die saß stundenlang an ihrem Bett und wischte ihr den Schweiß vom Gesicht. Wenn Trina sich regte, war Adelheid zur Stelle. Acht Tage Bedenkzeit hatte Frau Babendamm ihrer Tochter gegeben und sieben waren schon verflossen. Trina hatte einen schweren Kampf durchgefochten, heute aber war ihr etwas leichter.

»Ach«, sagte sie, »Adelheid, ich will lieber sterben als noch einmal eine solche Qual durchzustehen. Aber ich glaube, nun habe ich das Schwerste überwunden. Was du an mir getan hast, meine liebe Adelheid, werde ich in meinem Leben nicht vergessen. Sag, ist meine Mutter noch böse auf mich?«

»Das kann ich gerade nicht sagen.«

»Weißt du denn, warum meine Mutter mir so böse ist?«

Adelheid schwieg.

»Sage nur die Wahrheit, Adelheid, ich bitte dich.«

»Ja, das weiß ich.«

»Nun sage mir noch, was macht Wienstädt?«

»Den hat der Pastor aus dem Amt gejagt«, sagte Adelheid und begann dabei zu weinen.

»Du weinst, Adelheid? Ich weiß wohl warum. Noch eine Frage, Adelheid, ich bitte dich darum von ganzem Herzen, belüge mich nicht. Halte nicht hinterm Berg, sage mir, hat Wienstädt sich das Leben genommen?«

»Nein«, sagte Adelheid, »so viel wie ich von den Leuten gehört habe, ist er bei seiner Mutter.«

»Die Leute?«, sagte Trina traurig. »Das ist wahr, daran habe ich noch gar nicht gedacht. Was sagen denn die Leute von uns beiden?«

»Wenn ich die Wahrheit sagen soll, die Leute meinen, der arme Lehrer und die reiche Trina Babendamm passen nicht zusammen.«

Adelheid sagte nicht gern die Unwahrheit. Wenn sie aber auf all die Fragen, die jetzt noch kommen konnten, ehrlich antworten sollte, so musste es für Trina doch gar zu traurig sein. Sie verließ darum unter einem Vorwand schnell die Kammer.

Trina setzte sich in ihrem Bett auf, faltete die Hände und betete zu Gott, dass er Wienstädt in Schutz nehmen und sie nicht verlassen möge. Gott möge die schweren Gedanken, die jede Minute in ihrer Seele aufstiegen, unterdrücken. Das Leben, sagte sie sich, dauert ja nicht ewig und auch der Kummer nimmt mal ein Ende. Was mein Leben glücklich gemacht hat, ist mir genommen. Ich habe wohl nicht verdient, das zu behalten, was ich als Geschenk des Himmels angesehen habe. Wenn der Kelch auch bitter ist, ich will ihn trinken. Ich will von Wienstädt lassen, das kann ihn vielleicht noch retten und ihm seine Stelle zurückbringen.

Adelheid kam zurück in die Kammer.

»Ist meine Mutter zu sprechen?«, fragte Trina.

»Ja«, sagte Adelheid, »sie ist allein in ihrer Kammer.«

Trina wollte ihre Mutter bitten, sie möge wieder gut zu ihr sein. »Komm, hilf mir bitte beim Aufstehen und führe mich bitte in ihre Kammer.«

Und nun half Adelheid ihr beim Anziehen und führte sie langsam hinüber zu ihrer Mutter.

Wie erschrak die Babendammsche, als Trina in die Kammer trat. Wie hatte sich ihr Kind in den sieben Tagen verändert! Die Augen lagen tief in den Höhlen. So totenblass hatte Frau Babendamm ihre Tochter ihr Leben lang noch nie gesehen. Wo war ihre hübsche Trina geblieben, wie musste sie sich gegrämt haben, wie war sie zusammengefallen! Einen Augenblick schien es, als sollte die Mutterliebe Überhand in ihrem Herzen gewinnen. Aber aus dem Teufelsei der Ehlerschen war etwas herausgestiegen, das sagte: »Warte noch!« Also verbat sie sich selbst jedes Entgegenkommen. Sie nahm sich aber doch vor, freundlich zu Trina zu sein. Sie glaubte, das Mädchen wäre gezähmt und würde auf ihren Vorschlag eingehen.

Trina musste sich einen Augenblick ausruhen, bevor sie sprechen konnte. Dann sagte sie: »Meine gute Mutter, höre mich ruhig an. Ich bin nicht schlecht, gewiss nicht, ich bin nicht schlecht. Ich habe mich an keinem Abend meines Lebens ins Bett gelegt, ohne zuerst für meine Eltern zu beten. So habe doch auch du mit mir Nachsicht, sei wieder meine Mutter, sei gut zu deiner kranken Tochter. Und wenn du mir deinen Segen nicht schenken kannst, so verfluche mich nicht. Ich habe es nicht verdient. Sieh, auf Knien bitte ich dich, mache mich nicht unglücklich! Bestehe nicht darauf, dass ich Jan Harms heirate. Behalte mich bei dir als Magd, aber mache Jan Harms und dein eigenes Kind nicht unglücklich! Ich will von Wienstädt lassen, wenn ich dadurch die Liebe meiner Eltern zurückgewinnen kann. Die eine große Bitte aber habe ich, macht den armen Wienstädt nicht unglücklich, legt ihm das, was vorgefallen ist, nicht zur Last. Ich habe mehr Schuld als er.«

Als ob sie dies alles gar nicht gehört hätte, begann die Alte wieder: »Sage mal, was hast du eigentlich gegen Jan Harms?«

»Mutter, das lässt sich nicht mit Worten erklären. Ich mag ihn einfach nicht. Als ich beim Tanz seine Hand nehmen musste, war es gerade, als ob ich eine nasse, kalte Schlange angefasst hätte. Und ein Grauen und eine Gänsehaut liefen über meinen Rücken. Ich kann ihn eben nicht ausstehen!«

Einen Augenblick war die Mutter still, aber, als stiege eine Sturmwolke wieder in ihr Herz, so erschien etwas Wildes in ihrem Gesicht und ihre Augen funkelten wütend. »Wienstädt hättest du wohl lieber angefasst?«, fragte sie.

»Mutter«, sagte Trina, »schweig still von Wienstädt. Ich habe dir gesagt, ich will von ihm lassen, ich will auch versuchen, ihn zu vergessen. Aber Gott ist mein Zeuge, ich habe geschworen, ich will keinem anderen meine Hand geben. Und ehe ich meinen Schwur breche, gehe ich lieber ins Wasser!«

Als hätte ihr die Hölle die Worte eingegeben, sprach die Babendammsche nun mit ihrem Kind. »Ich kann mein Wort auch nicht wieder zurücknehmen, die Sache ist abgemacht, du musst Jan Harms nehmen. Dein Verhältnis zu diesem Lumpsack, diesem Wienstädt, bringt uns nicht allein um die Ehre, nein, auch um zehntausend Taler, die Harms nun, da er alles erfahren hat, mehr haben will, wenn er dich nehmen soll. Um unsere Ehre wiederherzustellen, haben wir ihm das Geld zugesagt, und morgen kommt er. Gnade dir Gott, wenn du dann nicht Ja sagst!«

Der Gedanke, dass ihre Mutter ihr derartige Schlechtigkeiten zutraute, war bei Trina noch gar nicht aufgekommen. Jetzt sprach ihre Mutter es aus und regte damit eine Seite an, die bisher noch unberührt war. Ihr ganzer Jungfernstolz bäumte sich gegen einen solchen Verdacht auf und fest und klar war ihre Rede. »Was«, sagte sie, »die Ehre zu retten? Wer hat meine Ehre in Gefahr gebracht, wer will mir eine ehrlose Handlung nachsagen? Ich mag in euren Augen gefehlt haben, wie aber habe ich meine Ehre vergessen? Du bist meine Mutter, aber darum hast du doch nicht das Recht, meine Ehre infrage zu stellen. Was habe ich getan, dass du, um meine Ehre zu retten, zehntausend Taler ausgeben willst?«

»Was du getan hast?«, schrie die Babendammsche. »Du hast dich von diesem Kerl küssen lassen, du hast …« Sie konnte nicht weitersprechen und vergaß sich soweit, dass sie Trina bei den Zöpfen fasste und ihr den Kopf schüttelte.

In diesem Augenblick kam Babendamm zur Tür herein. Als er sah, dass seine Tochter misshandelt wurde, fiel er seiner Frau in den Arm und warf sie mit einem Ruck auf das Sofa, dass das alte Ding fast aus dem Leim ging.

»Was ist das?«, fragte er. »Wie kannst du dich so weit vergessen, unser Kind zu schlagen?«

Wild fuhr die Babendammsche ihn an. »Du willst mich anfassen, du erbärmlicher Kerl? Wirf das Mädchen zur Seite, nur nicht mich. Du willst wohl noch für das Frauenzimmer eintreten. Sieh sie dir doch mal an, das ist deine Tochter, auf die du stolz gewesen bist! Nein, das ehrvergessene Mädchen ist unser Kind nicht mehr. Lieber will ich gar kein Kind haben als so eines. Geh mir aus den Augen, geh in die Welt und verdiene dir dein Brot als Magd.«

Zu viel, zu viel war das für Trina. Sie fiel auf den Boden und schlug mit dem Kopf an die Kommode. Ohne Besinnung lag das arme kranke Mädchen da und Blut lief über ihr Gesicht.

Als sie wieder zu sich kam, lag sie mit verbundenem Kopf auf ihrem Bett und ihr Vater und Adelheid standen bei ihr. Aber kein freundliches Wort hatte der Vater für seine Tochter. Als sie die Augen aufschlug, ging er zur Tür hinaus.

Knipperhausen lag im tiefsten Schlaf. Der alte Nachtwächter drehte sein Schnurrad und rief: »Die Uhr hat zwölf geschlagen, zwölf ist die Uhr.« Danach war wieder alles still. Der Mond schien hell in Trinas Kammer. Sie hatte keinen Schlaf gefunden und sich angezogen, als wollte sie zur Arbeit auf die Weide gehen. Sie band etwas in ein Tuch, es sah aus wie Wäsche. Und als sie das Bündel zugeknotet hatte, erhob sie sich. Vor Adelheids Bett blieb sie noch einmal stehen: »Leb wohl, meine gute, meine einzige Freundin. Du hast es gut mit mir gemeint«, sagte sie leise. »Du bist die Einzige, die sie mir in meinem Unglück gelassen haben. Ich muss aber von dir gehen. Hier im Haus kann ich nicht länger bleiben. Ich will dich nicht wecken. Vergib mir, dass ich ohne Abschied von dir gehe. Nun kann dir niemand mein Weggehen zur Last legen. Im Schlaf kann man nicht Wächter sein und du schläfst so süß!«

Die Wunde an ihrem Kopf brannte wie Feuer, was aber war das gegen ihre Seelenpein! Leise öffnete sie ein Fenster, stieg in den Garten und leise drückte sie das Fenster wieder zu. Da stand sie nun draußen und konnte kaum von der Stelle kommen. Sie schaute noch einmal zurück, dann ging sie betrübten Herzens weg. Allein! Wohin? Sie wusste es noch nicht!

Ohne den Segen von Vater und Mutter, ohne Geleit wie ein Dieb verließ sie die Stelle, an der sie geboren und aufgewachsen war, an der sie viel Glück, aber auch so tiefen Kummer erlebt hatte. Als sie an der Kirche vorüberkam, blieb sie stehen. Sie dachte an den verstorbenen guten Pastor, der gleich am Eingang des Friedhofes seine Ruhestätte hatte. Sie dachte aber auch an seinen Konfirmationsspruch: »Siehe, ich bin bei euch alle Tage bis an der Welt Ende« und das gab ihr wieder Mut. Noch einen Weg, noch ein paar Schritte musste sie machen. Sie ging zum Grab ihres verstorbenen Bruders. »Wer wird Blumen auf dein Grab pflanzen, wenn ich weg bin? Wärest du noch am Leben, vielleicht stündest du deiner Schwester bei. Vielleicht ist es so besser, dass Gott dich als Kind zu sich genommen hat. Du schläfst ruhig, du hast kein krankes Herz gekannt!« Die Uhr schlug halb eins. »Ich muss gehen, die paar Stunden Schlafenszeit gehen bald vorüber und niemand darf mich hier sehen. Ich weiß nicht, wohin ich gehen soll. Mag mir unser Herrgott den Weg zeigen, auf ihn will ich vertrauen. Wenn eine Mutter ihr Kind vergisst, wird er sich über mich erbarmen. Sein Wille geschehe.«

Am nächsten Morgen, als Trinas Bett leer war, lief Adelheid in Todesangst durch das ganze Haus von einem Ende zum anderen. Alles kam auf die Beine, alle Hausbewohner wurden weggeschickt, Trina zu suchen. Das ganze Dorf geriet in Alarm, die Alten versprachen viel Geld für den, der sie wiederbrächte, aber niemand hatte Trina gesehen. Als der Abend herankam und keiner sie gefunden hatte, steckten die Leute ihre Köpfe zusammen und sagten: »Die hat sich ein Leid angetan!« Und am nächsten Tag ging es von Haus zu Haus, von Dorf zu Dorf: Trina Babendamm hat sich ertränkt!

Die Frau Senatorin

Am Morgen nach der Unterredung mit Wienstädt hatte sich die alte Tante Burmeister um zehn Uhr auf den Weg zu ihrer Frau Senatorin gemacht. Dort angekommen, ging sie gleich in die Küche und fragte, ob sie die Frau Senatorin sprechen könnte. Die Köchin war zum Markt gegangen, nur das Laufmädchen war anwesend, das erst kürzlich ihre Stelle angetreten hatte. Diese kannte sie noch nicht und fragte, ob sie die alte oder die junge Frau Senatorin meinte.

»Natürlich die alte! Ich bin Frau Burmeister.«

»Ach, Frau Burmeister, das sind Sie, na, dann warten Sie einen kleinen Augenblick. Ich will mal sehen, ob unsere alte Dame schon auf ist.«

Tante Burmeister hatte lange, lange Jahre bei der Senatorenfamilie gedient und galt im Hause viel. Wenn sie kam, wurde sie wie eine alte Freundin empfangen und die alte Senatorin konnte es schwer verwinden, wenn sie sich mal eine Zeit lang nicht hatte sehen lassen. Aber auch Frau Burmeister hatte es nötig, sich ab und zu einige Stunden mit der alten Dame auszusprechen und es lag ihr wie ein Stein auf dem Herzen, wenn ihre Geschäfte es nicht zuließen. Die alte Senatorin, die viel Gutes tat und im Vorstand des Frauenvereins eine wichtige Stimme führte, konnte Tante Burmeister gar nicht entbehren. Sie war ihr Adjutant, wie sie wohl zu sagen pflegte. Sie hatte Menschenkenntnis und wusste besser als alle Damen des Frauenvereins, wo die wirkliche Armut steckte und wo es angebracht war, helfend einzuspringen. Wenn mal der Storch in eine solch arme Familie Zwillinge gebracht hatte und die Burmeistersche hörte es, war sie die Erste, die nach dem Rechten sah und für gute Pflege sorgte. So kam es, dass Zwillings- und Drillingsgeburten oft zuerst bei Frau Burmeister und erst eine Woche später am Stadtamt beim alten Kruse angemeldet wurden. Die Burmeistersche besuchte auch andere Damen des Frauenvereins und außerdem Mithelfer von Vereinen, die auch Hilfe für Bedürftige boten. Nach und nach war sie überall in Bremen bekannt geworden. Als aber am Buntentorsteinweg einmal Vierlinge geboren waren, hatte sie es allein ihrer Frau Senatorin gesagt, damit sie die Erste sein sollte, die ihre Freude daran haben sollte, für die vier Jungen zu sorgen.

Kaum hatte das Mädchen der alten Frau Senatorin gemeldet, dass Frau Burmeister gekommen war, rief die alte Dame auch schon von oben herab: »Sieh, Kathrine, das ist ja ein Wunder, dass du noch herzufinden weißt! Wie lange bist du nicht dagewesen! Na, komm nur erst einmal herauf, dann wollen wir weiter darüber reden!«

Tante Burmeister ging nun hinauf in die Stube der alten Dame. Die Frau Senatorin saß in einem bequemen Lehnstuhl am Fenster und hielt ihr die Hand entgegen. Hier sah es recht vornehm aus und weil das Ganze den Stempel vergangener Zeiten trug, fühlten sich die beiden Alten hier umso behaglicher. Die Einrichtung war prächtig anzusehen, es gab keine leichten und günstig hergestellten Möbel, wie man es dazumal begann schön zu finden. Die Kommode war mit Löwenfüßen verziert, der Mahagonischrank besaß Schlösser aus Messing. Das Sofa, die Lehnstühle und alles andere stammte von den Großeltern der alten Dame. Alt und schön wie ihre Umgebung war auch die alte Senatorin und man wusste nicht, ob es in dem Zimmer so behaglich war wegen der alten prächtigen Möbel oder weil die alte Dame mit dem freundlichen Gesicht darin wohnte.

»Na, Kathrine«, sagte die Frau Senatorin, »nun setze dich erst einmal hin und dann erzähle mir, wie es dir geht.«

»Wie soll es mir gehen, Frau Senatorin, man muss froh sein, wenn man sich so durchschlägt, wenn man gesund ist und wenn das Essen noch schmeckt. Und da kann ich, Gott sei Dank, nicht drüber klagen.«

»Hast recht, wenn das Essen schmeckt und man nachts seinen Schlaf hat, dann geht es immer noch, selbst wenn man, wie ich, über zehn Jahre älter ist als du. Ich bin nun schon zweiundachtzig Jahre alt.«

»Wie doch die Zeit vergeht«, antwortete die Burmeistersche.

»Ja, das sage nur. Aber weißt du, dass ich noch gestern an dich gedacht habe? Ich will dir sagen, ich habe einen großen Korb mit Wickelbändern, Luren, Kindertüchern und ähnlichem gepackt, die ich immer sorgsam für meine Enkelkinder aufbewahrt hatte. Für die jetzige Welt ist aber meine Wäsche zu einfach geworden, niemand legt noch Wert darauf. Und da habe ich mir gedacht, dass armen Leuten damit gedient sein könnte. Als wir vor vier Wochen gewaschen hatten, habe ich die Babysachen schon nicht mehr zur Bleiche mitgeschickt. Du bist nun so eine alte Samariterin und läufst von einem Wochenbett zum nächsten, du weißt am besten, wo solche Wäsche gebraucht wird. Ich habe auch noch vier Kleider dazugelegt. Das eine ist einmal schneeweiß gewesen und ist rundherum mit Strichen verziert, die ich alle selbst gestickt habe. Und doch will ich die Kleider los sein, und hör mal zu, warum? Denk dir nur, vorige Woche kommt Hedwig, meine kleine Enkelin herein und fragt mich: ›Sag mal, Großmutter, hast du nicht ein altmodisches Kleid? Wir wollen Komödie spielen und da soll ich eine altfränkische Gouvernante machen. Nun meinte Mama, du hättest wohl noch so ein altmodisches Ding im Schrank hängen.‹ Nun bitte ich dich, Kathrine, mit meinen Kleidern will sie Theater spielen! Nein, das kann ich nicht verwinden, dass meine Kleider, dass mein Brautkleid oder mein Konfirmandenkleid oder das gelbe Kleid, in dem mein Mann mich zum ersten Mal gesehen hat, auf dem Theater gezeigt werden, du weißt bessere Verwendung dafür. Sieh, hier habe ich noch etwas anderes für dich. Das ist ein Paradiesvogel, den hat mir mal Kapitän Rose aus Westindien mitgebracht. Als der Vogel ankam, war gerade Sintjen Ahlswedt bei mir, die damals für mich arbeitete. Als die nun sagte, dass das die neueste Mode wäre, solche Vögel in den Haaren oder an einem Hut zu tragen, wollte es mir zuerst zwar nicht in den Kopf, aber die Ahlswedts hatte Geschmack und ich ließ mich überreden und mir den Vogel an den Hut nähen. Nun war mal ein großes Fest im Krameramtshaus und ich setzte mein Vogelnest auf den Kopf, um den Leuten die neueste Mode zu zeigen. Als mich aber nun mein Mann sah, besah er mich von unten bis oben und begann zu lachen. ›Ist das dein Ernst oder dein Spaß?‹, fragte er. ›Das ist mein Ernst‹, sagte ich, ›das ist die allerneuste Mode.‹ – ›So‹, sagte er, ›weißt du denn auch, wie du aussiehst? Genau wie eine Seiltänzerin!‹ Das ist das einzige Mal gewesen, dass ich über Worte meines lieben Mannes geweint habe. Aber der Vogel hat doch seinen Nutzen gehabt. Wenn ich mich manchmal über meine Schwiegertochter und die Kinder ärgere, weil sie soviel am Kopf herumhängen haben, dann hole ich den Vogel aus meiner Kommode, lege ihn vor mich auf den Tisch und sage zu mir: ›Greif dir mal selbst an die Nase.‹ Insgeheim dankte ich dann meinem seligen Mann für die Worte, die er mir damals gesagt hat, und mein Ärger war vorüber. Aber, mein Mädchen, ich rede und rede, und du hast gewiss etwas auf dem Herzen. Hast dir wohl wieder arme Leute auf den Hals geladen. Sage nur gleich, was ich dabei tun kann.«

»Geld will ich dieses Mal nicht, Frau Senatorin«, sagte die Burmeistersche und erzählte nun die ganze Wienstädtsche Geschichte und wusste auch, wie sie die Worte anbringen musste.

»Du lieber Gott«, sagte die Senatorin, als die Burmeistersche zu Ende war, »wie tun mir die armen Leute leid, da müssen wir doch wohl Hilfe schaffen und zwar so bald als möglich.«

Sie ging an ihren Schrank, holte Geld heraus und sagte: »Komm, Kathrine, nimm mal das Geld und gib es der kranken Frau, na, nur keine Umstände, Geld kann man immer gebrauchen. Über den jungen Lehrer, das ist doch die Hauptsache, wollen wir gleich mal mit meinem Sohn sprechen, der wird wohl noch zu Hause sein. Ich glaube, er hat selbst die Landsachen unter sich, ich sehe ja andauernd die Prediger vom Land bei ihm ein- und ausgehen. Komm, wir wollen mal sehen, ob er in seiner Stube ist.« Und nun gingen die beiden Alten über die Hausdiele und klopften beim Senator an.

»Herein«, rief es von drinnen.

»Bist du zu Hause, Hermann?«

»Jawohl, Mutter, sonst hätte ich nicht ›herein‹ gerufen.«

»Sieh mal, wer hier ist, Hermann!«

»Sieh da, unsere alte Kathrine, mit der ich eigentlich immer noch böse bin!«

»Du bist mit Kathrine böse? Das weiß ich ja gar nicht. Warum denn?«

»Na, Mutter, es ist schon ein wenig länger her, als wir uns erzürnt haben. Ich war gerade konfirmiert worden. Da begegnete Kathrine mir mal auf der Treppe. Und weil sie so hübsch aussah, wollte ich ihr, so im Vorübergehen, einen Kuss geben. Und da gab sie mir, auch so im Vorübergehen, eine Ohrfeige, dass mir Hören und Sehen verging.«

»Das war richtig und das traue ich dir auch zu, Kathrine«, lachte die alte Dame.

»Hör mal zu, Hermann! Kathrine hat eine Bitte an dich und wenn du ihr hilfst, wird sie dir den Kuss wohl freiwillig geben, nicht wahr, Kathrine?«

Frau Burmeister lachte und auch der Senator machte ein recht vergnügtes Gesicht.

»Also, Kathrine«, sagte die alte Dame, »nun erzähle meinem Sohn mal die Geschichte genauso, wie du sie mir erzählt hast, und dann komme wieder zurück in meine Stube. Sollst noch eine Tasse von dem Kaffee trinken, der es gehörig in sich hat. Ich weiß, den trinkst du gern.«

Als die Burmeistersche nach einer halben Stunde wieder in die Stube der Frau Senatorin kam, stand der Kaffee schon parat.

»Na, Kathrine, was sagt mein Sohn, kann er helfen?«

»Ja, er meint, das würde sich wohl machen lassen. Er wollte heute noch etwas dafür tun. Heute wäre Senatssitzung und da träfe er seinen Schwager, der für die Verwaltung auf dem Land mitverantwortlich ist.«

»Sieh, das trifft sich ja gut. Na, wenn der heute Nachmittag kommt, er schaut jeden Tag mal herein, will ich wohl Feuer dahinter machen. Nimm dir doch Zucker. Und mein Sohn vergisst es auch nicht. Und wenn der alten Frau Wienstädt etwas passiert ist, sage mir nur Bescheid, dass wir sie anständig unter die Erde bringen. Ich würde die alte Frau ja gern selbst besuchen, aber das geht nicht mehr. Ich freue mich schon, wenn ich sonntags ab und zu noch einmal zur Kirche fahren kann. Aber so eine ganz verfallene Ruine bin ich doch noch nicht. Nein, ich kann auch noch ganz fidel sein. Da muss ich dir mal einen Spaß erzählen, den ich gehabt habe. Du weißt doch, dass ich nun schon seit etwa zwanzig Jahren alles zu meiner Abreise aus dieser Welt erledigt habe und du hast mir ja auch versprochen, mich in den Sarg zu legen. Nun kam am letzten Sonnabendmorgen einen Augenblick eine kleine Ohnmacht über mich und meine Kinder glaubten nichts anderes, als dass es nun losgehen sollte. Das war nun ein Laufen und Tun. Zwei Ärzte waren auf den Beinen. Mein alter Junge, der Hermann, hatte ganz verweinte Augen. Ich sagte gleich: ›Kinners, wenn es kommt, weiß ich es selbst am besten. Im Moment ist es noch nicht so weit!‹ Nachmittags ging ich nur mal nach oben zu meiner Schwiegertochter. Und weil ich sah, dass sie alle noch betrübte Gesichter machten, ließ ich meine kleine Enkelin, die Hedwig, Klavier spielen. Das kleine Gör traf nun auch ein Stückchen, was so recht in meine alten Glieder fuhr. Sie spielte: ›Als ich noch im Flügelkleide‹. Da stand ich auf und sagte, das wäre ja ein Menuett, das ich als junges Mädchen getanzt hätte. Sie sollte es noch einmal spielen. Und da fasste ich mein Kleid an, sieh so, und machte es so wie früher, sieh so, und dabei sang ich: ›Als ich noch im Flügelklei-i-i-de‹. Und dabei machte ich so einen tiefen Knicks. Du hättest mal sehen sollen, wie die Kinder sich freuten. Ja, weißt du, man muss sich selbst ab und zu ein wenig auffrischen. Es ist nicht wahr, dass nur die Jugend guten Mutes sein kann. Na, du willst gerne gehen, ich sehe es dir an. Ja, ich bin noch immer so eine alte Schnackerin wie früher. Wir Frauen können bis zu unserem vierzigsten Jahr den Mund nicht halten und von da an wird es von Jahr zu Jahr schlimmer. Komm bald einmal wieder und sage mir Bescheid, was die alte Frau Wienstädt macht. Adjüs, Kathrine.«

Hand in Hand standen beide da. Der Kranz, der sich um diese zwei alten Herzen schlang, konnte nicht verwelken. Er bestand aus lauter Efeu und Immergrün.

Ein Brief aus Bremen

Der Pastor von Knipperhausen und seine Schwester saßen in seiner Studierstube und tranken ihren Frühkaffee, nein, dass ich nicht lüge, ihren Kakao. Das Fräulein strickte an einem eineinhalb Ellen langen Wollstrumpf für ihren Pastorenbruder und zählte die Maschen, weil sie mit dem Hacken beginnen wollte.

»Hast du gut geschlafen, Bertha?«, fragte der Pastor.

»Nein«, sagte sie, »nicht gut. Die gestrige geistige Arbeit hat mich sehr angegriffen.« Sie hatte am Tag zuvor wieder ein Traktätchen gedichtet, sie hatte darin über den Jüngsten Tag geschrieben.

»Liebe Bertha«, sagte der Pastor, »hänge die Versemacherei doch an den Nagel!«

Das schien sie ihm nun sehr übel zu nehmen, solch eine Antwort hatte sie nicht vermutet und ziemlich schnippisch sagte sie: »Ich wirke solange es Tag ist, es kommt die Nacht, wo niemand mehr wirken kann. Wenn du deinen Wirkungskreis in der Knipperhauser Gemeinde für groß genug hältst, so ist das deine Sache. Ich für meinen Teil will mein Licht nicht unter den Scheffel stellen. Mein Wort, das gedruckte, gehört der ganzen Welt! Von meiner letzten Schrift sind allein 6.000 Exemplare nach Amerika geschickt worden. Auch hier habe ich gestern wieder den Schlussstein zu einem gottgefälligen Werke gelegt.«

Ihr Bruder hatte es ihr schon lange angesehen, dass sie mit ihrem Schlussvers zu Ende gekommen war. Und als sie nun ihren Bruder fragte, ob sie ihm noch einmal alles vorlesen solle, sagte er: »Nein, mein liebes Kind, damit hast du mir gestern Abend schon eine Freude gemacht. Nur die Verse habe ich noch nicht gehört, die du zum Schluss anhängen wolltest. Willst du mir diese vortragen?«

Nun legte sie ihren Strumpf zur Seite, putzte ihre Brille und setzte sich in Positur, während der Pastor einen Löffel Rhabarber mit etwas Wasser zusammenrührte und alles mit einem Schluck in seinen Magen beförderte. Das Fräulein las nun mit voller Kraft:

»Wenn die Posaune wird erschallen,
Wird sein Donnerwort erknallen:
Gehet von mir, ihr Verruchten,
Satanskinder, ihr Verfluchten!
Unsrer Herde wird er winken,
Sünder weist er nach der Linken,
Wo man hört das Zähneklappen,
Wo lechzend sie nach Wasser jappen,
In die ew'ge Höllenpein
Führet Beelzebub sie ein.«

Als sie die Verse gelesen hatte, sah sie ihren Bruder an und der schaute auf sie. Nun wollte sie wissen, was er zu ihrer neuesten Dichtung sagte. Er sagte aber gar nichts und zog dabei ein Gesicht als hätte er Gift getrunken. Ob nun die Verse schuld daran waren oder der Rhabarber – seine Schwester glaubte, es käme vom Rhabarber.

»Liebe Bertha«, begann der Pastor, er wollte ihr wahrscheinlich seine Meinung kundtun, als der Klopfer an der Haustür dreimal angeschlagen wurde.

Das Fräulein lief aus der Stube, kam aber bald zurück. In der Hand hielt sie einen Brief, auf den der Bremer Schlüssel gedruckt war. Der Pastor setzte sich bequem in seinen Lehnstuhl und begann zu lesen. Je mehr er aber las, desto größer wurden seine Augen und sein Mund. Und als er zu Ende war, sah er aus, wie einer, der niesen will und nicht dazu kommen kann. Sein Mund stand weit offen, sein Kopf lag im Nacken, und die Nasenflügel wölbten sich nach beiden Seiten. Seine Schwester erschrak über sein Aussehen und wollte sofort wissen, was in dem Brief geschrieben stand und was ihn so gewaltig angegriffen hätte. »Was hast du?«, fragte sie, er aber antwortete nicht. Er schnappte nach Luft, und erst als er dreimal einen lauten Rülpser von sich gegeben hatte, erholte er sich so weit, dass er antworten konnte: »Dieser Jammerlappen, der erbärmliche Schneiderjunge, der ABC-Halunke, er hat es gewagt, mich beim Senator zu verklagen! Und gerade bei diesem ironischen Aristokraten! Wenn er statt zu diesem zu Ollermann Haase gegangen wäre, der ein Freund von mir ist, aber gerade zu diesem Dickkopf! Nein, Schlimmeres konnte mir nicht passieren!«

Fräulein Bertha wollte das Lamentieren nicht mehr hören, sie riss ihm den Brief aus der Hand und las selbst: »Ew. Hochehrwürden benachrichtige ich hierdurch, dass ich es übernommen habe, die Angelegenheit des aus dem dortigen Kirchen- und Schuldienst entlassenen Lehrers Wienstädt zu ordnen. Eine Untersuchung der Oberschulbehörde würde den Sachverhalt klarstellen müssen, ob und in wie weit das Ärgernis vorhanden ist, welches Wienstädt durch ›unmoralischen Lebenswandel‹ gegeben haben soll. Bevor nun diese Untersuchung beendet ist, muss ich mich persönlich jedweden Urteils enthalten. Ich gebe jedoch anheim zu erwägen, ob es nicht in Ihrem Interesse liegen muss, dass die von Ihnen einseitig verfügte Amtsentlassung in eine Versetzung Ihres Lehrers verwandelt wird. Ich füge hinzu, dass infolge meiner Vermittlung die Küsterstelle zu Wasserhorst offengehalten wird. Für den Eintritt in diese Stelle bedarf Wienstädt lediglich eines Attestes über seine anderthalbjährige Lehrtätigkeit und Amtsführung, welches Sie als Schulinspektor umgehend an mich einsenden wollen. Wienstädt wäre berechtigt, von seiner Oberbehörde die Wiederherstellung seiner Amtsehre und die Wiedereinsetzung in seine bisherige Schulstelle zu fordern, es sei denn, dass die von Ew. Hochehrwürden verfügte Entlassung höheren Ortes Zustimmung fände, aber ich kann mir denken, dass er kein sonderliches Verlangen danach trägt und Wasserhorst vorzieht. Ew. Hochehrwürden eigene Empfindung will ich nicht vorgreifen. Ohne ihr christliches Gewissen in irgendwelcher Art belasten zu wollen, gebe ich nun anheim, durch Ausfertigung des amtlichen Attestes vor Eröffnung der Untersuchung Abhilfe eintreten zu lassen.« Das Fräulein machte eine Pause und holte tief Luft. Dann las sie weiter: »Ich erlaube mir ferner, darauf hinzuweisen, dass Ew. Hochehrwürden durch irgendwelchen sehr bedauerlichen Irrtum mit Auszahlung der beiden letzten Quartalsraten der meinem Klienten zugebilligten Gehaltszulage im Rückstand geblieben sind. Zu unserem größten Befremden hatte Wienstädt von dieser für seine Verhältnisse so wesentlichen Aufbesserung bisher keine Kenntnis. Herr Wienstädt hält sich zurzeit bei seiner schwer kranken Mutter, der Witwe des Schneidermeisters H. Wienstädt, Herdentorswallstraße 84, auf.«

Fräulein Bertha ließ das unselige Papier fallen, und nun sah das Geschwisterpaar sich durch ihre Brillen an. Beide Gesichter waren sich dabei so nahe gekommen, dass sich die Nasenspitzen beinahe berührten. Vor lauter Verwunderung sperrten beide ihre Münder so weit auf, dass man beinahe eine Billardkugel als Bonbon hätte hineingleiten lassen können. Wie steinerne Götzen sahen sie aus und sie wären bestimmt noch länger in dieser Position geblieben, wenn nicht plötzlich der Leib des Pastors begonnen hätte zu rumoren. Blitzschnell erhob er sich.

»Was willst du dabei tun?«, fragte das Fräulein.

»Ich will antworten«, sagte der Pastor, »ich will ...« In diesem Augenblick kam Doris herein und wollte das Geschirr abräumen. So lange sie in der Stube war, sprachen die frommen Leute über andere Dinge.

Als Doris den Tisch abwischte, fragte das Fräulein so nebenbei: »Hast du gehört, wie es Babendamms Trina geht, ist sie wieder gesund?«

»Nein«, sagte Doris, »sie soll noch sehr krank sein. Adelheid sagte es, als ich sie vorhin beim Bäcker traf.«

»So!«, sagte das Fräulein. »Nun, es wird wohl nicht so schlimm sein. Die Leute übertreiben gleich alles.«

Eine Stunde danach saß der Pastor an seinem Schreibtisch, bald schrieb er, bald kaute er an seiner Feder herum, als ob er mit sich noch nicht darüber einig war, was er schreiben wollte. Das Fräulein ribbelte ihren Strumpf ein ganzes Stück wieder auf. Sie hatte bei der dummen Briefgeschichte allerhand Fehler gemacht und auch ganz vergessen, dass sie schon beim Hacken war. Sie hatte immer weitergestrickt bis der Strumpf aussah, als passte er für den Fuß einer Kuh.

Drei Briefe hatte der Pastor schon begonnen, seine Schwester aber war mit keinem zufrieden gewesen. Nun begann er, den vierten vorzulesen: »In Anbetracht der Unverletzlichkeit der Gesetze, welche ein hochweiser Senat dem Unterzeichneten vorgeschrieben, hat er es für seine Pflicht gehalten ...«

»Unsinn!«, sagte seine Schwester, »du fängst schon wieder von den weltlichen Gesetzen an, die gehen dich gar nichts an. Es scheint mir, als wolltest du ihnen mit Gewalt Waffen gegen dich in die Hand geben. Die weltlichen Gesetze musst du bei deiner Verteidigung vollständig beiseitelassen. Suche Beweise aus Gottes Wort. Nimm das Alte Testament vor die Nase, das ist in diesem Punkt eine nie versiegende Quelle. Den weltlichen Richter möchte ich sehen, der die Geduld besäße, dagegen anzukämpfen. Setz dich nur aufs hohe Ross, damit sie die Lust verlieren, zum zweiten Male mit dir anzubinden.«

»Du hast gut reden«, sagte der Pastor, »du faselst da herum bei deinem Strickstrumpf. Du willst die Bolzen schmieden und ich soll sie verschießen. Am Ende habe ich die ganze Bescherung, wenn die Sache schief geht. Und dass es für mich schlecht steht, liest du aus jeder Zeile dieses Briefes!«

Das Fräulein hatte nun genug. Sie erhob sich und sagte, er solle doch seinen Kram alleine machen. Sie wolle ihren Mund nicht wieder auftun. Und damit lief sie aus der Stube und in ihre Kammer. Ihren Strickstrumpf und das Manuskript vom Jüngsten Tag nahm sie mit sich. Dem Pastor war es recht lieb, dass sie ihn alleine ließ, denn die beiden wären sonst noch lange nicht über die Antwort einig geworden. Sie hatte den Mut eines Dragoners und er überlegte lange, wie untertänig er die Worte stellen wollte. Nun begann er den fünften Brief und befolgte, wie es schien, den Rat seiner Schwester; denn er blätterte alle Augenblicke im Alten Testament.

Als beide Briefe fertig waren, einer an den Senator mit Wienstädts Attest und einer mit dem Geld an Wienstädt, setzte er sein Siegel darauf und Doris musste sie gleich zum Landboten bringen, damit er sie am Mittag mit in die Stadt nehmen konnte.

Schlimme Nachrichten

Wer aus seinen Kinderschuhen herausgewachsen ist und mit Verstand auf seinen Lebensweg zurücksehen kann, der wird finden, dass er Tage erlebt hat, an denen ihm alles kreuz und quer ging, an denen ihm alles, was er auch anfasste, misslang. An solchen Tagen geht es schon am frühen Morgen los: Uns graust davor, dass es Tag wird und wir aufstehen müssen. Wir steigen mit dem linken Fuß zuerst aus dem Bett, die Strümpfe ziehen wir verkehrt herum an und setzen wir erst den Fuß aus dem Haus, dann können wir sicher sein, dass uns eine alte Hexe oder Spinne über den Weg läuft. Hoffen wir auf Sonnenschein, kommt ganz gewiss Regen und haben wir uns vorgenommen, Sommerkleidung anzuziehen, dann friert es Pickelsteine. Was an einem solchen Tag zusammenkommen soll, kommt zusammen – und wenn es der Teufel mit der Schiebkarre zusammenfahren muss.

Solch einen Tag erlebten heute Jan Babendamm und seine Frau. Am frühen Morgen war ihre beste Kuh gestorben und Trinas jüngere Schwestern, die ihre Mutter aus Wienstädts Schule herausgenommen hatte, waren an dem Morgen nach Hannover in eine Pension geschickt worden. Als der Wagen mit ihnen aber schon eine Stunde unterwegs gewesen war, hatten sie erst gemerkt, dass sie die Reisekoffer zu Hause vergessen hatten. Adelheid war am vorherigen Tag fristlos weggegangen, ihr Onkel hatte sie Hals über Kopf nach Bremen geholt. Und mit dem neuen Mädchen hatte die Babendammsche ihre liebe Not. Sie war dumm wie ein Stück Holz, von der Milch verstand sie rein gar nichts, sie konnte nicht einmal mit dem Butterfass fertigwerden. Da musste die Alte selbst mithelfen. Doch trotz größter Anstrengungen schien die Butter heute nicht fest werden zu wollen.

Mit Jan Babendamm war, seit Trina verschwunden war, gar nicht mehr auszukommen. Zu Hause hatte er sich die letzten Tage wenig sehen lassen und mit seiner Frau hatte er nicht mehr gesprochen als nötig. Unfrieden war an allen Ecken und Enden zu finden. Es begann oben bei der Herrschaft und ging hinunter bis zu dem Schweinejungen. Selbst der Himmel machte heute ein ganz verdrießliches Gesicht. Er sah aus, als sollte es vierzehn Tage Regen geben. Pechschwarze Wolken jagten über den Himmel und pechschwarze Wolken verdunkelten die Gesichter der Menschen, die in Babendamms Haus ein- und ausgingen.

Von Trina war noch immer keine Nachricht gekommen. Die Polizei in Bremen, an die Babendamm sich gewandt hatte, hatte gestern, wie auch an den anderen Tagen, kurz gemeldet, dass der Aufenthalt seiner Tochter noch nicht hätte ermittelt werden können, und heute hatten sie ihn ganz ohne Nachricht gelassen. Für die Alte lief heute auch alles konträr. Zwei große Körbe voller Fitzebohnen standen auf der Diele, die geschnippelt und eingesalzen werden sollten, ein Berg Wäsche wollte zusammengelegt und gerollt sein und allein konnte sie es nicht schaffen. Trina und Adelheid fehlten ihr überall. Was noch schlimmer war: Die Zahnschmerzen, über die sie schon zwei Tage geklagt hatte, waren heute kaum zu ertragen. Das ganz dicke Ende sollte aber noch kommen: Pastors Doris kam und sagte Bescheid, dass ihr Fräulein am Nachmittag zu Besuch kommen wollte. Das hatte gerade noch gefehlt! Ändern ließ sich daran aber nichts. Na, das sah sie denn auch ein und sprach vor sich hin:

»Mag sie kommen! Komme ich über den Hund, dann komme ich auch über den Schwanz.«

Gegen vier Uhr kam die alte Abegaike[7] denn auch tatsächlich angestiefelt. Sie hatte sich gewaltig ausstaffiert, trug ihr grauseidenes Kleid und aus den beiden Locken, die sie sonst zusammengedreht hinter die Ohren steckte, hatte sie heute die Wickel herausgenommen, sodass sie wie Korkenzieher an ihrem langen Hals hinunterhingen. Beide wussten nun nicht, woher sie genug Komplimente nehmen sollten, um sich gegenseitig zu versichern, dass es sie freute, sich endlich mal ein wenig miteinander unterhalten zu können. Nur eigentlich konnten sie sich gar nicht ausstehen.

Frau Babendamm konnte nach dem Spektakel mit Wienstädt den Anblick des Fräuleins nicht mehr ertragen.

»Ich weiß wohl, warum du hier bist, alte Bohnenstange«, sagte sie sich, »aber ich will lieber meine Zunge abbeißen, als dass ich mit dir auch nur ein Wort über Trina rede!«

Das Fräulein entschuldigte sich tausendmal, dass sie so spät gekommen sei. Das Wetter, sagte sie, hätte sie so lange zurückgehalten. Die Luft hätte so nach Regen ausgesehen und es wäre doch schade um das grauseidene Kleid, wenn daran etwas Nasses kommen sollte. Siebzehn Jahre wäre es schon alt, aber es wäre noch nie etwas daran passiert. Nun ging das Erzählen los. Die Babendammsche klagte ihre Not, dass sie es mit ihrem neuen Hausmädchen so schlecht getroffen hätte, dass die letzte Wäsche ihr gar nicht gefallen wollte, dass eine der Mägde sich am Finger verletzt hätte und so ging es weiter Schlag auf Schlag. Nur von ihrer Tochter sprach sie kein Wort und das war für das Fräulein eine echte Enttäuschung. Sie war nur herübergekommen, um ein wenig zu horchen. Am Morgen hatte sie

7 Albernes, wunderliches Frauenzimmer.

im Wochenblatt etwas von einem jungen Bauernmädchen gelesen, das ins Wasser gegangen war, und auch bei Babendamms lag das Wochenblatt auf dem Tisch. Direkt fragen wollte sie nicht; nur wie sie das Gespräch auch hin- und herwendete, von Trina sagte die Alte nichts. Als sie nun eine Stunde lang um den heißen Brei geredet hatte, strich sie zuletzt doch die Segel und sagte sich: »Hier ist nichts zu machen, die hat Bohnen in den Ohren.«

Gerade als nun Frau Babendamm ihrem Besuch noch eine Tasse Schokolade präsentiert hatte und das Pastorenfräulein die Tasse an den Mund setzen wollte, begann es, mächtig zu blitzen und gleich darauf kam ein Donnerschlag, so kräftig, dass es sich anhörte, als sollte das ganze Haus zusammenfallen.

»Das walte Gott Vater!«, schrie das Fräulein und sprang vor Schreck vom Stuhl, denn sie hatte große Angst bei Gewitter. »Kinder«, sagte sie, »wie habe ich mich erschreckt! Wäre ich doch nur zu Hause geblieben, da wäre ich bei meinem Bruder Ehrwürden. Hier ist es mir zu gefährlich!«

»Ach«, sagte die Babendammsche, »unser Haus steht auch in Gottes Hand, bleiben Sie nur hier.«

Schon blitzte es erneut und der Donner krachte noch schlimmer als beim ersten Mal.

»Das walte Gott Vater!«, schrie das Fräulein wieder und sprang noch höher. Schnell griff sie nach ihrem Hut und lief aus der Tür. »Adjüs, Frau Babendamm«, rief sie, »ich glaube, ich komme noch trocken nach Hause!« Und weg war sie, als wäre die wilde Jagd hinter ihr her.

Nach Hause kam sie, nur nicht trocken. Auf halbem Weg stürzte ein gewaltiger Platzregen herab und das gute Kleid wurde klitschnass.

Das Gewitter dauerte nicht sehr lange, die Luft wurde wieder hell und die Sonne machte ein freundliches Gesicht, auf Frau Babendamms Gesicht war aber deswegen noch lange kein Sonnenstrahl zu entdecken. Sie saß in ihrer Kammer und schaute geradezu verdrießlich. Um auf andere Gedanken zu kommen, nahm sie das Wochenblatt zur Hand und las, was ihr vor die Augen kam. Plötzlich zuckte sie zusammen, ihr Gesicht wurde kreidebleich und die Zeitung bebte in ihrer Hand. Sie hatte etwas gelesen, las es noch einmal. Da stand eine Anzeige: »Gestern wurde am Punkendeich von Fischern die Leiche eines jungen Mädchens an Land gezogen, das der Kleidung nach dem Bauernstand angehörte und anscheinend im Alter von 18 bis 20 Jahren war. Die Leiche ist bis zur Identifizierung zum Spritzenhaus am Ostertor geschafft worden.«

Sie schrie laut auf: »Das ist mein Kind, das ist meine Trina!«, und fiel in ihren Stuhl zurück. Da lag sie nun wie tot. Ihr Mann hatte auf der Diele das Schreien gehört und kam schnell in die Kammer gerannt.

»Herrje!«, sagte er. »Was ist das? Hat sie sich ein Leid angetan? Ist noch nicht genug Unglück über mich gekommen? Mutter«, rief er, »erhole dich! Was heißt das, was ist mit dir passiert? Ich bitte dich, Mutter, besinne dich!«

Sie schlug die Augen auf und zeigte auf das Wochenblatt. Er wusste nicht, was sie damit sagen wollte und glaubte zuerst, sie wäre nicht recht bei Verstand. Dann hielt er ihr aber das Blatt hin. Sie zeigte mit dem Finger auf die eine Seite und sagte: »Lies es selbst, Jan!«

Totenstille war im Zimmer, als er es las. Dann fiel ihm das Blatt aus der Hand und er begann, bitterlich zu weinen, legte seinen Kopf auf den Tisch und stöhnte und jammerte vor sich hin. Sie saß starr und steif und totenblass da. Keine Tränen erleichterten ihr Herz.

Plötzlich sprang Babendamm auf, ging zum Fenster und rief Krischan zu, der auf dem Hof stand: »Spann schnell mal den Braunen vor die Kalesche, wir müssen zur Stadt fahren!«

»Jan, glaubst du, dass unser Kind sich ertränkt hat?«, fragte die Babendammsche.

Er gab ihr keine Antwort und ging in der Stube auf und ab.

»Jan, sprich doch ein Wort mit mir! Glaubst du, dass Trina sich ein Leid angetan hat?«

Wieder keine Antwort. Er ging hin und her.

Da kam Krischan ans Fenster und sagte: »Angespannt ist. Soll ich vors Haus fahren?«

»Ja!«, sagte Babendamm, »und lege auch ein Bund Stroh in den Wagen!« Dann nahm er seine Mütze vom Haken und ging.

»Jan«, sagte die Babendammsche, »ich bitte dich, so sprich doch mit mir! Was willst du mit dem Stroh?«

»Ich will die Leiche unserer Tochter darauflegen!«, war die Antwort, als er aus der Stube ging.

Als Babendamm und Krischan abfuhren, hörten sie die Frau laut schreien. Kein Wort wurde unterwegs gesprochen, jeder hatte seine eigenen Gedanken. Krischan merkte wohl, dass etwas Schlimmes passiert sein musste, aber was? Er wusste es nicht, er ahnte es nur und die Zügel in seiner Hand zitterten genauso stark wie sein Herz.

Vor dem Ostertor musste Krischan anhalten, Babendamm stieg aus und ging in das Spritzenhaus.

Bei dem Rettungskorb saß eine ganz alte Frau und in dem Korb lag die Leiche eines jungen Mädchens. Er ging näher heran und schaute der Leiche in das blasse Angesicht.

»Gott sei Dank!«, sagte er. »Das ist nicht meine Tochter! Allmächtiger Gott, du nimmst einen schweren Stein von meinem Herzen!«

»Ja, mein lieber Herr«, sagte die Frau und hob ihren grauen Kopf, »das ist meine Tochter. Was war sie für ein fixes Mädchen und wie war sie gut! Wollen Sie sie schon holen? Ach, lassen Sie sie noch ein wenig bei mir, sie ist ja mein Einziges, mein Alles gewesen.«

Babendamm weinte und sagte: »Meine gute Frau, ich weiß wohl, wie weh es tut«, und dabei griff er in seine Tasche und gab ihr ein Goldstück. Die alte Frau aber hatte keinen Dank für ihn.

Er holte tief Luft, als er wieder an seinem Wagen war. »Krischan«, sagte er, »fahre so schnell du kannst nach Hause, treibe die Pferde ein wenig an! Ich habe meiner Frau gute Nachricht zu bringen. Weiter kann ich dir im Augenblick nichts sagen.«

Als sie wieder ins Haus kamen, sagte die neue Mamsell, dass die Frau im Bett läge und schon zweimal das böse Wesen gehabt hätte.

»Unsere Trina lebt!«, rief Babendamm in die Kammer seiner Frau. »Ins Wasser ist sie nicht gegangen, das tut sie uns nicht an!«

Seine Frau setzte sich im Bett übers Ende, sie holte tief Luft. Tränen traten ihr in die Augen! Der Bann war gebrochen! Beide saßen eine ganze Stunde Hand in Hand beieinander und redeten über alles, was bisher passiert war. Sie sprachen über die Situation, in der sie sich befanden, und beratschlagten hin und her. Die Angst war aus dem Herzen der Mutter gewichen, aber – leider Gottes – der Hass gegen Wienstädt war geblieben.

Bei Nacht und Nebel

Frau Burmeister lebte mit ihrer Stieftochter Marie zusammen in Bremens Vorstadt. Beide waren verwitwet und hatten sich einen Laden eingerichtet, von dem sie ihr gutes Einkommen hatten.

Durch das, was Wienstädt Babendamms von dieser guten alten Frau erzählt hatte, waren auch sie mit ihr bekannt geworden und jede Woche, wenn Trina mit ihrem Einspänner in die Stadt kam und Einkäufe machte, kehrte sie bei ihr ein. Mochte es nun sein, dass sie von Tante Burmeister so viel Gutes gehört hatte oder dass sie besonders gut zueinander passten, soviel steht fest, sie hatten sich beide recht lieb.

Trina freute sich immer auf den Tag, an dem sie zur Stadt fahren musste, und Tante Burmeister, die wusste, dass sie jeden Freitagnachmittag kam, suchte es immer so einzurichten, dass sie dann auch zu Hause war. Seit einem Jahr hatten sie es so gehalten und zwischen den beiden war es zu einer guten Freundschaft gekommen, wie sie ja zwischen Frauen bei einer Tasse Kaffee, die für Trina allemal bereitstand, leicht geschlossen wurde. Trina nannte die Burmeistersche auch schon »Tante«, und die Tante sagte »Du« zu ihr.

Seit vierzehn Tagen hatten sich beide nicht gesehen. Wenn Trina früher zu Besuch gekommen war, hatten sie wenig von Wienstädt gesprochen, nur von seiner Mutter. Tante Burmeister hatte gesagt, dass die alte Frau die Schwindsucht hätte und nicht mehr lange leben könnte und dass sie jeden Morgen hinging, um ihr das Bett zu machen. In den letzten acht Leidenstagen, die Trina durchgemacht hatte, war ihr Tante Burmeister alle Augenblicke in den Sinn gekommen. Es war ihr gewesen, als könnte sie nirgends sonst Trost und Rat holen, und als sie nun das Elternhaus verlassen hatte und mit ihrem Bündel unter dem Arm und mit verbundenem Kopf die Nacht zwischen eins und zwei auf der Landstraße der Stadt zuging, ganz mutterseelenallein, nahm sie sich vor, sich an Tante Burmeister zu wenden. Vielleicht konnte sie ihr einen Dienst besorgen. Auf keinen Fall wollte sie bei ihr bleiben, sie wollte arbeiten, sie wollte als Dienstmädchen ein Unterkommen suchen. Kein Mensch aber sollte erfahren, wohin sie gehörte. Wenn es ihr in der Stadt nicht glücken sollte, dann wollte sie nach Delmenhorst gehen. Da wohnte ein Mädchen, das sechs Jahre bei ihren Eltern gearbeitet hatte und jetzt mit einem Inspektor verheiratet war. Vielleicht konnte die ihr dort einen Dienst verschaffen. Hatte dies Mädchen von Trinas Mutter auch viel auszustehen gehabt und war sie auch Knall auf Fall aus dem Dienst gekommen, Trina hielt doch große Stücke auf sie.

Gegen Morgen stand sie vor Tante Burmeisters Haus, wie war ihr der Weg schwer geworden. Auf der Straße war noch alles still, alle Fensterläden waren noch geschlossen. Sie wagte nicht anzuklopfen und doch wollten ihre Beine sie nicht mehr tragen. Ihre Kopfwunde brannte und sie setzte sich still auf die Stufe bei der Haustür. Tiefe Seufzer kamen aus ihrer Brust und mit halbgeschlossenen Augen sah sie zum Himmel empor, der sich rot zu färben begann.

»Der liebe Gott lebt noch, er lässt auch deine Sonne wieder aufgehen«, dachte sie, lehnte ihren Kopf an die Mauer und schlief ein.

Frau Burmeister, die Samariterin

Tante Burmeister erwachte heute früher als sonst. Hatte der Regen so viel Spektakel gemacht oder hatte sie einen schlechten Traum gehabt? Eins von beiden muss wohl schuld daran gewesen sein. Als sie ihre Augen öffnete und hörte, wie es draußen platschte, erhob sie sich schnell und rief ihrer Tochter, die mit in ihrer Kammer schlief, zu: »Marie, es regnet, als ob es aus Mollen gießt! Das kommt uns bei der Wäsche gut zu pass. Die Regentonne wird wohl voll geworden sein. Komm, lass uns aufstehen und schnell ein paar Eimer voll Regenwasser in den Kessel tragen. Marie, hörst du nicht? Es geht schon auf sechs.« Marie arbeitete sich nun mit ein paar tiefen Seufzern aus dem Schlaf, sprang aus dem Bett und zog sich etwas über.

»So muss es kommen!«, sagte Marie. »Mir passiert heute noch etwas Schlimmes, ich habe meinen Strumpf verkehrt herum angezogen.«

»Na«, sagte ihre Mutter, »ist nur gut, dass das Schlimme schon da ist: dass du den Strumpf wieder ausziehen und herumdrehen musst. Das ist schlimm genug!«

Mutter und Tochter gingen nun hinunter ins Haus und als Erstes schloss die Burmeistersche die Haustür auf. Plötzlich gab die Tür nach und drückte nach innen. Trina hatte sich im Schlaf mit dem Rücken angelehnt und fiel mit der Tür ins Haus.

»Mein Gott, was ist das?«, fragte Tante Burmeister. »Marie, komm mal her, hier in der Tür liegt eine Frau mit einem verbundenen Kopf.«

»Himmel«, sagte Marie, »die ist tot! Die hat jemand einfach totgeschlagen!«

»Nein, sie lebt! Mein Gott, was ist das, ist das nicht Babendamms Trina? Wahrlich, sie ist es! Mädchen, woher kommst du? Wer hat dir etwas getan?«

So ging das Fragen und Lamentieren durcheinander. Trina konnte gar nicht zu sich kommen. Sie riss die verschlafenen Augen auf und schaute beide matt und verwirrt an.

»Sie ist doch wohl nicht verrückt geworden?«, dachte Marie, denn so schien es zuerst, als Trina kein Wort sprach und die beiden anschaute, als würde sie sie gar nicht kennen. Zuletzt erholte sie sich etwas, erhob sich und bat: »Lasst mich eine Stunde bei euch bleiben, damit ich mich erst besinnen kann, dann will ich euch erzählen, wie es mir ergangen ist.«

»Geh bitte, Marie«, sagte Tante Burmeister, als sie Trina in die Stube führte, »mach schnell, dass wir kochendes Wasser bekommen, damit wir Trina eine Tasse Kaffee einschenken können.«

Als Marie draußen war, setzten sich Tante Burmeister und sie auf das Sofa und Trina schüttete ihr Herz aus. Als sie die hässlichen Worte aussprach, die ihre Mutter zu ihr gesagt hatte, konnte sie nicht aufschauen. Sie legte den Kopf an die Brust der alten Frau und die legte ihren Arm um Trina und sagte: »Sprich dich ganz aus, mein gutes Mädchen, damit dir das Herz leicht wird!«

Und so kam es auch. Trinas Herz wurde leichter, je weiter sie in ihrem Erzählen kam und jetzt konnte sie nach langer Zeit auch wieder weinen. Im Arm der alten Frau fand sie Trost und Erleichterung. Tante Burmeister war eigentlich noch gar nicht zu Wort gekommen, als Marie zurückkam. Es war ihr allerdings ganz recht. Dadurch bekam sie Zeit zum Überlegen, welche Ratschläge sie Trina geben sollte, das war unter diesen Umständen nicht so einfach.

»Komm, mein Mädchen«, sagte sie, »trinke erst einmal eine Tasse Kaffee, damit es dir besser geht. Ängstige dich nicht, du bist in guten Händen, ich stehe zu dir. Vor allen Dingen musst du jetzt Ruhe haben. Heute Nachmittag wollen wir überlegen, was zu tun ist.«

Und nun brachte Tante Burmeister sie in ihre Kammer, verband ihr den Kopf neu und sorgte dafür, dass die Kranke erst einmal ins Bett kam. Dann ging sie zurück in ihre Stube, um mit ihrer Tochter den Rest Kaffee aus der Kanne zu trinken. Eine gute Tasse Kaffee bedeutet ja für Bremer Frauen das, was der Regen für trockenes Land ist.

»Wie ist es menschenmöglich«, sagte sie, »dass eine Mutter so hart gegen ihr Kind sein kann? Dass sie Wienstädt um seine Stelle gebracht hat, das habe ich ja leider früh genug erfahren, und ich wundere mich auch nicht groß darüber. Dass sie aber gegen ihre Tochter so handeln kann, dass sie gemeine Redensarten gegen sie führen und sie an den Haaren ziehen kann, das begreife ich nicht.«

»Du willst Trina in diesem Zustand doch nicht fortlassen?«

»Ich will erst hören, was der Arzt über ihre Verletzung sagt. Ist es so gefährlich, wie es aussieht, dann lasse ich sie nicht weg, mag da kommen, was will. Meint der Arzt, dass sie das Reisen vertragen kann, dann mag sie in Gottes Namen nach Delmenhorst gehen, wo sie Bekannte hat. Sie will und kann arbeiten, wenn sie gesund ist. Und es ist besser, als den ganzen Tag über ihre Lage nachzugrübeln. Wir erzählen dann keinem Menschen, wohin sie ist. Ihre Mutter muss erst zur Einsicht kommen. Wienstädt darf aber auch nicht erfahren, dass sie hier ist. Auf keinen Fall dürfen sich die beiden bei mir sehen und sprechen. Nur sorgen will ich für sie wie eine Mutter. Ich will ihr treu zur Seite stehen und wenn ich ihr auch nicht geben kann, was sie verloren hat, so wird ihr für den Augenblick ein treues Herz doch viel wert sein. Wie musste das arme Mädchen leiden und was wird ihr noch bevorstehen! Sie ist im Vollen groß geworden und geht jetzt bettelarm in die Welt hinein und sucht sich als Mädchen einen Dienst. Und das ist gewiss nicht leicht, wenn man seine Dienstboten sein Leben lang kommandiert hat. Schlimmer als das alles ist aber, dass sie auf solch grausame Weise aus dem Himmel, den ihre erste Liebe aufgebaut hat, verjagt worden ist.«

Kurz schwiegen sie. »Aber ich rede hier und habe so viel zu tun!«, sagte Tante Burmeister schließlich. »Lieber Gott, was muss ich noch alles machen. Die Wäsche steht da und die arme Mutter Wienstädt braucht mich auch nötig. Ich glaube, sie hat keine acht Tage mehr zu leben. Erzähle es nur nicht Trina! Die soll sich mit diesem Gedanken nicht auch noch plagen. Gib mir mein Umschlagtuch und wickele mir ein Glas mit Himbeersaft in Papier! So, nun will ich zuerst zu Doktor Wiedmann gehen, dass er mal herkommt und nach Trina sieht, und dann gehe ich zur Wienstädtschen. Die alte Frau, die diese Nacht bei ihr gewacht hat, ist eine recht kränkliche Person. Wenn etwas passieren sollte, weiß sie sich nicht zu helfen.« Damit ging sie.

Die alte Frau Specht, die in der Nacht bei der Kranken gewesen war, wohnte mit in Wienstädts Haus. Als sie die Türklingel hörte, kam sie und winkte die Burmeistersche zu sich in die Kammer. Zuerst flüsterte sie ihr zu, dass die Nacht ganz gut vorübergegangen sei und dass die Kranke ziemlich gut geschlafen habe. Aber das müsse sie ihr noch sagen, das könne sie nicht auf ihrem Herzen behalten, dass es im Hause spuke, denn sie habe die ganze Nacht über Holz sägen gehört, und das bedeute, dass bald ein Sarg ins Haus komme.

»Ja, ein Sarg kommt bald«, sagte die Burmeistersche, »das weiß ich selbst, aber dass sie dazu schon das Holz sägen, das glaube ich nicht. Wer sagt denn das?«

»Doch wohl die Geister«, meinte die alte Spechtsche.

»Dummes Zeug, wie können Sie an solchen Kram glauben! Sollten Sie es aber noch einmal hören, dann bestellen Sie den Geistern doch, ich hätte sehr viel altes Feuerholz auf meinem Hof liegen. Wenn sie Zeit hätten, sollten sie es mir bei Gelegenheit klein machen, mir ist es auch egal, ob sie bei Nacht oder bei Tage kommen.«

»Mein Gott, meine liebe Frau Burmeister, versündigen Sie sich nicht an unserem Herrgott!«, sagte das alte Weib.

»Zuerst danke ich, dass Sie die Nacht ausgehalten haben«, sagte Tante Burmeister. »Wenn es heute Abend mit der Kranken noch so gut steht, soll diese Nacht Heinrich bei seiner Mutter wachen.« Und damit stieg sie die Treppe hinauf.

Die alte Spechtsche hatte ganz recht gehabt, die Kranke lag im besten Schlaf und Wienstädt saß und schrieb. Etwa eine halbe Stunde später klopfte es leise an die Tür. Die Alte von unten steckte ihren Kopf in die Kammertür und sagte, dass ein Bediensteter gekommen sei, der mit Herrn Wienstädt sprechen wolle. Wienstädt sprang auf und ging hinunter.

»Ich soll gleich zum Herrn Senator kommen«, sagte er, als er wieder zurückkam. »Gott gebe, dass ich dort etwas Gutes zu hören bekomme!« Er zog seinen Sonntagsanzug an und die Burmeistersche nahm die Kleiderbürste und bürstete an ihm herum, denn er sollte ja schick aussehen.

»Heinrich«, sagte seine Mutter, die inzwischen erwacht war und es gehört hatte, »da auf dem Schrank steht eine Flasche Wein, den die Frau Senatorin mir geschickt hat. Schenke dir ein Glas ein!«

Heinrich wollte nicht, seine Tante hatte die Flasche aber schon zu fassen bekommen und er musste ein Glas trinken.

»Trink nur aus«, sagte sie, »damit du Mut bekommst!«

Er nahm ein Glas, küsste seine Mutter und ging zum Senator.

»Hoffentlich hört er da nichts Schlimmes«, sagte seine Mutter.

»Schlimmes?«, meinte Tante Burmeister. »Nein, Schlimmes kann aus dem Haus des Senators nicht kommen.«

Sonnenschein

Es verging kein Tag, an dem nicht ein ganzer Packen Briefe an den Senator eintraf. Und auch an diesem Morgen waren es acht Stück, die vor ihm auf dem Tisch lagen. Er griff zuerst nach dem dicksten, öffnete ihn und begann sogleich zu lesen. Schlechte Nachrichten konnten nicht darin stehen, denn er lächelte immer so vor sich hin. Er hatte noch den Brief in einer Hand, um weiterzulesen, als er mit der anderen schon nach der Klingel griff.

»Sieh mal nach, Johann«, sagte der Senator, als der Bedienstete in die Stube kam, »ob meine Mutter schon munter ist. Mache es vorsichtig und störe sie auf keinen Fall, wenn sie noch schläft, verstehst du mich?«

»Jawohl, Herr Senator«, antwortete Johann. Es dauerte keine zehn Minuten, da kam die alte Frau Senatorin auch schon zu ihm herein.

»Na, Hermann, was hast du?«

»Rate mal, was ich hier habe!«

»Hast du Nachricht aus Knipperhausen?«

»Ja, der Pastor hat ihm ein Zeugnis ausgestellt.«

»Und ist es für den jungen Mann günstig?«

»Jawohl! Hier ist auch der Brief, den der Pastor dazu geschrieben hat. Wenn du ihn lesen willst, kannst du ihn mitnehmen. Du musst aber die Bibel zur Hand nehmen, sonst wirst du nicht klug daraus!«

»Nein, mein Kind, lies du mir den Brief bitte vor. Was soll ich mich noch lange damit quälen?«

»Na, dann höre zu: ›Hochwohlgeborener Herr! Hochwürdiger Herr Senator! Der an mich gerichteten Aufforderung beeile ich mich durch Übermittlung des von mir als Lokalschulinspektor ausgestellten Attestes über die Amtstätigkeit meines bisherigen Schullehrers Wienstädt bereitwilligst zu entsprechen. 1. Kor. 13, 7. Des Herrn Wille hat Ew. Hochwohlgeboren zum Werkzeuge seiner Gnade ausersehen. Sein Wille geschehe! Wie sollte ich sündhafter Mensch widerstreben, wenn Ew. Hochwohlgeboren berufen sind, das zu vollbringen, was ich als schwaches Gefäß göttlicher Gnade in heiligem Eifer für das bedrohte Seelenheil des mir als verordnetem Diener des Wortes zur Zucht und Leitung übergebenen Wienstädt unternahm. Die Humanität der Weltkinder weiß nichts von dem Geheimnis der Gnade, welche den sündigen Menschen zur Buße führt. ›Ich bin der Herr, dein Arzt‹ 2. Mos. 15, 26. Und abermals sagt der Evangelist Johannes, Offenb. 3, 19: ›Welche ich lieb habe, die strafe und züchtige ich.‹ Ich tröste mich meines Glaubens 1. Kor. 16, 13. Als einen Fingerzeig Gottes muss ich es ansehen, dass Ew. Hochwohlgeboren das Ärgernis einer amtlichen Untersuchung abwenden will, wenngleich ich auch diese Prüfung meines Glaubens über mich ergehen lassen müsste, denn es bleibt doch immer erst festzustellen, ob Wienstädt von mir unbefugterweise seines Amtes enthoben wurde oder ob er freiwillig seinem Amte entsagt hat.

Die dem Wienstädt aus seiner bisherigen Stellung zustehenden Kompetenzen sind an die mir von Ew. Hochwohlgeboren bezeichnete Adresse geschickt worden, 1. Tim. 6, 6. Mit Fürbitte und Gebet werde ich jederzeit des Wienstädt gedenken, dass er seine sträfliche Überhebung bereue und innewerde dessen, was der Apostel sagt Ebr. 13, 9: ›Es ist ein köstlich Ding, dass das Herz fest werde, welches geschieht durch Gnade.‹ Ew. Hochwohlgeboren geneigtem Wohlwollen mich bestens empfehlend

T. Habicht, Pfarrer zu Knipperhausen.‹«

Hätte der Pastor das lachende Gesicht des Senators gesehen, als der den Brief vorlas, er hätte ihn bestimmt wieder einen »ironischen Aristokraten« genannt.

»Ich will dir nun auch noch eine Reihe aus dem Attest vorlesen: ›Wienstädt hat sich in Knipperhausen die Liebe in reichlichem Maße erworben.‹«

Nun musste die alte Frau Senatorin auch lachen. »Der Pastor ist doch wohl nicht so streng, wie die Leute ihn beschreiben. Sein Herz ist wohl doch weich geworden, sonst hätte er nicht so gut geschrieben. Was es mir aber für eine Freude macht, dass alles so gut geht, Hermann, das kann ich dir gar nicht sagen.«

»Die Sache steht nun für den Lehrer sehr gut«, sagte der Senator, »er bekommt die Küsterstelle in Wasserhorst. Meine Kollegen haben mir den Auftrag gegeben, wenn sein Zeugnis gut ausfällt, soll ich sie ihm geben.«

»Gott sei Dank! Wie wird sich seine alte Mutter freuen. Hör mal, Hermann, ich habe große Lust, den Leuten selbst die Nachricht zu bringen. Wenn du anspannen lassen willst, dann fahre ich hin. Ich möchte die Freude gern mit ansehen.«

»Nein, Mutter, bleibe heute zu Hause. Es regnet und es ist windig. Dein Husten kann wieder schlimmer werden! Ich will Wienstädt hierher kommen lassen, dann kannst du ihn ja kennenlernen und dich mit ihm freuen.«

Er klingelte und schickte Johann zu Wienstädt.

»Ich habe hier das Register eingesehen«, sagte er dann wieder zu seiner Mutter, »worin die Lehrerstellen verzeichnet sind. Es ist gar keine schlechte Stelle, viel Land gehört dazu, und meine Kollegen meinen, er könne wohl auf 400 Taler Gehalt kommen.«

»Gottlob! Was machst du mir damit für eine Freude, Hermann! Vielleicht geben ihm Babendamms ihre Tochter doch noch.«

»Wo denkst du hin, Mutter, glaube doch das nicht. Du kennst doch den Bauernstolz. Und dann, was macht Babendamm sich aus 400 Talern? Aber eine Frau kann Wienstädt nun wohl bekommen, wenn er eine haben will und ist es nicht die, dann ist es eine andere.«

»Spreche es nicht so in den Tag hinein, Hermann, schäme dich! Für das arme Mädchen ist das eine Lebensfrage. Wenn Wienstädt so einen schlechten Gedanken hätte, spräche ich kein Wort mit ihm!«

Johann kam wieder zurück und sagte, Herr Wienstädt wolle gleich kommen, er müsse sich nur noch erst ein wenig zurechtmachen.

Der Senator hatte sich wieder an seinen Schreibtisch gesetzt und schrieb.

»Ich störe dich wohl, Hermann, und will lieber gehen.«

»Nein, Mutter, bleibe nur hier und rede weiter, du störst mich nicht. Ich schreibe an unseren Freund, den Pastor Lingen in Wasserhorst. Er wird sich wundern, dass er mal wieder etwas von uns zu hören bekommt. Wenn Wienstädt seine Schuldigkeit tut, wird er sich seiner gewiss annehmen.«

»Ja, der Pastor ist gut und immer noch so dankbar, weil dein seliger Vater ihn bei seinem Studium unterstützt hat. Schicke ihm auch von mir einen schönen Gruß mit!«

»Habe ich schon gemacht!«, sagte der Senator, als er den Brief zusammenfaltete. Er zündete die Kerze an und versiegelte den Brief.

Da klopfte es an die Tür und Wienstädt kam herein. Der Senator ging auf ihn zu und sagte: »Es macht mir großes Vergnügen, Ihnen mitteilen zu können, dass Ihnen durch Senatsbeschluss die Lehrerstelle in Wasserhorst übertragen wurde, vorausgesetzt, dass Sie von

Ihrer früheren Behörde ein günstiges Zeugnis beibringen würden. Ein solches Zeugnis ist heute bei mir eingetroffen und so freue ich mich sehr, Sie zu dieser neuen Stelle beglückwünschen zu können!«

Wenn jemand zum Tode verurteilt gewesen ist und er wird plötzlich begnadigt, so kann das keinen größeren Eindruck auf ihn machen, als diese Worte auf Wienstädt. Wer Wienstädt kennt, weiß, dass er nicht viele Worte machen kann, und die wenigen, die er jetzt machen wollte, schnitt ihm der Senator ab.

»Ihren Dank werden Sie mir am besten dadurch beweisen, dass Sie etwas Tüchtiges leisten. Gehen sie morgen früh nach Wasserhorst und geben diesen Brief an den dortigen Pastor. In ihm werden Sie einen braven Mann kennenlernen. Machen Sie auch dem alten Lehrer Ihre Aufwartung und sehen Sie sich bei der Gelegenheit gleich die Schule an.«

Die Frau Senatorin hatte während der ganzen Zeit in Tränen geschwommen. Endlich hatte sie sich wieder so weit erholt, dass sie sich bei Wienstädt nach dem Befinden seiner Mutter erkundigen konnte.

»Gott sei gedankt«, sagte Wienstädt, »es geht heute viel besser. Die Freude über mein Glück wird meine Mutter gewiss wieder ganz gesund machen und der liebe Gott wird sie mir noch recht lange erhalten.« Und damit ging er.

Die Frau Senatorin trat nun an ihren Sohn heran und sagte: »Mein lieber Hermann, du hast mir heute eine so große Freude gemacht, nun will ich dir auch eine machen. Nimm zum Andenken an diesen Tag hier den kleinen Ring. Er ist noch von deinem seligen Vater.«

Mutter und Sohn standen sehr nahe beieinander und hatten sich fest umschlungen. So standen sie noch, als der Perpendikel der großen Stubenuhr wohl mehr als zwölfmal hin und her gegangen war.

Frau Wienstädts Testament

Als Wienstädt wieder auf der Straße war, musste er erst einen Augenblick stillstehen, so klopfte sein Herz vor Aufregung und Freude.

»Was Trina wohl dazu sagen wird? Und dann meine gute alte Mutter und Tante Burmeister … Nun wird noch alles wieder gut, nun muss Trina auch meine Frau werden und wenn sich die Alte auf den Kopf stellt. – Gott sei Dank!«, sagte er ein ums andere Mal, als ob der liebe Gott nicht mit einem Dank aus einem aufrichtigen Menschenherz zufrieden wäre und als wenn er sich dadurch Luft verschaffen müsste. Einen Augenblick stand er still, dann aber lief er, so schnell er konnte, nach Haus, um den beiden lieben alten Frauen Kunde von seinem Glück zu bringen. Alle Sorge um seine Zukunft hatte ein Ende, er fühlte sich wie neugeboren und es kam ihm vor, als wenn alle Menschen, an denen er vorüberging, ihm freundlich zulachten und Glück wünschten. Wie ganz anders war doch heute der Weg zu seiner Mutter als vor ein paar Tagen, wo er die harten Worte von Pastor Habicht mit sich herumgetragen hatte. Er hatte vor dem Augenblick, in dem er mit der alten Frau zusammentreffen musste, große Angst gehabt. Immer wieder hatte er andere Straßen durchwandert, als könnte er damit etwas abwenden, heute konnte er die Zeit kaum abwarten. Wie der Wind flog er die Treppe hinauf. Nun erst besann er sich und blieb einen Augenblick vor der Kammertür stehen, damit er der Kranken nicht durch seine gar zu große Hast schadete.

Er glaubte, eine fremde Stimme in der Stube zu hören, und so war es auch. Der Briefträger war gekommen und hatte den Geldbrief in der Hand, den Pastor Habicht an ihn abgeschickt hatte.

War das eine Freude, ein Aufstand und eine Begebenheit, als der Briefträger wieder gegangen war und Wienstädt ihnen erzählte, wie es ihm beim Senator ergangen war und dass er die Stelle in Wasserhorst bekommen hatte! Die Frauen weinten und lachten abwechselnd und dankten dem lieben Gott und gratulierten dem neuen Küster und Lehrer ein über das andere Mal.

Selbst die alte Spechtsche unten im Haus wurde davon angesteckt. Neugierig kam sie herauf und steckte den Kopf in die Stube. Und als sie nun begann: »Nehmen Sie es vielmals nicht für übel, aber ich musste doch einmal sehen, was da los ist«, da sagte Tante Burmeister: »Na, kommen Sie nur herein und gratulieren Sie unserem Jungen zu seiner neuen Stelle, er ist Küster und Lehrer in Wasserhorst geworden.« Und nun ging es wieder von Neuem los, bis Tante Burmeister sagte: »Spechtsche, machen Sie, dass Sie nach unten kommen. Ihr Reis brennt an, riechen Sie das nicht?«

Nun hatten sie auch endlich Zeit gefunden, den Geldbrief zu öffnen. Geschrieben hatte der Pastor nicht viel. Nur ein Zettel lag bei dem Geld und darauf hatte der alte Schlaukopf geschrieben:

»Da ich am nächsten heiligen Weihnachtsabend nicht das Vergnügen haben werde, Sie in meinem Hause zu sehen, übersende ich Ihnen schon heute Einliegendes, womit ich Sie am besagten Abend überraschen wollte. Es ist die Ihnen von der Oberschulbehörde zugebilligte Gehaltsverbesserung für die letzten beiden Quartale Ihrer Wirksamkeit in Knipperhausen.

Tobias Habicht, Pastor zu Knipperhausen.«

Das war nun eine neue Überraschung, an die sein Herz nicht gedacht hatte! Wie reich kam er sich plötzlich vor, welche Pläne gingen durch seinen Kopf, was konnte er nun alles für seine kranke Mutter tun! Er schaute seine Mutter an, sie sah so frisch aus, als sie unter Tränen über sein Glück lachte. Er schaute seine Tante an, die ebenso vergnügt war, nahm die beiden treuen Seelen in seinen Arm und drückte ihnen einen Kuss auf die Lippen.

Ein großes Leid war jetzt abgeschüttelt, und doch blieb noch ein schwerer Stein auf seinem Herzen sitzen. Wenn er nur erst genau gewusst hätte, dass es Lügen waren, die der Pastor von Trina erzählt hatte: »Sie bereut ihren Fehltritt und hasst ihren Verführer.« Er sagte nichts von dem, was seine Freude verbitterte, und Tante Burmeister sagte ihm auch nichts davon, dass Trina in ihrem Haus war und dass sie ihm noch immer von Herzen gut war.

»Morgen soll ich nach Wasserhorst gehen und den Pastor Lingen besuchen, ich habe auch einen Brief an ihn mitbekommen. Um vier Uhr stehe ich auf und mache mich auf den Weg.«

»Na, nun musst du dir auch einen hohen schwarzen Hut kaufen und ein Paar schwarze Handschuhe«, sagte die Burmeistersche, »so etwas gehört dazu. Gehe nur gleich hin und besorge es dir, für uns ist es auch gut, dass wir eine Stunde allein sind, um wieder zu uns zu kommen.«

Als nun die beiden Frauen wieder allein waren, sagte seine Mutter: »Gott sei Dank, dass ich diesen Tag noch erlebt habe, dass ich in dem Wissen sterben kann, dass mein Kind versorgt ist. So lange der Junge lebt, ist mein tägliches Gebet gewesen, dass er ein braver Mensch werden und dass es ihm gut gehen möge, wenn ich mal tot bin.«

Frau Burmeister saß auf der Kante des Bettes. Die Kranke griff nach ihrer Hand.

»Mein bestes Mädchen«, sagte sie, »du bist immer unser Engel gewesen, verlass den Jungen nicht, wenn ich tot bin! Der Gedanke, dass du ihm bleibst, lässt mich ruhig sterben.«

»Mache dir um Heinrich keine Sorgen, er ist und bleibt mein Stiefsohn!«, sagte die Burmeistersche. »Aber sprich nicht immer vom Sterben. Du sollst nun erst recht wieder gesund werden, wir beide wollen noch auf Heinrichs Hochzeit tanzen!« Und dabei wischte ihr Tante Burmeister den Schweiß vom Gesicht.

»Was wird von mir noch sein, wenn Heinrichs Hochzeit ist«, sagte die Kranke mit einem tiefen Seufzer, »meine Stunden sind gezählt. Sage mir aber mal aufrichtig, hast du Hoffnung, dass sein Wunsch noch erfüllt wird, dass er Trina bekommt?«

»Ja, nun, da er die Stelle bekommen hat, hoffe ich, dass noch alles gut wird. Was ich daran tun kann, will ich machen. So schnell geht es aber nicht und wir werden noch viele Umwege machen müssen, um zurechtzukommen.«

»Mag unser Herrgott schicken, was für die beiden am besten ist«, sagte die Kranke und legte sich in ihren Kissen zurück.

Nach einer Weile kam Wienstädt zurück. Sein Einkaufen hatte nicht lange gedauert. Er kam herein und hatte einen hohen schwarzen Hut auf dem Kopf und auch die Handschuhe angezogen. Er stellte sich vor das Bett und sagte: »Sieh mich mal an, Mutter, ist dein Sohn nicht ein feiner Mann?«

Sie verzog das Gesicht, als wollte sie lachen, ihr Mund sagte nichts, aber aus ihren Augen sprach: »Du bist mein Alles!«

»Ja«, sagte die Tante als er wieder draußen war, »dein Junge ist ein guter und auch ein hübscher Kerl. Und was die Hauptsache ist: Er ist auch ein guter Sohn.«

»Stopfe mir doch bitte die Kissen hinter den Rücken«, sagte die Kranke, »ich will mich ein wenig über Ende setzen. Mir ist heute ganz gut zumute. Das kommt, weil ich letzte Nacht so gut geschlafen habe.«

Die Burmeistersche richtete es ihr nun so, wie sie es haben wollte.

»So ist es recht, so sitze ich prächtig! Nun sei noch so gut und gib mir mal den Pappkasten her, der dort im mittleren Auszug der Kommode steht! Ja, genau den.«

Frau Wienstädt nahm ein goldenes Kreuz aus dem Kasten auf dem stand: »Gott segne dich!« und sagte: »Wenn Heinrich Hochzeit hält, ich hoffe, dass du es noch erlebst, dann gib seiner Frau dieses Kreuz von mir, ich habe es von meinem Paten zur Taufe bekommen. Du weißt, wie oft ich in früheren Zeiten mein bisschen Gold und Silber zum Leihhaus getragen habe, wenn die Not groß war. Dieses Kreuz aber habe ich nie aus der Hand gegeben.«

Die Burmeistersche nahm das Kreuz und packte es zurück in den Kasten. Ihr waren Tränen in die Augen getreten, sie wollte es sich aber nicht anmerken lassen und beschäftigte sich mit allerlei. Dann gab sie Frau Wienstädt die Hand und sagte, dass sie nicht zu viel sprechen solle, der schlimme Husten könne sonst wiederkommen, band sich ihr Umschlagtuch um und ging nach Haus.

»Was macht Trina?«, war die erste Frage, die Tante Burmeister stellte, als sie in ihr Haus trat. Marie berichtete, dass der Arzt vor einer halben Stunde dagewesen war und gemeint hätte, dass die Verletzung nicht schlimm wäre. Er hätte ihr Pflaster verschrieben. Jeden Tag solle Trina ein neues auflegen, dann würde die Wunde bald verheilen.

Nachmittags saßen die drei Frauen in der kleinen Hinterstube beisammen und Trina sah schon viel frischer aus. Der Schlaf hatte ihr gut getan. Weil Tante Burmeister wusste, dass Trina mehr Sorge um Wienstädt in ihrem Herzen trug als um sich selbst, erzählte sie ihr, dass Wienstädt die schöne Wasserhorster Stelle bekommen hätte. Welch Glanz kam da in Trinas Augen, wie wurde ihr krankes Herz wieder frisch, wie färbten sich ihre Wangen wieder rot! Vor Freude fiel sie der Tante um den Hals.

»Nun ist alles wieder gut«, sagte sie, »nun braucht ihr um mich keine Angst mehr zu haben. Ich will mich wohl durchschlagen. Morgen früh gehe ich nach Delmenhorst.«

»Eine Frage«, sagte Tante Burmeister, »muss ich dir noch stellen. Ist es noch immer dein Wunsch, dass Wienstädt dein Mann wird?«

»Ich betrachte mich als seine Braut und wenn ich ihn nicht bekomme, sterbe ich als Braut. Will er mich haben, sage ich Ja, aber auch meine Eltern müssen ihr Jawort dazu geben. Ohne ihre Einwilligung würde ich keinen Segen in sein Haus bringen. Sollte es ihm zu lange dauern, kann er tun und lassen was er will. Ich lege ihm nichts in den Weg.«

»Ein Lehrer hat kein großes Einkommen, wirst du damit auch zufrieden sein? Er kann dir nicht so viel bieten, wie du es von zu Hause aus gewohnt bist.«

»Trocken Brot und Salz will ich mit ihm essen, wenn ich nur an seiner Seite arbeiten kann!«

»Ja, so reden wir Frauen vor der Hochzeit alle, nur nachher wollen wir auch gern ein Stück Schinken oder Braten dazu haben. Na, bei seinem Einkommen wird Wienstädt es dir ja wohl auch bieten können. Ich habe dich um deine Meinung gefragt, damit ich mein Tun und Lassen danach richten kann. Wienstädt weiß nicht, dass du hier bist. Er glaubt, du sitzt gut und wohlbehalten bei deinen Eltern. Er soll auch nichts davon erfahren. Ich habe meinen Grund, warum ich es so für besser halte. Sollte er durch einen Zufall erfahren, dass du von Knipperhausen weg bist, werde ich ihm sagen, dass du gut aufgehoben bist. Wo du dich aufhältst, braucht er nicht zu wissen.

Die Herrschaft oder die Polizei in Delmenhorst wird nun aber wohl nach deinem Namen fragen. Dann nenne dich einfach Burmeister. Du bist ja doch vor der Hand meine Tochter. Unter der Adresse ›Trina Burmeister‹ will ich auch an dich schreiben und dich wissen lassen, ob die Sache gut oder schlecht für euch steht. Ich werde diese Nacht wohl bei den Wienstädts bleiben müssen. Heinrich will morgen früh nach Wasserhorst und muss in der Nacht schlafen. Fahre du dann in Gottes Namen morgen nach Delmenhorst. Marie soll die Waschfrau bestellen, die kann mit dir zur Neustadt gehen und dir deine Sachen tragen. Morgen ist Markttag, da findest du bei Lankenau vor dem Hohentor Fahrgelegenheiten genug. Schreibe mir aber bald, wie es dir dort ergangen ist.«

Vielerlei hatten beide noch zu besprechen und einzupacken, denn Trina hatte gar zu wenige Sachen von zu Haus mitgenommen. Und mit Packen und Reden ging der Nachmittag zu Ende. Zuletzt gab die Tante ihr noch fünf Taler. »Ohne Geld«, sagte sie, »hat der Mensch keinen Mut und dann ist auch schlecht reisen!«

Abends um acht Uhr stand sie schon wieder an Frau Wienstädts Bett. »Gottlob«, sagte die Kranke, »dass du da bist. Bleibe bis morgen früh um zehn bei mir, ich will dich die Nacht auch gar nicht quälen. Aber bis zehn Uhr musst du bei mir bleiben!«

Tante Burmeister hatte es schon mehrere Male erlebt, dass Menschen, die im Sterben liegen, ihre Todesstunde vorher angeben. Das fiel ihr ein, sie ließ es sich aber nicht anmerken und sagte: »Gerade darum bin ich ja gekommen, wenn Heinrich morgen nach Wasserhorst gehen soll, kann er nicht wachen.«

Bis um drei Uhr in der Nacht schlief die Kranke ohne zu husten. Dann erwachte sie und fragte nach der Uhrzeit.

»Es ist drei Uhr«, sagte Tante Burmeister.

»Kannst du das Bett nicht ein wenig von der Wand schieben?«

»Ja, wenn du es so haben willst.«

Eine Stunde später, als Heinrich seiner Mutter Adjüs gesagt hatte, wollte sie sich gern auf ihren Lehnstuhl setzen lassen. Tante Burmeister meinte aber, dafür sei es noch zu kalt. Als es hell wurde, ging das Drängen wieder los. Sie wollte partout auf den Lehnstuhl. Tante Burmeister wollte es ihr im Guten ausreden, aber gegen neun Uhr, als sie ihren Kaffee getrunken hatte, musste sie ihr doch gehorchen. Als sie nun von hinten und von vorn in Kissen gepackt im Lehnstuhl saß, verlangte sie Feder, Tinte und Papier.

»Quäle dich doch nicht mit Schreiben!«, sagte Tante Burmeister. Es half aber nichts, sie musste ihr alles auf den Tisch legen, den sie vor ihren Lehnstuhl gerückt hatte. Sie sagte, sie wolle ihr Testament schreiben, und sie schrieb auch. Und es ging besser, als Tante Burmeister es sich vorgestellt hatte.

»Schreibe nur«, sagte sie. »Ich gehe zum Abwasch in die Küche. Die Schüsseln von gestern stehen alle noch herum. Hier, nimm den Stock. Wenn du wieder in dein Bett willst, klopfe nur an die Tür.«

Die Küche war wieder aufgeräumt, Teller und Tassen gesäubert, der Feuerherd abgefegt und, wie es sich gehörte, der Deckel von dem kupfernen Kessel ganz blankgescheuert. Tante Burmeister band sich eine saubere Schürze um und ging zurück in die Kammer.

Was bekam sie aber da zu sehen! Die Wienstädtsche saß mit der Feder in der Hand vorgebeugt, den Kopf tief auf der Brust! Die Burmeistersche wollte ihr den Kopf aufrichten. Da drang aus Frau Wienstädts Brust noch einmal ein tiefes Stöhnen und dann war alles still. Wienstädt hatte keine Mutter mehr, sie war gestorben!

Die Leute sagen, wenn plötzlich Totenstille eintritt, fliegt ein Engel durch den Raum. So ein Engel musste auch in diesem Augenblick durch die Kammer geflogen sein. Tante Burmeister hatte ihre Hände gefaltet und betete leise ein Vaterunser, dann sagte sie: »Schlafe wohl! Deine Pilgerfahrt und dein letzter Kampf sind vorüber! Da unten in der engen dunklen Kammer stört dich nichts mehr. Arbeit, Sorge, Kummer und Herzeleid sind für dich vorbei! Sie wollte ihr Testament schreiben, ob sie damit zu Ende gekommen ist?«

Die alte Frau wischte ihre Brille ab und las, was die Tote in ihrer Sterbestunde geschrieben hatte.

Abschiedsworte für ihren Sohn standen darin. Sie hatte geschrieben, dass sie recht müde sei, viel auszuhalten hätte und dass ihr das Atmen schwer würde. Ihre letzten Bitten zu Gott galten ihrem Sohn. Sie dankte Wienstädt für alle Liebe, die er ihr sein Leben lang entgegengebracht habe, für die große Geduld, mit der er ihr geholfen habe, ihre schweren Leiden zu tragen. Dafür würde Gott ihm seinen Segen geben. Er solle sich nicht zu viel um ihren Tod grämen. Er solle denken, dass ihr jetzt wohl und dass sie wieder mit seinem seligen Vater vereint wäre, der auf sie schon so lange gewartet hätte. Dann bestellte sie, wie es mit ihrer Beerdigung gehalten werden sollte. Sie hatte sich 17 Taler und 22 Grote von dem Geld gespart, mit dem er sie unterstützt hatte. Das würde wohl für die Beerdigungskosten ausreichen. Aber bei allem, was er unternehme, solle er sich von Tante Burmeister raten lassen, seinem guten Engel, seiner zweiten Mutter. Zuletzt stand da noch: »Das Schreiben wird mir schwer, ich möchte dir meinen letzten Segen …« So weit war sie gekommen, als die letzte Saite auf der Harfe sprang, die wir »Mutterherz« nennen, der letzte Ton war – Segen für ihr Kind.

Als die Burmeistersche ihr die Augen zudrückte, schlug die Wanduhr zehn!

Die Küsterstelle in Wasserhorst

Was ich nicht weiß, macht mich nicht heiß, sagt das Sprichwort – und es ist ein Glück, dass es so ist und dass der Mensch nicht immer weiß, was ihm Schlimmes widerfahren ist. Wie viele frohe Stunden würden sonst im Leben verloren gehen. So war es auch heute mit unserem Wienstädt. Wenn er beim Abschied geahnt hätte, dass der Todesengel schon so nahe am Bett seiner Mutter stand, er hätte den Tag über keine frohe Stunde gehabt. Zu seinem Glück aber hatte er von seinem Schicksal keine Ahnung. Als er seiner Mutter Adjüs sagte, war sie ja noch guten Mutes und sagte ihm, er solle, wenn er Besuche bei den Bauern machte, an den geringen Leuten nicht vorübergehen, und dann sollte er sehen, dass er noch bei Tageslicht wieder nach Haus käme.

Wasserhorst liegt zwei Stunden von Bremen entfernt. Bei den Schritten aber, die Wienstädt machte, als er an diesem schönen Herbstmorgen die Landstraße nach Grambke hinunterging, würde er in eineinhalb hinkommen. Er hüpfte dahin, dass es eine Lust war, es anzusehen. Den neuen Hut trug er auf dem Kopf und mit seinem Spazierstock fuchtelte er in der Luft umher wie ein Student, der eine Spritztour macht. Die Hoffnung mit ihrem Sonnenschein war wieder ganz bei ihm eingezogen. Die Bäume sahen heute viel grüner aus, die kleinen Vögel sangen ihr Morgenlied viel schöner als sonst und so prächtig wie heute hatte die Sonne schon lange nicht mehr geschienen. Die Menschen, die ihm begegneten, selbst das liebe

Vieh, die ganze Natur, alles war voller Freude und Lust. Er dachte an all seine Lieben, bald kam ihm seine Trina, bald seine Mutter oder die Tante in den Sinn, und alle, alle wollte er sie glücklich machen.

Endlich war er in Burg angekommen und bog nun in den Weg ein, der am Deich entlang nach Wasserhorst führt. Wie schön war es hier! Er blieb einen Augenblick stehen, um das herrliche Panorama zu bestaunen, dann ging er weiter auf sein Ziel los. Wasserhorst konnte er schon vor sich sehen und es war ihm, als hätten sie dort gewusst, dass er käme, denn eine ganze Schar Kinder hatte sich am Weg zusammengefunden, die ihm freundlich »Guten Morgen« zurief.

»Das ist also die Stelle, wohin das Schicksal dich führt«, dachte er, »da, wo die Kirche steht, wird wohl auch die Schule sein.« Und er steuerte munter darauf los. Der Weg führte ihn durchs Dorf und überall war schon großes Leben. Die Hähne krähten und auch die Hühner schienen es darauf angelegt zu haben, Spektakel zu machen. Ferkel liefen eins hinter dem anderen über den Weg und ein alter Ziegenbock, der an einer Leine im Gras stand, machte seine Sprünge für sich allein, weil die Schweine nicht mit ihm spielen wollten.

Wienstädt ließ selbst die Veilchen nicht unbemerkt, die ihm am Wege blühten. Ein paar ganz kleine Gören, die halb nackt und schmutzig in einer Wasserpfütze herumpatschten, riefen ihm »Guten Tag« zu.

»Na«, dachte er bei sich, »Kinder gibt es hier genug«. Und wahrscheinlich dachte er auch an die Arbeit, die er mit ihnen haben würde, um sie zu Menschen zu erziehen.

»Wo ist die Schule?«, fragte er einen Jungen, der barfuß und mit aufgekrempelten Hosenbeinen hinter einer Schar Gänse ging.

»Da, wo das Storchennest auf dem Hause sitzt«, war die Antwort. Wienstädt schlug sich mit seinem Taschentuch den Staub von den Stiefeln und ging in die Schule hinein. Auf der Diele begegnete ihm ein alter Mann mit einer Samtmütze auf dem Kopf. Er hatte schneeweiße Haare und sah ein wenig geistlich aus.

Wienstädt ging zu dem alten Mann und fragte, ob er die Ehre hätte, den Wasserhorster Lehrer vor sich zu sehen.

»Ja«, sagte der alte Mann, »ich bin der Lehrer Lampe. Und Sie sind vielleicht mein Nachfolger, der Herr Wienstädt?«

»Jawohl, der bin ich«, war die Antwort.

»Endlich«, sagte der alte Mann und reichte Wienstädt die Hand, »endlich bin ich erlöst. Von einem Vierteljahr zum nächsten haben sie mich hingehalten, mir versprochen, für einen Nachfolger zu sorgen. Nun also kann ich endlich zu meinen Kindern in die Stadt ziehen! Ich heiße Sie von ganzem Herzen willkommen!«

Wienstädt musste nun mit in die Stube kommen und mit ihm frühstücken. Ein strammes Bauernmädchen, das seinen Rock mit einem Tau hochgebunden hatte, lief hin und her und deckte den Tisch. Lampe erzählte inzwischen, was die Stelle einbrächte, dass es mit der Zeit besser geworden sei und wie kläglich er sich am Anfang, vor siebenundzwanzig Jahren, mit Frau und Kindern hätte behelfen müssen. Er zeigte ihm durch das Fenster das Land, das zur Schule gehörte. Er hatte es vor zwei Jahren, als seine Frau gestorben war, an den Bauern Dierks verpachtet, bis zu dem Tag, an dem sein Nachfolger ankäme. Er erzählte ihm, was die Bauern auch noch an Butter, Eiern und Korn an die Schule abzugeben hätten. Und unter diesem Gerede hatten sich die beiden an den Tisch gesetzt. Wienstädt schmeckte es nach dem Marsch besonders gut, der Schinken war auch nicht schlecht und die Mettwurst und die Spiegeleier auch nicht. Für ein rechtschaffenes Frühstück hatte das Mädchen gesorgt und zu Hause schmeckt es doch immer am besten. Und schließlich war er hier nun zu Hause. Als sie durchs Haus gingen und alles begutachteten, richtete er es in Gedanken schon ein. Wo seine Mutter schlafen sollte und wo das Bett stehen konnte, wenn Tante Burmeister zu Besuch kam, überlegte er sich. Und an Trina dachte er natürlich auch.

Nun ging es zum Pastor hinüber, den der alte Lampe ihm als den besten Menschen der Welt beschrieben hatte. Auch von der Frau Pastorin hatte er viel Gutes berichtet. Der Pastor saß mit seiner Frau in der Laube im Garten, als Wienstädt sich durch die Magd anmelden ließ, und kam auch gleich ins Haus. Als er den Brief las, den Wienstädt ihm mitgebracht hatte, verklärte sich sein Gesicht. Er gab Wienstädt die Hand und sagte: »Die Empfehlung, die Sie mir von der lieben Senatorenfamilie bringen, ist mir Bürgschaft für Sie. Nehmen Sie die Versicherung, dass es von unserer Seite an freundlichem Entgegenkommen nicht fehlen wird.«

Die Frau Pastorin kam nun auch. Ihr Mann stellte ihr Wienstädt vor und gab ihr den Brief zu lesen. Auch die Frau Pastorin freute sich darüber und sagte, dass sie den neuen Lehrer mittags zu einem Teller Suppe erwarten würde.

Der Pastor führte ihn nun zum Schulhaus. Er wollte ihm seine Kirche zeigen und musste erst aus der Schule den Kirchenschlüssel besorgen. Er sagte ihm, dass an der Schule seit zwei Jahren keine Hand angelegt worden sei, weil Lampe die Unruhe nicht gern hatte haben wollen. Maurer- und Zimmerleute mussten nun aber auf jeden Fall noch erst eine Zeit lang darin arbeiten und das konnte in der nächsten Woche geschehen, in der die Herbstferien begannen. Er sagte auch, dass er schon morgen den alten guten Herrn Lampe gehen lassen wollte, damit die Ferien schon ein paar Tage früher anfangen konnten. Wegen der Reparaturen und der Malerei, die auch sehr nötig wäre, wollte er mit dem Schulvorstand sprechen.

Lampe war in seinem Klassenraum als die beiden ankamen. Er ließ die Kinder allein, nahm den großen Schlüssel und ging mit in die Kirche, die von innen viel besser aussah als von außen.

»Die Akustik ist wunderschön«, sagte der Pastor, »Sie werden es beim Orgelspiel wahrnehmen. Ich setze voraus, dass Sie Orgel spielen, weil Sie auch zugleich die Organistenstelle bekleiden müssen.«

»Was der Gottesdienst erfordert …«

»Mehr ist auch nicht nötig«, fiel ihm der Pastor ins Wort. »Wollen Sie das Instrument gleich einmal probieren?«

Wienstädt wusste, dass er nicht Nein sagen konnte, und der alte Lampe hatte auch schon einem der beiden Jungen, die ihnen nachgeschlichen waren und neugierig ihre Köpfe in die Kirchentür steckten, zugerufen: »Hol Pietscher mal her!«

Pietscher war eine wichtige Person in Wasserhorst, er war Nachtwächter, Totengräber und Balgtreter. Pietscher fragte gar nicht erst, was sie von ihm wollten, er ließ den nötigen Wind gleich los.

Wienstädt hatte sich auf die Orgelbank gesetzt und zog die Register. Damit wusste er Bescheid wie der Weber mit seinem Webstuhl. Zuerst ging es so leise wie ein Kindergebet, dann wurde es immer lauter und toller und zuletzt brauste es gewaltig durch das Gotteshaus: »Ein feste Burg ist unser Gott!« Mit vollem Werk spielte er es und auch mit vollem Herzen.

Der Pastor und Lampe sagten nichts. Sie nickten aber einander zu, was so viel hieß wie: »Der versteht seine Sache!«

Danach schlenderten sie über den Friedhof und am Deich entlang und der Pastor machte aus seiner Unterhaltung mit ihm ein kleines Examen. Zum Schluss sagte er, dass er außer dem Religionsunterricht auch noch andere Stunden geben wollte, weil es ihm Spaß machte und weil Wienstädt auch davon profitieren konnte. »Und ich«, versprach er für seinen Teil, »will Ihr fleißigster Schüler sein.«

Bei Tisch ging es lustig zu. Wienstädt trank auf die Gesundheit der Pastorenleute, der Pastor auf des neuen Lehrers Mutter und die Frau Pastorin auf gute Nachbarschaft.

Am Nachmittag ging der alte Lampe mit Wienstädt von Haus zu Haus, überall fand er freundliche Aufnahme.

Bevor er Abschied nehmen musste, wollte er auch noch den Schulgarten sehen, der ja nun sein eigener war. Die Jungen lauerten hinter dem Zaun und als Wienstädt vor dem Haselnussbusch stand, sagte der rothaarige Schnakenkopf zu seinem Kameraden: »Sieh! Er will sich schon die Stöcker schneiden, womit er uns den Rücken verprügeln will! Er hat auch gleich den richtigen Busch getroffen. Daraus hat Lampe auch immer seine Stöcker geschnitten.«

Wienstädt dachte aber nicht an so etwas. Er versprach dem alten Mann, dass er aus dem Garten nichts entfernen wollte, keinen Baum, keine Blume, nichts von all dem, was dieser seit siebenundzwanzig Jahren dort gepflanzt und was ihm so viel Freude gemacht hatte.

Die Ackergeräte, Pflug und Egge und hunderterlei, was zum Viehstand gehörte, wollte ihm der alte Mann billig überlassen. Zuletzt schnitten beide noch einen mächtigen Blumenstrauß, den sollte Wienstädt seiner Mutter mitnehmen.

Das war ein glücklicher Tag gewesen! Was hatte er heute alles gehört und gesehen, seine Abschiedsworte kamen aus tiefstem Herzen.

Da ging er hin, zurück nach Bremen, seinen Blumenstrauß in der Hand. Überall standen Frauen mit ihren Kindern vor der Haustür.

»Da ist der neue Lehrer wieder«, sagten die Kinder.

»Der ist noch recht jung«, sagten die Alten.

»Das ist ein fixer Kerl«, sagten die jungen Mädchen. Und alle zusammen nickten sie ihm freundlich zu. Er aber rief ihnen aus Dankbarkeit ein freundliches Adjüs zu, nahm dabei jedes Mal seinen Hut ab und vollführte damit einen Bogen durch die Luft. Und als er erst wieder auf der Landstraße war, sang er sich ein lustiges Lied. Er war mit seinem Schicksal zufrieden, er war glücklich! Nun glaubte er auch, dass es mit Trina gut werden konnte.

Der alte Blücher

In Tante Burmeisters Haus war heute alles sehr früh auf den Beinen. Marie hatte sich auf Socken leise aus der Kammer schleichen wollen, damit Trina noch eine halbe Stunde schlafen konnte, sie hatte sich aber verrechnet.

»Das wäre wohl noch besser«, sagte Trina, die erwacht war, »ich soll hier mit offenen Augen im Bett liegen, während du Kaffee kochst! Nein, das wäre ja wohl eine neue Mode!«

Während Marie nun hinter dem Tresen stand und bediente, verband sich Trina ihren Kopf, damit es nicht so schlimm aussah. Als beide später beim Kaffee saßen und Trina ihr gesagt hatte, dass sie in ihrem ganzen Leben nicht vergessen würde, was Tante Burmeister und Marie für sie getan hatten, kam die Waschfrau herein. Sie war für heute bestellt und sollte Trina helfen, den mit einem Schloss versehenen Korb zur Neustadt zu tragen. Sie begann nun allerdings erst einmal, ein wenig zu stöhnen, dass es ihr wieder so schlecht mit ihrem Magen ginge und dass es doch wohl besser wäre, dass sie den schwarzen Koppelmeyer mit der Schiebkarre bestellte. Sie beide, meinte sie, bekämen den schweren Korb gar nicht alleine hin.

»Ach, Waschmagrete, Sie haben auch immer etwas zu stöhnen«, sagte nun Marie. »Dann bleiben Sie nur hier und achten auf das Haus, ich will wohl mitgehen.«

Das war ihr denn auch recht, sie setzte sich an den Tisch und trank Kaffee und begann, als sie drei dicke Scheiben Schwarzbrot und eineinhalb Zwiebäcke gegessen hatte, wieder über ihren Magen und den schlechten Appetit zu klagen. »Ich glaube wahrhaftig, mit mir ist es bald vorbei, ich muss zum Friedhof. Die Ehlersche erzählte mir neulich auch schon so etwas.«

»Schweigen Sie mir still von der Ehlerschen!«, sagte Marie heftig. »Ich habe Ihnen das schon einmal gesagt: Von der alten spanischen Fliege darf hier im Hause nicht gesprochen werden! Ich freue mich immer, dass es Ihnen noch so gut schmeckt. Das Stöhnen haben Sie sich erst in der letzten Zeit angewöhnt. Und die Magenschmerzen werden wohl wieder vergehen. Sie sollten ordentlich Bittersalz nehmen. Knarrende Wagen halten am längsten!« Dann erhob sie sich, schärfte der Waschmargrete noch einmal ein, ja gut aufzupassen, bis sie in einer kleinen Stunde wieder zurück sei, und ging mit Trina zur Neustadt.

»Das alte Putrett[8]«, sagte Marie, als beide auf der Straße waren, »wenn sie doch nur einmal ein freundliches Gesicht machte, wenn es etwas zu tun gibt. Sie klagt immer über ihren Magen und dabei isst sie wie ein Scheunendrescher. Nur sonntags scheint sie keine Magenschmerzen zu haben, dann macht sie sich zurecht wie ein junges Mädchen und stolziert wie ein Pfau im Mondschein auf der Schwachhauser Landstraße entlang.«

Bei Lankenau vor dem Hohentor wollte Trina sich noch einmal bedanken, Marie schnitt ihr aber das Wort ab, gab ihr noch einen Kuss, drehte sich kurz um und lief wie ein Fassbinder, damit sie schnell wieder nach Hause kam. An der Ecke drehte sie sich aber noch einmal um und winkte Trina zu, die ganz verschreckt war, wie eine Salzsäule dastand und ihr nachsah.

Als nun von Marie nichts mehr zu sehen war, trat Trina ins Wirtshaus und fragte nach einer Fahrgelegenheit nach Delmenhorst.

8 Liederliche Person, verkommenes Weibsbild.

»Das ist ja schade«, sagte Lankenau, »dass Sie nicht eine halbe Stunde früher kommen, da ist eine leere Droschke hingefahren. Nun müssen Sie wohl mit einem leeren Heuwagen vorlieb nehmen. Wenn Ihnen der gut genug ist, will ich den Knecht einmal fragen, ob er Sie mitnehmen will. Er ist gerade im Stall und spannt an.«

Das nahm Trina mit Dank an und als nun der Knecht ihr Sitzbrett hingelegt hatte und ihr Reisekorb auf dem Wagen stand, ging die Fahrt los.

Den Weg nach Delmenhorst kann man mit dem Wagen gut in eineinhalb Stunden schaffen. Es liegt eine Meile von Bremen entfernt, nur heute ging es nicht so schnell. Trina merkte zu ihrem Schrecken, dass der Knecht zu viel Branntwein getrunken hatte. Sie hörte es an seinem Gerede und konnte es auch riechen, weil sie so nahe bei ihm saß.

»Ich habe mich gestern Morgen über unseren Alten geärgert«, sagte der Knecht, »dem Querkopf kann kein Mensch etwas zu Dank machen. Wir könnten als Brüder miteinander leben, aber er will ja nicht. Als ich gestern die Pferde vor den Wagen gespannt hatte, rief er aus dem Fenster: ›Diederk! Na, wo ist denn der alte Dummkopf?‹ – ›Hier ist er‹, sagte ich, ›was soll ich?‹ – ›Bist wohl gestern wieder besoffen gewesen?‹ – ›Besoffen?‹, sagte ich, ›woher sollte das gekommen sein?‹ – ›Von dem vielen Branntwein, den du Flätangel[9] gesoffen hast‹, sagte er, ›habe ich dir nicht gesagt, du sollst den Steinschutt auf den Fahrweg bringen? Und du Schafskopf bringst ihn auf das Feld?‹ – ›Ja‹, sagte ich, ›das habe ich getan, und – und –‹« und beim Erzählen schlief unser Diederk ein.

Die Pferde merkten es bald, sie wurden immer langsamer. So langsam, als hätten sie sich vorgenommen, auch ein wenig zu schla-

9 Flegel, Bengel.

fen. Trina gab dem Knecht ab und zu einen Schubs mit dem Ellbogen. Dann erwachte er auch jedes Mal. Wenn er aber aus seinem Dusel heraus war, fing er wieder an: »Ich habe mich gestern vielleicht über unseren Alten geärgert. Dem kann wirklich keiner irgendetwas recht machen.«

»Das habe ich schon zweimal gehört«, sagte Trina.

»Ja, so ist es«, sagte er. »Als ich gestern nämlich die Pferde angespannt hatte, rief er aus seinem Fenster …«

»›Diederk! Wo ist der alte Dummkopf?‹«, unterbrach Trina ihn.

»Ja«, sagte er, »das ist richtig, das hat er gesagt: ›Wo ist der alte Dummkopf? Bist wohl gestern wieder besoffen gewesen?‹«

»Treiben Sie die Pferde nur an«, sagte Trina, »sonst schlafen die auch noch ein.« Das hörte Diederk aber nicht mehr, denn er schlief schon wieder.

Auf dem Fußweg vor ihnen ging ein junger schlanker Mann von zweiundzwanzig bis dreiundzwanzig Jahren. Der konnte mit den Pferden ganz gut Schritt halten. Wenn Diederk schlief, überholte er immer und gelangte einige hundert Schritte voraus und je nachdem, ob der nun schlief oder wachte, war bald der Wagen voraus und bald der junge Mann.

So war es nun schon eineinhalb Stunden gegangen. Varrelgraben lag hinter ihnen, als sie an einem Wirtshaus an der Landstraße vorüberfuhren. Fünf junge Burschen, die seidene Bänder an den Mützen trugen, riefen aus dem Fenster zum Wagen hin: »Diederk, nimm uns ein Stück mit, wir wollen zu den Soldaten nach Oldenburg!« Und – eins, zwei, drei – waren alle fünf hinten auf den Wagen geklettert.

Nun ging es unter Singsang und Hurra-Rufen weiter. Der eine ließ Diederk aus seiner Flasche trinken, der andere gab ihm eine Zigarre und Diederk wurde immer verdrehter.

Trina wäre nun gern abgestiegen und zu Fuß weitergegangen.

»Wo dienen Sie?«, fragte sie den Knecht.

»Bei Gastwirt Jensen«, antwortete er.

»Wenn ich unterwegs absteige, dann kann ich meinen Korb ja wohl dort abholen?«

»Jawoll«, sagte Diederk, »das können Sie.«

Wovor Trina sich fürchtete, das passierte nun schon bald. Einer der Bengel nahm seinen Stock und kitzelte Trina damit im Nacken, und wenn sie sich umsah, war der Stock verschwunden. Der andere streichelte ihr von hinten mit der Hand durchs Gesicht. Sie drehte sich um und sagte, wenn sie das nicht lassen wollten, müsste sie vom Wagen steigen. Es half aber nichts, noch mehrere Male passierte das Gleiche. Gerade als Diederk wieder begann: »Ich habe mich gestern über unseren Alten geärgert …«, war Trina mit einem Satz vom Wagen hinuntergesprungen, ohne dass der Knecht seine Pferde angehalten hatte.

Die Burschen lachten über Trinas Sprung und einer von ihnen stieg auch ab. Er ließ den Wagen weiterfahren und blieb mit Trina zurück. Das arme Mädchen wusste nicht, was sie machen sollte. Blieb sie stehen, blieb der Bengel auch stehen, ging sie weiter, ging er mit. Und zuletzt wollte er unbedingt mit ihr Arm in Arm gehen.

»Ich reiße ihm die Haare aus dem Kopf«, dachte sie, »wenn er mich anfasst!«

Plötzlich stand der junge schlanke Mann neben ihr, der so lange mit dem Wagen um die Wette gegangen war. »Was ist hier los?«, fragte er.

Trina klagte ihre Not und sagte, dass sie vom Wagen hätte springen müssen, weil dieser Mensch so zudringlich geworden wäre.

»Willst du das Mädchen wohl zufriedenlassen!«, sagte der Fremde.

»Was geht dich das an?«, meinte der Bengel. »Du willst sie wohl alleine haben?«

Da führte der Fremde Trina weg und der Jammerlappen von Bauernsohn bellte hinterher.

»Wohin wollen Sie?«, fragte nun Trinas Retter.

»Nach Delmenhorst.«

»Was wollen Sie da machen?«

»Ich will mir einen Dienst suchen.«

Der Mann schwieg einen Augenblick, als ob er über etwas nachdachte, dann fragte er wieder: »Woher kommen Sie?«

»Von Bremen«, war die Antwort.

Nun fragte Trina, ob er auch aus Delmenhorst sei, und als er sagte, dass sein Haus in der Nähe von Delmenhorst stünde, fragte sie weiter: »Kennen Sie in Delmenhorst einen Inspektor Drews?«

»Nein«, sagte er, »davon habe ich nichts gehört.«

»Er soll Inspektor in einer Brennerei sein.«

»Ich kenne wohl jemanden, der Drews heißt, aber der ist nur ein einfacher Knecht in einer Brennerei gewesen. Sie haben ihn dann nach Amerika geschickt, weil er so ein schlechter Mensch war. Er hat die paar Kröten seiner Frau, die sie sich sauer verdient hatte, in Branntwein umgesetzt und versoffen. Und zuletzt hat der Schweinehund die Frau so geschlagen und misshandelt, dass er ins Loch gekommen wäre, wenn sie ihn nicht schnell nach Amerika geschickt hätten.«

»Was ist denn aus seiner Frau geworden?«

»Die soll das Kochen gut verstehen und arbeitet nun als Köchin. Sie ist bei Hochzeiten und Tauffesten bald hier, bald da beschäftigt. Jetzt, wo sie den Kerl los ist, schlägt sie sich ganz gut durch.«

»Das ist die Richtige«, dachte Trina und sagte: »Können Sie mir sagen, wo sie wohnt?«

»Jawohl, wir sind gleich da. Sie wohnt nicht weit von mir entfernt, ich muss an ihrem Haus vorüber.«

Nach einer Weile zeigte er ihr ein paar kleine Häuser und sagte: »Rechts, in dem ersten Haus wohnt sie.«

Trina dankte ihm noch vielmals und beide gingen auseinander.

Als Trina Frau Drews sah, bekam sie einen Schreck, weil sie sich so verändert hatte. Ihr körperlicher Zustand war besorgniserregend und in ihrem Zuhause sah es armselig aus! Ebenso ging es Frau Drews als sie Trina erkannte. Sie glaubte, ein Gespenst stünde vor ihr, als Trina in die Tür trat. Was Trina unterwegs gehört hatte, das erzählte ihr die Frau noch einmal unter bitteren Tränen und Trina musste auch weinen und erzählte ihr eigenes Herzeleid. Unglückliche schließen sich ja bald aneinander. Frau Drews versprach ihr, dass sie für einen Dienst sorgen und dass sie über alles schweigen wolle.

Eine halbe Stunde mochte vergangen sein, als eine alte Frau, die den Kopf tief zwischen den Schultern trug und verwachsen war, auf der Straße vor dem Fenster vorüberging. Sie hatte eine Hornbrille auf der Nase und zog ihre Augenbrauen in die Höhe, als ob sie für die Brille Platz machen wollte. Sie trug einen Strickstrumpf in den Händen und zog einen dicken Mops hinter sich her. Schon einige Male war sie vorbeigeschlendert und hatte dabei immer ins Fenster geschaut. Und als sie sich nun mit ihrem Strumpf vor das Haus stellte, sagte die Drews: »Was will der alte Blücher? Der schaut ja so nach meinem Fenster.«

»Wer ist Blücher?«, fragte Trina.

»Die Alte, die vor dem Haus steht. Sie ist die Tante des jungen Schweers, dem das Gut hier in der Nähe gehört. Ihre Schwester heiratete den Schweers und weil diese Alte keinen Mann kriegen konnte, blieb sie bei ihrer Schwester und ihrem Schwager. Sie sollten sie bis zum Tode durchfüttern, das hatten ihre Eltern im Testament ausgemacht. Schwager und Schwester sind aber beide kurz nacheinander gestorben und haben einen Jungen hinterlassen. Den hat sie großgezogen und der ist vor vier Wochen volljährig geworden. Die Leute nennen nun die Alte ›den alten Blücher‹, in ihrem Haus wird sie Tante Stina genannt. Woher der Spitzname kommt, weiß ich nicht. Vielleicht, weil sie mit ihren Dienstleuten so streng ist! Sie hat alle vier Wochen andere. Und dann sagen die Leute auch, sie habe zwei geladene Pistolen über ihrem Bett hängen. Sie ist sehr geizig, so eine richtige Nägelkensökerin[10], und hat für ihren Neffen, den sie lieber hat als unseren Herrgott, einen Berg Geld zusammengespart. Sie ist auch noch so nach der alten Mode und spricht mit ihren Leuten nicht anders als: ›will Sie‹ und ›hat Er.‹«

Der alte Blücher schien nun genug spioniert zu haben. Sie legte ihre Nase so nahe an das Fenster, dass es von innen aussah, als quetsche sie eine durchgeschnittene Kartoffel an die Scheibe. Und als sie von draußen nichts zu sehen schien, rief sie: »Frau Drews, ist Sie zu Hause?«

»Ja!«, antwortete die.

»Ich komme mal zu Ihr herein.«

»Wohin der Teufel nicht selbst kann«, sagte die Drews, »schickt er ein altes Weib.«

»Ich wollte mal sehen, was Sie macht!«, sagte die Alte, als sie in die Tür trat.

»Ach, soweit geht es ja gut.«

»Sie hat wohl Besuch?«

»Ja!«

»Kennt Sie die Person?«

»Ja, wir sind früher in einem Haus zusammen gewesen.«

»Was will die denn bei Ihr?«

10 Pedantin, Erbsenzählerin.

»Sie sucht einen Dienst.«

»Versteht sie denn etwas?«

»Jawohl versteht sie was.«

Nun drehte sich der alte Blücher zu Trina um: »Was hat Sie an Ihrem Kopf?«

»Ich bin gestürzt.«

»Ist es schlimm?«

»Nein, es wird bald wieder gut.«

»Kann Sie melken?«

»Ja.«

»Kann Sie buttern?«

»Ja.«

»Geht Sie auch reinlich mit der Milch um?«

»Ja.«

»Wie viel Lohn hat Sie in Ihrem letzten Dienst bekommen?«

»Auf Lohn kommt es mir so groß nicht an, wenn ich nur gut behandelt werde.«

»So? Was nennt Sie gute Behandlung? Sie hat ein hübsches Gesicht, Sie will wohl jeden Sonntag zum Tanzen gehen?«

»Ich tanze gar nicht.«

»Weiß Sie sich auch die Männer vom Hals zu halten? Darin bin ich streng.«

»Mit Männern mag ich nichts zu tun haben.«

»So, das ist mir lieb. Dann will ich es mal für vierzehn Tage mit Ihr versuchen. Wenn Sie mir gefällt, können wir ja weiter darüber sprechen. Sie kann gleich mit mir gehen.«

Trina meinte, sie wolle sich erst waschen und sich die Haare machen, weil sie von der Reise käme.

»Ach, das kann Sie bei mir viel besser haben als hier. Kommen Sie nur mit.«

Trina, der alte Blücher und der Mops gingen nun aus der Tür, der Mops als Respektsperson zuerst.

»Schlechter hätte das arme Mädchen nicht ankommen können«, dachte Frau Schweers bei sich.

Als Trina mit der Alten in den Hof trat, stand der junge Mann vom Morgen da und nagelte eiserne Krampen an den Mistwagen. Die Alte zeigte mit der Hand zu ihm hin und sagte: »Das ist Ihr Herr, der heißt Schweers. Ich bin seine Tante, mich und ihn muss Sie in Zukunft respektieren. Hat Sie mich verstanden?«

»Jawohl!«, sagte Trina und ging mit ins Haus.

Wienstädt bei seiner toten Mutter

Als Mutter Wienstädt ihre Augen geschlossen hatte und nun, da sie in ihrem Totenhemd auf dem Bett lag, konnte man an ihrem stillen Gesicht erkennen, dass sie einen sanften Tod gehabt hatte. Dabei war es das gleiche Bett, in dem sie so viele bittere Stunden ihres Lebens verbracht hatte.

»Sieht es nicht gerade so aus, als ob sie schläft?«, fragte Tante Burmeister die Spechtsche und hielt das weiße Laken, das sie über ihre Freundin decken wollte, noch ein wenig zurück.

»Ja«, sagte die, »das stimmt.«

Dann hängten beide alle Fenster mit weißen Laken zu und nahmen auch die Klingel von der Haustür, damit sie still blieb.

Unten, in Frau Spechts Vorstube, setzten sie sich einen Augenblick hin und Tante Burmeister erzählte der Spechtschen, wie sie sich verhalten sollte, wenn jemand kam. Sie selbst wollte sich auf den Weg machen und erledigen, was zu besorgen war, damit alles auf die Reihe kam, ohne dass sich der gute Junge darum zu quälen hätte, der nicht ahnte, was passiert war.

Die gute Frau hatte nun viel zu laufen, sodass sie kaum zu sich selbst kam und oft nicht wusste, was hinten oder vorne war. Da sie das Geld für das Ansagen sparen wollte, ging sie selbst zu den Nachbarn und teilte ihnen mit, dass Frau Wienstädt ausgelitten hatte. Alle waren davon berührt, alle hatten die Frau gern gehabt. Die Anzeige für das Wochenblatt sollte Heinrich selbst schreiben, das war eine doch zu schwierige Sache für Frau Burmeister. Und der alte Abraham Schlichte, bei dem sie dazu nachgefragt hatte, hatte ja auch gesagt, es wäre morgen noch früh genug. Aber zum Altmeister vom Schneideramt musste sie gehen, ihre Freundin war ja Schneideramtsmeisterswitwe gewesen. Anschließend ging sie zum Arzt, er sollte kommen und die Leiche ansehen. Dann ging sie zum Tischler, um den Sarg zu bestellen. Auch beim Rathaus hätte sie den Todesfall gerne gemeldet, aber das ging nach den bestehenden Vorschriften nicht. Sie übertrug es auf zwei Nachbarn.

»Nun will ich aber auch zur Frau Senatorin gehen«, sagte sie, »die würde es mir übel nehmen, wenn ich ihr nicht gleich Bescheid gäbe.«

Als sie in das Haus des Senators trat, rief die alte Dame schon aus ihrer Stube: »Komm herein, Kathrine! Ich habe dich schon vom Fenster aus gesehen. Na, was bringst du Gutes?«

»Gutes?«, fragte sie. »Ja, wie man es nehmen will, unsere Frau Wienstädt ist heute Morgen sanft eingeschlafen.«

»Du lieber Gott, ist sie tot? Hat unser Herrgott ihrem Leiden ein Ende gemacht? Sein Wille geschehe und mag er ihr die ewige Ruhe geben! Wie nimmt denn ihr Sohn den Todesfall auf? Ich kann mir denken, dass es ihn sehr angreift. Er scheint mir doch recht weichherzig zu sein.«

»Er weiß noch nicht, dass seine Mutter tot ist«, sagte die Burmeistersche und erzählte nun, dass Wienstädt schon frühmorgens nach Wasserhorst gegangen wäre und dass er erst abends wieder zurückkäme. Sie wollte gern bei seiner Ankunft zu Hause sein, damit sie ihm beistehen und ihn in seinem Kummer trösten könnte.

»Meine gute Kathrine«, sagte die Frau Senatorin, »da ist es schwer, Trost zu geben. Wenn unser Herrgott so mächtig zu uns spricht, müssen wir von ihm selbst Trost holen. Die Worte, mit denen andere Menschen uns trösten wollen, sind in einem solchen Augenblick nur wenig wert und dünken uns dann wie Geplapper. Komm, mein Mädchen, setz dich erst ein wenig hier zu mir. Du siehst angegriffen aus, erhole dich, trinke ein Glas Wein, und dann erzähle mir, wie es mit ihr gewesen ist. Ich lerne dabei, ich weiß nicht, ob du mich verstehst, das Sterben.«

Frau Burmeister beschrieb nun die letzten Stunden und zeigte auch das Testament, das Mutter Wienstädt geschrieben hatte.

»Es geht mir durch Mark und Bein«, sagte die Senatorin, als sie es gelesen hatte. »Siebzehn Taler hat die gute Frau bei all ihrer Armut für ihr Begräbnis zusammengespart. Sie mag den Tod wohl schon lange in sich gespürt haben?« Und nun ging sie an ihren Schrank, nahm Geld heraus und sagte: »Siebzehn Taler reichen nicht, hier, nimm noch dies von mir dazu. Sorge dafür, dass sie anständig unter die Erde kommt.«

»Das ist zu viel Geld, Frau Senatorin, so viel brauchen wir nicht, wir bekommen ja auch noch etwas von der Sterbekasse.«

»Kind, solch ein Begräbnis kostet viel. Die Leute sagen immer, der Tod sei umsonst, das stimmt aber nicht, er ist teuer genug.«

Als nun das Gespräch auf Trina kam, und Frau Burmeister erzählte, dass sie ihr Elternhaus verlassen hatte und in Delmenhorst war, und wie es bei ihrem Abschied zugegangen war, schlug die alte Dame die Hände zusammen: »Die Altsche ist ein grässlicher Mensch!«, sagte sie. »Ich habe schon hin und her überlegt, wie es wohl anzufangen wäre, dass man die Eltern dazu bringt, dass sie zu der Heirat Ja und Amen sagen. Aber da ich dies nun von dir gehört habe, fehlt mir der Mut. Es müsste ja ein Wunder geschehen, dass es je zu einer Verständigung käme. Wunder passieren momentan nicht mehr. Ich habe gestern mit meinem Sohn auch darüber gesprochen. Ich hatte mir gedacht, er könnte mit den Alten mal ein vernünftiges Wort reden, aber er will nicht. ›Mutter‹, gab er mir zur Antwort,

›komme mir nicht mit solchen Sachen, bringe mich nicht zwischen die Bauern. Ich würde es nur schlimmer als besser machen. Die Leute sind halsstarrig und ich werde dann grob, wenn ich gegen das hochnäsige Volk anstreiten soll.‹ Und dann klopfte er mir auf die Wange und flüsterte mir ins Ohr: ›Verdiene du dir den Kuppelpelz allein.‹ Sieh, Kathrine, und wenn er dazu keine Lust hat, dann wird es auch nichts. Weißt du denn keinen Rat? Du hast doch immer so gute Einfälle.«

»Ich habe an Doktor Albers gedacht«, erwiderte Tante Burmeister. »Er ist Babendamms Arzt und er ist ja auch Frau Senators Arzt.«

Einen Augenblick überlegte die Senatorin, dann sagte sie: »So recht ist der mir auch nicht. Er schlägt es mir nicht ab, fährt auch wohl hin und poltert da herum. Wenn es aber nicht gleich nach seinem Kopf geht, ist er imstande und sagt: ›Dann lasst es bleiben!‹, wenn er nicht noch etwas Schlimmeres von sich gibt. Und dann sind wir genauso weit wie vorher. Aber versuchen will ich es doch, wenn er nächsten Freitag seinen Besuch macht.«

Jetzt kam der Bedienstete und meldete, dass Besuch gekommen sei, und Tante Burmeister verabschiedete sich und ging.

Gegen acht Uhr abends kam Wienstädt mit seinem Blumenstrauß vergnügt nach Hause. Er hatte nicht bemerkt, dass die Fenster verhängt waren und wollte die Treppe hinaufspringen. Auf die Treppe hatte sich aber die alte Spechtsche mit ihrem Strickstrumpf gesetzt, damit niemand vorbeikonnte. Sie sagte ihm, dass seine Tante Burmeister unten in der Vorstube sei und dass er zuerst zu ihr gehen solle, sie wolle ihn sprechen.

»Was macht Mutter?«, war seine erste Frage an seine Tante.

»Sie schläft.«

»Ich habe für euch beide diesen Blumenstrauß mitgebracht. Setz ihn nur gleich ins Wasser, damit die Blumen wieder frisch werden.

Denke dir, sie sind alle aus meinem Garten in Wasserhorst!« Und nun begann er zu erzählen und konnte nicht genug Worte finden, seine Glückseligkeit auszumalen. Plötzlich fragte er: »Was fehlt dir, Tante, du bist ja so still?«

»Heinrich«, sagte sie, »du weißt, wie oft deine Mutter während ihrer Krankheit nach Schlaf verlangt hat. Sie schläft in diesem Augenblick sehr sanft. Magst du sie wohl in ihrem Schlaf stören?«

»Nein, gewiss nicht! Ich bleibe unten, bis sie erwacht.«

Nun nahm seine Tante ihn in ihren Arm, drückte ihn an sich und sagte: »Heinrich, deine Mutter schläft den ewigen Schlaf, unser Herrgott hat sie zu sich genommen, deine Mutter ist tot!«

Wer seine Mutter verloren hat, der kennt den Stich, der bei diesen Worten durch Wienstädts Seele ging. Bis tief ins Herz hinein traf es unseren Wienstädt. Aus heller Glückseligkeit war wieder schwarze Nacht und tiefe Trauer geworden. Er konnte es nicht fassen, hielt es nicht für möglich, bis er vor dem Bett seiner Mutter stand und Tante Burmeister das Laken von dem blassen Gesicht genommen hatte. Dann brach er zusammen …

Wie oft hatte er als Kind den schrecklichen Traum gehabt, dass seine Mutter gestorben wäre. Und wie nass war dann morgens sein Kopfkissen gewesen und wie hatte er seine Mutter danach vor Freude umschlungen, weil es nur ein Traum und keine Wirklichkeit gewesen war.

Heute aber war es kein Traum. Heute streckte sie ihm ihre Hand nicht mehr entgegen, heute war die Hand kalt und schwer, heute lachte ihr Mund ihm nicht mehr zu. Er war stumm, heute konnte er ihr nicht mehr in die Augen sehen. Sie lagen tief im Kopf und hatten sich für immer geschlossen.

Er schrie laut auf: »Kannst du nicht bei mir bleiben, meine gute Mutter? Nun willst du mich verlassen, nun da ich einen Teil gutmachen kann von dem, was du lange Jahre für mich getan hast? Wollen mich denn alle verlassen, die ich von Herzen lieb habe? Mutter, meine Mutter, auch du!«

Dann schlang er die Arme um seine Tante und sagte: »Verlass du mich nicht, bleibe du bei mir.«

»Komm, Heinrich«, sagte Tante Burmeister, die bitterlich weinen musste, »komm, mein Sohn, sei vernünftig: Nimm Abschied von deiner Mutter.«

Tante Burmeister zog ihn halb mit Gewalt vom Bett weg. Wienstädt schaute noch einmal in das blasse Gesicht und sagte: »Schlafe gut, meine liebe Mutter, schlafe gut, auf Wiedersehen!«

Tante Burmeister gab ihm das Testament seiner Mutter. »Komm, mein Sohn, hier sind ihre letzten Worte an dich. Lies es, wenn du allein in deiner Kammer bist, lies es und weine dich aus, dann wird dein Herz leichter!«

Sie deckte das Laken wieder sachte über das Gesicht der Toten und führte Wienstädt am Arm aus der Kammer.

Schneideramtsmeister und Leichenbitter Pfeifer

Wenn in der damaligen Zeit ein Schneideramtsmeister oder einer seiner Angehörigen begraben wurde, stellte das Schneideramt Leute dafür ab, die Leiche zum Friedhof zu tragen. So war es auch bei Frau Wienstädt. In der Schneiderherberge waren heute Nachmittag die Träger in ihren schwarzen Fräcken zusammengetroffen, um ihr von Amts wegen diese letzte Ehre zu erweisen.

Der älteste dieser Träger, Pfeifer hieß er, war der Anführer und ging bei jeder Leiche, die er zu besorgen hatte, mit einer Zitrone auf dem Stock voran. Das musste man Pfeifer lassen, er verstand seine Sache; er konnte zur rechten Zeit weinen und zur rechten Zeit lachen, wie es sich gehört. Sein Wahlspruch war: Seid fröhlich mit den Fröhlichen und traurig mit den Traurigen. Wenn er in solch ein Trauerhaus kam, machte er ein Gesicht, so kläglich, als wollte er vor Jammer vergehen, zog sein Taschentuch hervor, schnäuzte sich und wischte sich dann die Augen. Mehr konnten die Leute für vierundzwanzig Grote wirklich nicht verlangen. Bei all seiner Traurigkeit sorgte er aber doch dafür, dass er bei jeder Leiche seine drei Gläser Wein bekam. Viel sprach er nicht bei einer solchen Gelegenheit, es waren fast immer die gleichen Worte. Beim ersten Glas Wein, das er bekam, schüttelte er betrübt den Kopf und sagte nachdenklich: »Was sind wir Menschen doch? Wenn überwunden ist die Not, dann kommt der Tod!«

Und beim zweiten Glas sagte er zu den Angehörigen: »Was ist es heute für ein schwerer Weg für mich, die gute Seele zum Friedhof zu bringen!« Wenn die Leute ihm das dritte Glas nicht brachten, nahm er selbst das erstbeste gefüllte Glas, das er greifen konnte, und sagte, wenn das Begräbnis morgens war: »Es ist wegen der Morgenluft.« War es aber gegen Abend, sagte er: »Abends wird es schon recht kalt.«

Und wenn er dies gesagt hatte, wussten seine Leute Bescheid, dann wurde die Leiche in die Höhe gehoben.

Pfeifer saß zusammen mit seinen Leuten in der Herberge, sie hatten Quartalssitzung gehabt. Sie war gerade zu Ende, als er zu den Trägern sagte: »Kinners, wir haben noch eine gute halbe Stunde Zeit, wir können hier erst noch eine Flasche Braunbier trinken.«

»Ja, das können wir«, sagte Steinkopf und rief den Wirt.

Der eine weint – der andere lacht

Mit bangem Herzen hatte Wienstädt den Tag herankommen sehen, an dem sie seine liebe Mutter zum Friedhof tragen wollten. Heute war es nun so weit. Seine Freunde und Bekannten hatten es an Trost und Teilnahme nicht fehlen lassen, aber was helfen bei solchen Gelegenheiten Trostworte! Sie geben wenig Linderung. Wir hören sie wohl, gerade so wie den Schall der Glocken, aber ins Herz dringen sie nicht. Das Einzige was hilft, ist, dass wir alleine mit unserem Herzen sprechen, dass wir uns all die schönen Stunden, die wir mit dem Verstorbenen verlebt haben, wieder ins Gedächtnis rufen und diese Stunden noch einmal durchleben. Dann ist uns so, als wären unsere lieben Toten gar nicht gestorben.

Unter den Trostbriefen, die Wienstädt erhalten hatte, war auch einer von Pastor Lingen. Dieser hatte ihm geschrieben, er solle nur bald zu ihm in das stille Dorf kommen. Die frische Luft würde ihm guttun und die Arbeit würde ihm helfen, seinen Kummer zu vergessen. Er selbst wollte ihm auch nach besten Kräften zur Seite stehen.

»Ja, ja«, sagte Wienstädt zu sich selbst, »er hat recht! Die Arbeit soll mir helfen und mich auf andere Gedanken bringen, wenn nur erst der Weg zum Friedhof gemacht ist.«

Nun war es bald so weit. Die Totenbahre stand vor der Haustür und die Nachbarsfrauen mit ihren Kindern hatten sich eingefunden, die Tote in ihrem Sarg noch einmal zu sehen. Die Frauen machten betrübte Gesichter und die Kinder klammerten sich an ihre Mütter, weil sie vielleicht zum ersten Mal in das schreckliche Gesicht des Todes sahen. Alle, die bei der Leiche standen, wussten viel Gutes von der Verstorbenen zu sagen. Sie lag auf ihrem Paradebett, als würde sie schlafen, weiß gekleidet wie eine Braut. Die Blumen, die sie zwischen ihren Fingern hielt, waren aus dem Garten ihres Sohnes, aus dem Blumenstrauß, den er noch für die Lebende gepflückt hatte.

Gerade wollte der Tischler den Sarg zuschieben, als eine hübsche junge Dame in einem schwarzseidenen Kleid und mit einem Myrtenkranz in der Hand zur Haustür hereinkam. »Sie haben wohl nichts dagegen«, sagte sie zu Frau Burmeister, die auf der Diele stand, »dass auch ich einen Kranz bringe?« Dann sagte sie: »Ruhe sanft!« und legte den Kranz in den Sarg.

Tante Burmeister überlegte hin und her, sie konnte sich nicht erinnern, diese Dame früher schon einmal gesehen zu haben.

»Wenn ich etwas mithelfen kann«, sprach die Dame weiter, »will ich es gerne tun. Ich habe genug Zeit«, und dabei legte sie ihren Hut und ihren Schal zur Seite.

»Das ist mir lieb!«, antwortete die Burmeistersche. »Die Träger bekommen ein Glas Wein, wenn Sie die bedienen wollen. Hier steht der Wein, hier sind auch die Gläser und hier ist ein Tablett.«

Die Männer, die die Verstorbene auf ihrem letzten Weg begleiten wollten, waren im Nachbarhaus zusammengetroffen. Wienstädt war unter ihnen und man konnte es wohl als ein gutes Zeichen für die Familie ansehen, dass sich viele achtbare Bürger eingefunden hatten. Nur wie heiß schlug Wienstädts Herz, als er unter den vielen Menschen stand.

Nun schraubte der Tischler den Deckel fest, die Abschiedsstunde rückte näher. Schon traten die Träger in die Haustür, Pfeifer an der Spitze. Er schaute auf seine Uhr, dann schnäuzte er, drehte sich um und wischte sich die Augen. Die Dame ging auf ihn zu und reichte ihm ein Glas Wein.

Pfeifer schüttelte betrübt seinen Kopf und sagte: »Was sind wir Menschen? Wenn überwunden ist die Not, dann kommt der Tod!« Er hielt der Dame sein leeres Glas hin und als sie es gefüllt hatte, sagte er zu Frau Burmeister: »Was für ein schwerer Tag ist heute für mich, die gute Seele zum Friedhof zu bringen!«

»Haben Sie sie gekannt?«, fragte Tante Burmeister.

»Was soll ich sie nicht gekannt haben, sie war meine beste Freundin! Fünfundfünfzig Jahre ist gar kein Alter.« Das Alter wusste er vom Totenschein.

Das zweite Glas war geleert. Er ging zum Tablett, setzte das leere Glas ab, nahm ein gefülltes Glas herunter und sagte: »Ist wegen der Abendluft!«

Nun wussten die Träger Bescheid, sie hoben die Leiche in die Höhe.

Für solch eine einfache Frau, die Zeit ihres Lebens so bescheiden und zurückgezogen gelebt hatte, war der Leichenzug groß zu nennen. Trotzdem war in dem ganzen Zug nur einer, der aufrichtige, tiefe Trauer fühlte, und dieser eine war Wienstädt. Ja, tiefe Trauer! Auch wenn er keinen Flor um seinen Hut getragen hätte, auf seinem blassen Gesicht hätte man lesen können, dass er der Sohn und dass es seine liebe Mutter war, der die Leute bis zu ihrer Totenkammer das Geleit gaben.

Die Wunde wird bei einem solchen Todesfall noch einmal aufgerissen, wenn sie den lieben Toten von uns nehmen. Wenn sie die Leiche aus dem Haus holen, wird manch einer, der nur zum Zusehen gekommen ist, weich und traurig gestimmt. Es ist wohl, weil jeder dann an den denkt, den er am liebsten hat, und daran, dass sie ihm den auch mal aus dem Hause holen und ohne Erbarmen wegtragen können.

Nun war alles vorüber, der Platz, an dem der Sarg gestanden hatte, war leer. Und als Tante Burmeister ihr »Das walte Gott Vater, Gott Sohn und Gott Heiliger Geist!« gebetet hatte, holte sie tief Luft. Sie nahm die fremde Dame mit in die Stube, setzte sich mit ihr auf das altmodische Sofa und sagte: »So geht es, wenn man alt wird, man wird stumpf. Ich kann mich gar nicht darauf besinnen, wo ich Sie früher schon einmal gesehen habe und wer Sie sind.«

»Ich bin Adelheid«, sagte die Dame, »die früher bei Babendamms gedient hat.«

»Nun weiß ich Bescheid. Mein Gott, welche Veränderung ist aber mit Ihnen vorgegangen?«, sagte die Burmeistersche und betrachtete Adelheid von unten bis oben.

»Das will ich Ihnen erzählen«, sagte Adelheid. »Schon seit einem Jahr wollten mein Onkel und meine Tante hier in Bremen mich zu sich nehmen, weil ihre einzige Tochter, die ein Jahr älter war als ich, gestorben ist. Mein Onkel kündigte meinen Dienst bei Babendamm auf. Ich hatte aber gar keine Lust auf die Stadt, mir gefiel das Landleben viel besser. Und darum ließ ich mich gern von Frau Babendamms überreden, mein Weggehen von einer Woche auf die andere zu verschieben. Als nun aber Trina ihr Elternhaus verlassen hatte, gefiel es mir bei Babendamms gar nicht mehr, und als mir die Frau jeden Tag vorwarf, dass ich mit Trina unter einer Decke gesteckt hätte, schrieb ich all mein Leid an meinen Onkel und der kam noch am gleichen Tag und holte mich zu sich.«

»Gefällt es Ihnen hier?«

»Wenn ich Ja sagen soll, müsste ich lügen. Ich bin erst ein paar Tage in Bremen und kann noch nicht viel sagen. Meine Verwandten sind gut zu mir. Sie haben mir all die schönen Kleider geschenkt, die meiner Kusine gehört haben. Das gefällt mir sehr gut, denn ich mache mich gern ein wenig hübsch. Sie haben mich auch an Kindesstelle angenommen und ich soll sie beerben, aber ich fühle mich doch nicht so richtig glücklich. Ich kann mich nicht an die Stadt gewöhnen, bin viel lieber auf dem Land. Ich habe einfach zu wenig zu tun. Den ganzen Tag soll ich wie eine Prinzessin in feinen Kleidern sitzen. Ich mag lieber arbeiten. Ich traf vorhin auf dem Markt die Müllersche aus Knipperhausen. Sie erzählte mir allerlei, auch dass die beiden jüngsten Babendamm-Töchter nach Hannover in Pension geschickt wurden, weil sie immer nach ihrer Schwester Trina gefragt haben. Die Kinder sollen auch nicht hören, was das ganze Dorf redet, dass Trina sich das Leben genommen hat. Und da erzählte sie mir, dass Wienstädt ihr geschrieben hätte, dass er die gute Stelle in Wasserhorst bekommen hätte. Die alte Frau freute sich darüber wie ein Kind, aber leider, sagte sie hinterher, ist seine Mutter vor einigen Tagen gestorben und heute Nachmittag wird sie begraben. Da besorgte ich mir den Kranz und bin damit hierhergekommen. Und nun will ich Sie noch um etwas bitten. Sagen Sie mir, wo Trina ist oder ob es wahr ist, was die Leute reden, dass sie sich das Leben genommen hat? Ich glaube es nicht, aber das Gerede macht mir Angst.«

»Ängstigen Sie sich nicht wegen Trina, ich weiß, wo sie ist. Ich habe ihr diesen Todesfall angezeigt und heute Morgen auch schon Antwort erhalten. Sie ist munter und gesund und schreibt in ihrem Brief, dass sie alles mit Geduld tragen will, was nicht zu ändern ist.«

»Wo ist sie? Ich will sie gern einmal besuchen.«

»Wo sie ist, will ich erst einmal nicht sagen. Ich will aber in meinem nächsten Brief anfragen, ob sie den Besuch von Ihnen annehmen kann, und dann können wir ja weiter darüber sprechen. Nicht einmal Wienstädt habe ich gesagt, wohin sie ist. Er hat erst gestern von mir erfahren, dass sie von zu Hause weg ist, und das geschah auf ganz sonderbare Weise. Es erschien nämlich gestern in meinem Haus ein Polizeikommissar und fragte nach Wienstädt, ob er sich bei mir aufhielte. Als ich Wienstädt nun gerufen hatte, fragte ihn der Kommissar, ob er wüsste, wo Trina Babendamm zu finden sei. Er habe den Auftrag, sie zu suchen. Mir war es nun sehr lieb, dass ich Wienstädt nicht informiert hatte, denn er sprach die Wahrheit, als er erklärte, dass er nichts von ihr wüsste. Anschließend musste ich ihn beruhigen. Ich sagte ihm, dass seine Trina ihm immer noch gut ist und dass das, was der Pastor ihm gesagt hatte, dass Trina ihn verachte, lauter Lügen waren. Wie hat er sich darüber gefreut! So lange hatte ich es ihm verschwiegen, weil ich nicht wollte, dass er nach Knipperhausen gehen würde. Er könnte uns dort alles verderben. Er hat mir versprochen, dass er ohne mich keinen Schritt tun will, um sich mit Trina zu treffen. Morgen Nachmittag fahren wir mit Sack und Pack nach Wasserhorst. Wienstädts Sachen sind, soweit es nötig ist, schon in Ordnung gebracht. Er will kein Stück weggeben, das seine Mutter hinterlassen hat, und darum habe ich für morgen einen Wagen bestellt. Der Pastor hat mir geschrieben, dass der Maler und die Maurer- und Zimmerleute in Kürze alles erledigt haben. Ich bleibe drei Tage in Wasserhorst und will das Putzen und Schrubben und die Fensterreinigung besorgen.«

»Lassen Sie mich mitfahren, dann brauchen wir keine fremden Leute, das mache ich alles allein.«

Frau Burmeister freute sich darüber und fragte, ob ihre Tante denn damit einverstanden sein würde.

»Ganz gewiss wird sie das!«, erwiderte Adelheid, und als sie nun verabredet hatten, dass Adelheid am nächsten Tag um zwei Uhr wieder in Wienstädts Haus sein sollte, nahmen beide voneinander Abschied.

Als Wienstädt zurückkam, hatte er einen Schulkollegen bei sich, der seiner Mutter das Geleit gegeben hatte und der sich alle Mühe gab, seinen Freund auf andere Gedanken zu bringen.

Der schwere Tag war vorüber, es war zehn Uhr abends. Eine Zeit, zu der ein Bremer Bürger seine Haustür abschließt und sich ins Bett legt. Still war es in der Stadt, nur in der Schneiderherberge ging es wegen der Quartalsfeier noch lustig zu. Pfeifer war auch dabei. Wenn es für ihn ein schwerer Tag gewesen war, an dem er seine beste Freundin zum Friedhof gebracht hatte, so war der Abend dafür umso besser. Er trank nichts als Punsch »wegen der Abendluft«. Er saß inmitten zehn anderer Kollegen an dem runden Besprechungstisch und erzählte unentwegt Geschichten.

»Ja, Kinners«, sagte er, »wenn man bei jeder Leiche Tränen vergießen wollte, dann hätte man wahrhaftig mehr zu tun als das Wasserrad einer großen Brücke.«

»Du bist wieder von der Trolsche abgekommen«, sagte Meyer.

»Als ihr Mann starb, hatte ich die Leiche zu besorgen. Das alte Weib wollte so wenig wie möglich bezahlen. Dies war nicht nötig und das war nicht nötig: kein Laken um den Sarg, kein gelber Sand auf dem Grab. Kurz und gut, ich hatte meine schwere Not mit dem alten Frauenzimmer. Als ich nun am Tag vor dem Begräbnis zu ihr kam und fragte, um welche Zeit die Träger kommen sollten, stand sie mit ihrer Tochter bei der Leiche am Sarg. Die Burmeistersche, die ihr heute Nachmittag gesehen habt, die alte gute Seele, hatte das Totenhemd genäht, den Mann für die Beerdigung zurechtgemacht und war eben wieder nach Haus gegangen.

›Ich weiß gar nicht‹, sagte die Alte zu ihrer Tochter, ›wo die Burmeistersche mit den siebzehn Ellen Batist geblieben ist, die Katenkampsche hat mir gesagt, dass sie bei ihrem seligen Mann nur vierzehn Ellen gebraucht hat.‹ Und nun fummelte sie an dem Batist herum und hob zuletzt sogar den toten Mann in die Höhe. ›Ja‹, sagte sie, ›das ist kein Wunder, nun weiß ich, wo der Batist geblieben ist, sie hat wahrhaftig hinten auch eine Bahn genommen!‹

›Ach, Mutter‹, sagte die Tochter, ›lass es doch nur gut sein, es ist wegen der Genierlichkeit. Die Engel, die man aufgemalt sieht, die tanzen meistens alle, vielleicht tanzt unser Vater da oben auch mit.‹

›Mein Mädchen‹, sagte die Alte, ›das ist noch gar nicht ausgemacht, dass es da oben zum Tanzen kommt. Und sollte es dazu kommen, wäre es auch nicht schlimm. Dein Vater ist in seinem Leben immer politisch gewesen. Er würde es ja wohl so einzurichten wissen, dass er mit dem Rücken an der Wand entlangscheuert.‹«

Pfeifer hätte gewiss noch mehr solcher Schnurren erzählt, wenn nicht gerade unten in der Stube der Herberge eine große Prügelei begonnen hätte. Es gab ein Mordsspektakel, die Schneidergesellen prügelten sich. Pfeifer und seine Kollegen gingen hinunter. Sie wollten auch etwas von dem Vergnügen mitbekommen, kamen aber zu spät. Einer der Schneidergesellen, den sie niederträchtigst geschlagen hatten, hatten sie eben Hals über Kopf auf die Straße geworfen und hinter ihm die Haustür abgeschlossen.

Nicht lange danach klopfte es an der Haustür.

»Wer ist da draußen?«, fragte der Herbergsvater.

»Ich bin es, der Nachtwächter!«

Als die Tür geöffnet worden war, hielt der Nachtwächter einen Hut hinein und sagte: »Hier ist der Hut, der Mensch ist tot.«

»Ist gut«, sagte der Herbergsvater, nahm den Hut und schloss die Tür wieder ab.

»Die Uhr hat zwölf geschlagen, zwölf ist die Uhr!«, rief der Wächter, als er weiterging und sein Schnurrad gedreht hatte.

Das festgenagelte Glück

So lange der alte Müller in Knipperhausen verheiratet war, hatte seine Frau noch keinen Mittag vorübergehen lassen, ohne ihm Essen zu kochen! An dem Tag aber, an dem Wienstädt ihr geschrieben hatte, dass er die Stelle bekommen hatte, war sie außer Rand und Band. Sie lief von Haus zu Haus, sie konnte gar nicht anders. Sie musste ihrem Herzen Luft machen und wenn ihr Mann währenddessen verhungerte, es war ihr ganz egal.

Erst kurz vor dem Abend, als Kind und Kegel in Knipperhausen Bescheid wussten, kam sie wieder zu ihrem Mann zurück. Und der war nicht verhungert! Sein Magen hatte ihm zur rechten Zeit zugeknurrt, dass er sein Leben und seine Klugheit noch für die Menschheit erhalten musste. Auf diese Mahnung hatte er gehört und kurzerhand den Schinken unter dem Wiemen um einige Pfund erleichtert. Nun wollte er sie beschimpfen, sie fuhr ihm aber gleich in die Parade und sagte: »Halte mal deinen Mund und höre zu, was ich dir sage: Wienstädt will Freitag nach Wasserhorst ziehen und nun habe ich mir so gedacht, dass wir Sonnabend hinfahren und ihn in Wasserhorst besuchen. Ich habe schon mit meinem Schwager gesprochen. Er will uns für Sonnabend seinen Korbwagen und sein Pferd leihen. Was meinst du dazu?«

»Sieh«, sagte er »das ist gut! Hinfahren muss ich ja mal, denn ohne meinen Rat geht es doch wieder nicht. Und mit meinem Verstand ist ihm mehr gedient als mit Geld.«

»Schweig mir still von deinem dämlichen Verstand!«, sagte seine Frau. »Wir nehmen ihm all seine Rosenbäumchen mit, die lassen sich zurzeit ganz gut verpflanzen. Außerdem das Vogelbauer mit dem Dompfaff und seine fünfzehn Hühner mit dem Hahn, auch die Katze, seinen schwarzen Peter, und auch die Bohnen und Zwiebeln, die auf seinem Land gewachsen sind, alles nehmen wir mit!«

»Damit bin ich einverstanden, da hast du mal eine gute Idee gehabt. Dass ihr Frauen doch ab und zu auch einen klugen Gedanken haben könnt!«

Frau Müller plante noch eine andere Überraschung. Als sie mit Wienstädts Brief im Dorf herumgerannt war, hatte sie unterwegs ein Hufeisen gefunden. Da sie genau wusste, dass ein Hufeisen an der Haustür Glück bringt, wollte sie dieses nun an Wienstädts Haustür nageln. Zugleich wusste sie aber auch, dass es heimlich geschehen musste und sie wollte mit ihrem Mann beraten, wie sie es anstellen könnten.

»Ja«, sagte der alte Müller, »ein Hufeisen bringt Glück, da hast du recht. Gleichzeitig steht fest, wo ein solches Hufeisen angenagelt ist, ist im Leben noch keine Hexe über die Schwelle gekommen. Und wegen des Heimlichtuns, dafür lass mich nur sorgen, ich bin nicht auf den Kopf gefallen!« Und damit hatte er auch wieder recht. Einer seiner früheren Dienstherren hatte immer gesagt: »Der eine Mensch kommt mit seiner Klugheit durch die Welt, der andere mit seiner Dummheit, um Piepen-Müller ist mir gar nicht bange.«

Mann und Frau verständigten sich nun also darüber, am Sonnabend nach Wasserhorst zu fahren.

Schon um sieben Uhr in der Früh hielt der Korbwagen des Schwagers vor ihrer Haustür und so konnte es losgehen. Die beiden Alten hatten ihre Sonntagskleidung hervorgeholt. Sie hatte ihren besten Hut auf dem Kopf und er trug die gelbe Weste unter seinem

Kirchenanzug. Und unter der Weste gab es ein blitzblaues Vorhemd und ein wenig höher hinauf zwei mächtige weißgelbe Spitzen des Stehkragens, die später auch »Vatermörder« genannt wurden. Die Spitzen daran waren groß genug, sie reichten bis an den Hutrand, sodass er nicht nach rechts und nicht nach links schauen konnte. Es ging ihm wie einem Pferd, wenn es Scheuklappen trägt. Sein knallrotes Halstuch passte ganz famos zu seinem Anzug. Auch sein Hut war allmählich nach der Mode. Dass andere Leute ihn nach oben spitz trugen und seiner nach unten spitz und nach oben breit war, konnte nichts ausmachen. Den blaukarierten Familienschirm hatte er in der Hand, mit einem Wort: Er sah proper aus, nur sein Haar war schlecht geschnitten. Das hatte seine Frau erledigt, damit aber kein Glück gehabt, denn es sah aus, als ob sie ihm einen Kochtopf aufgestülpt und dann die Haare drum herum abgeschnitten hätte. Auch das war an ihm auszusetzen, dass die Bänder seines Vorhemdes über den Jackenkragen hinweghingen. Aber, lieber Gott, was ist wohl vollkommen auf der Welt?

In Wasserhorst schlug die Uhr neun, als sie ins Dorf hineinfuhren. »Brrr!«, sagte Müller, hielt das einäugige Pferd an und drehte sich zu seiner Frau um, die hinten im Wagen auf einem Bündel Heu saß und das Vogelbauer auf ihrem Schoß festhielt.

»Hast du den Hammer und den Nagel zur Hand, um das Hufeisen festzunageln?«

»Ja«, sagte sie, »ich habe alles. Ich mache mir nur Sorgen wegen des Heimlichtuns. Wenn mich jemand sieht, ist alles für die Katz!« Und dabei spannte sie ihren blaukarierten zweispännigen Schirm auf, setzte sich hinten in die Ecke des Wagens und hielt den Schirm über ihren Kopf.

»Müller«, sagte sie, »mach deine Sache gut. Wenn Wienstädt vor die Tür kommt, bleibst du nicht mit ihm beim Wagen stehen. Du spannst das Pferd aus und gehst mit ihm ins Haus. Danach steige ich ab und nagele das Eisen fest.«

»Habe meinetwegen keine Angst!«, sagte Müller und fuhr weiter.

Als Wienstädt den Wagen auf seinen Hof kommen hörte, trat er vor die Tür. Er freute sich sehr, als er Müller sah.

»Seien Sie willkommen, mein lieber Müller«, rief er. »Wie kommen Sie nach Wasserhorst?«

»Ja«, sagte Müller, »das hätten Sie wohl nicht gedacht!«

»Sie hätten Ihre liebe Frau auch ein wenig mitbringen sollen!«

»Pst!«, machte Müller, zeigte mit dem Finger zum Regenschirm und flüsterte ihm zu: »Nichts sagen, sie sitzt darunter, es ist wegen der Heimlichkeit!«

Frau Müller hörte das Tuscheln und dachte bei sich: »Am Ende verfumfeit[11] mir der alte Schafskopf meine ganze Aktion!«

Wienstädt wollte nun näher an den Wagen herantreten.

»Stopp, nicht an den Wagen!«, rief Müller. »Kommen Sie mit mir ins Haus.« Und dabei flüsterte er Wienstädt ins Ohr: »Meine Frau will erst noch etwas erledigen.«

»Ach so!«, sagte Wienstädt. Er glaubte, Müller verstanden zu haben, und zeigte zur Seite des Schulhauses, wo sich die Toilette befand.

Müller aber zog Wienstädt mit Gewalt ins Haus und schloss die Tür hinter sich. Die Alte stieg vom Wagen, nagelte ihr Eisen fest und freute sich, dass kein Mensch sie dabei gesehen hatte. Sie war glücklich und glaubte steif und fest, dass sie an Wienstädts Haus für ewige Zeiten Glück und Segen genagelt hatte.

Tante Burmeister und Adelheid standen schon bereit und holten Frau Müller nun herein. Das Händeschütteln wollte kein Ende nehmen und dann begann das Betrachten und Bewundern. Das Schul-

11 Vertändeln, etwas durch Unachtsamkeit verlieren bzw. verschwenden.

haus war von innen und außen überholt, Fenster und Türen waren mit Ölfarbe gestrichen. Der Fußboden in der Stube war gescheuert und mit weißem Sand bestreut. Auf dem Tisch und auf der Kommode lagen weiße Deckchen, auf denen je ein Blumentopf stand. Die Gardinen waren sauber, und wenn sie auch an manchen Stellen geflickt waren, so hatte Adelheid sie so raffiniert aufzustecken gewusst, dass man es nicht sehen konnte.

In der Küche war alles blitzblank und auf dem Herd schmorte in einem Topf brauner Kohl mit Speck. Das konnte man im ganzen Haus riechen. Am meisten freuten sich die Frauen über die Speisekammer. Wie sah es da aus, alles war vollgepackt und das hatte seinen Grund! Die Schulkinder hatten sich bei dem neuen Lehrer beliebt machen wollen und hatten ihre Eltern so lange drangsaliert, bis die etwas herausrückten, das sie ihm mitbringen konnten.

Als jeder alles begutachtet hatte, ging es an die Arbeit. Tante Burmeister gab jedem etwas zu tun.

Müller und Wienstädt hatten den Hahn mit seiner Familie in das neue Quartier gebracht, der Dompfaff hing an der Wand. Und während Müller das Bücherbord annagelte, sortierte Wienstädt zwei Körbe voller alter und neuer Bücher, die ihm der Senator geschenkt und die Tante Burmeister mitgebracht hatte.

Mittags saßen sie alle bei braunem Kohl mit Speck am Tisch. Als Müller meinte, dass doch nun auch bald eine Frau ins Haus kommen müsste, damit der Storch etwas zu tun bekäme, der auf dem Haus sein Nest gebaut hatte, wollte niemand etwas dazu sagen, um des Lehrers Kummer nicht zu verschlimmern. Da begann der Dompfaff durchgängig ohne besondere Mühe zu pfeifen: »Wir winden dir den Jungfernkranz«, worauf sie alle lachen mussten.

Nach dem Mittagessen erschien der Pastor mit seiner jungen Frau. Sie sahen sich die Veränderungen an, die im Schulhaus stattgefunden hatten. Der Pastor kannte Tante Burmeister schon. Er hatte sie während seiner Studienjahre beim Senator getroffen. Seine Frau war von ihr so angetan, dass sie immer um sie herum war und ihr hunderterlei Fragen stellte. Es ging ums Kochen und Einmachen. Sie hatte bemerkt, dass sich die Burmeistersche damit gut auskannte. Zuletzt konnte Frau Burmeister es nicht lassen, sie musste mit ins Pastorenhaus gehen und nach dem Eingemachten sehen.

Als sie wieder zurückkam, wurde an die Abreise gedacht. Adelheid wäre am liebsten in Wasserhorst geblieben. Sie wünschte sich, Wienstädts Schwester zu sein, um ihm den Haushalt führen zu können. Tante Burmeister meinte aber, dass das nicht passend wäre und sie wieder mit nach Bremen fahren sollte. »Frau Pietscher, die Frau des Kirchendieners, wird für Wienstädt die Hausarbeit übernehmen und die Frau Pastorin wird nach dem Rechten sehen«, sagte sie.

Um vier Uhr spannte der alte Müller das einäugige Pferd wieder vor den Wagen. Tante Burmeister und Adelheid nahm er mit, er wollte sie beim Doventor absetzen.

Wienstädt war zum ersten Mal allein in seinem Schulhaus. Nun hatte sich alles zum Besten gewendet, ein Glück fehlte ihm aber noch: seine Trina. Ein Teil des Blumenstraußes, den er von ihr noch in Knipperhausen geschenkt bekommen hatte, hatte er in die Mitte seines Schreibtisches gestellt. Die Blumen waren längst welk und vertrocknet, die Liebe in seinem Herzen aber konnte nicht verwelken. Er stand in tiefen Gedanken vor seinen Blumen, als stände er in der Kirche vor einem Marienbild.

Am nächsten Tag war Frau Burmeister gleich wieder bei der Frau Senatorin zu Besuch.

»Meine beste Kathrine«, erzählte die alte Dame, »mit unserem Doktor Albers haben wir schlechte Geschäfte gemacht. Er ist bei Babendamms gewesen. Die Frau hat ihn aber so grässlich auflaufen lassen, dass er gleich wieder weggegangen ist. Ich habe es mir beinahe gedacht, er weiß mit solchen Leuten nicht umzugehen. Wir sind da gewiss an den Falschen geraten. Nun habe ich mir einen anderen Plan zurechtgelegt. Morgen in acht Tagen gibt mein Sohn eine große Gesellschaft und nun habe ich ihn gebeten, dass er auch Pastor Lingen und seine Frau dazubitten soll. Er hat sie heute Morgen eingeladen und ich glaube bestimmt, dass sie kommen. Ich habe mir nun überlegt, dass Pastor Lingen mal zu den Eltern geht, um mit ihnen zu sprechen. Ich glaube bestimmt, dass er der richtige Mann dafür ist. Er macht es sicher mir zuliebe. Meinem Sohn habe ich gesagt, er soll ihn bei Tisch an meine Seite platzieren, und dann will ich mein Anliegen ganz beiläufig anbringen. Mein Junge weiß nicht, was ich vorhabe, und machte wieder seine Späße: ›Mutter‹, sagte er, ›erst soll ich den Pastor einladen und nun soll er auch noch bei dir sitzen! Pass auf, ich lass dich nicht aus den Augen!‹«

Trina als Magd

Als Trina von Tante Stina in Haus und Hof eingeführt wurde und den jungen schlanken Mann mit dem schwarzen Haar sah, der ihr Retter auf der Landstraße gewesen war, und als Tante Stina sagte, dass er, Georg Schweers, von nun an ihr Herr sei, wusste sie nicht recht, ob sie sich darüber freuen oder ob sie betrübt sein sollte. Ihr Herr schien von ihrer Ankunft gar nicht überrascht zu sein. Es schien ihr, als ob er eher traurig als vergnügt aussah. Zuerst wollte er bei seinem »Guten Tag« die Mütze abnehmen, aber er besann sich wohl, dass es sich für ihn als Herr nicht schickte.

Schweers' Haus war noch nach alter Art gebaut, von außen und innen verräuchert. Auf der Diele oben am Wiemen hingen Schinken, Speckseiten, Mettwürste, Zwiebeln und Kamillenblüten. In der Mitte der Diele stand ein mächtiger Feuerherd und darüber hing an einem großen eisernen Haken ein riesiger Kessel mit Kartoffeln, die für die Schweine gekocht wurden. Auf beiden Seiten der Diele befanden sich die Pferde-, Kuh- und Schweineställe.

In Schweers' Wohnstube sah es recht altmodisch aus. Die Möbel mussten schon an die hundert Jahre alt sein und die verräucherte Wanduhr war wohl noch älter. Sehr viele Möbel waren nicht vorhanden, umso mehr Fliegen waren zu finden und Gardinen vor den Fenstern fehlten ganz.

In der Milchkammer sah es längst nicht so akkurat aus, wie Trina es sich nach dem Erzählen von Tante Stina vorgestellt hatte. Sie nahm sich gleich vor, am nächsten Tag für eine ordentliche Säuberung zu sorgen. Durch Tante Stinas mürrisches Hantieren ließ sie sich nicht einschüchtern.

Drei Wochen waren vergangen und von Tag zu Tag hatte sie spüren können, dass Schweers viel zugewandter und netter zu ihr wurde. Auch Tante Stina verhielt sich ganz anders als am Anfang. Sie sprach anders, sie sagte nicht mehr: »Will Sie« und »Hat Sie«, sie nannte Trina »Du« und »mein liebes Kind« oder »mein Mädchen«. Um das Melkwesen kümmerte sich die Alte gar nicht mehr, das hatte Trina allein zu besorgen. Selbst die rotbraune Kuh, die sie Prinzess nannten und die Tante Stina bisher hatte melken müssen, weil sie sich von niemand anderem anfassen ließ, hielt bei Trina ganz still.

Abends musste Trina sich mit ihrer Arbeit zu der Alten in die Stube setzen und mittags aß sie mit am Tisch der Herrschaft.

»So eine Magd habe ich noch nicht gehabt«, sagte die Alte oft zu Schweers. »Da hast du eine gute Idee gehabt, als du mir sagtest, ich solle das Mädchen bei Drews in den Dienst nehmen.«

Dass die Tante zu Trina so freundlich war, kam daher, dass Trina ein arbeitsames, zuverlässiges Mädchen war. Bei Schweers hatte es noch einen anderen Grund. Er war in sie verliebt. Und als Trina einige Wochen in Schweers' Haus gewesen war, ging er mit sich zu Rate, ob Trina für ihn wohl als Frau passen würde.

Eines Tages besuchte er Frau Drews und fragte sie, woher Trina denn eigentlich stammte. Frau Drews geriet durch seine Fragen in die größte Verlegenheit. Sie wollte das Geheimnis nicht preisgeben. Dabei überlegte sie allerdings, dass Trina es in Schweers' Haus leichter haben würde, besonders bei dem alten Blücher, wenn sie sagen würde, dass Trina von guter Herkunft war.

Schweers merkte schnell, dass die Frau mit der Sprache nicht herauswollte, und schwor ihr Stein und Bein, dass er nichts weitersagen würde. Kein Mensch sollte erfahren, was sie ihm mitteilen würde, selbst seine Tante nicht.

Nun konnte die Drews nicht länger schweigen und erzählte alles, von dem Lehrer, von Trina und von ihrer hässlichen Mutter. Als Frau Drews zu Ende war, saß Schweers noch lange in Gedanken, dann sprach er vor sich hin: »Das arme Mädchen! Der glückliche Lehrer!«, und ging wieder nach Hause.

Von diesem Tag an war er in seinem Benehmen Trina gegenüber besonders aufmerksam. Er saß oft minutenlang auf einem Platz und schaute sie an und man konnte ihm anmerken, dass er sie von Herzen bedauerte, aber er sagte nichts. Wenn Schweers Trina von nun an begegnete, nahm er immer seine Mütze vom Kopf und oft trug er ihr selbst die gefüllten Wassereimer ins Haus.

Die anderen Dienstleute hatten es schon lange bemerkt und redeten darüber. Die dicke Lisbeth sagte: »Ich glaube, Trina bildet sich ein, weil sie einen goldenen Ring am Finger hat, dass unser Herr sie heiraten will.«

»Ja«, sagte die dickmäulige Gesche, »einen goldenen Ring hat sie, drei Hemden hat sie auch. Da braucht ihr Bräutigam ihr nur noch einundzwanzig dazu zu kaufen, dann hat sie gerade so viele wie ich.«

Da spinnt sich etwas an

Tante Burmeister hatte an Trina geschrieben, dass Adelheid am Sonntagmorgen mit der Post nach Delmenhorst kommen und sie besuchen wollte. Das war nun eine Freude, so groß, dass Trina bei ihrer Arbeit immer mal innehalten musste. Sie hatte den Brief geküsst. Und wie schnell ging ihr die Arbeit von der Hand! Heute war Unruhe im Hause ausgebrochen. Adelheid sollte sehen, dass sie nicht nur als Tochter eines reichen Bauern, sondern auch als Magd ihre Schuldigkeit leisten konnte, und es sollte ihr bei Schweers gefallen.

»Du sollst im Jahr zwei Taler Lohn mehr haben als die anderen Lehrmädchen«, sagte die Alte, die mit ihrem Strickzeug hin- und hergegangen war und den Tumult mit beobachtet hatte. »Und dreißig Ellen Leinen bekommst du auch, weil du noch ein halbes Dutzend Hemden haben musst. Du bist gar zu armselig.«

Jedes Mal gab es Trina einen Stich ins Herz, wenn sie so etwas hören musste. Zu ändern war es aber nicht. Die gute Laune des alten Blücher musste wahrgenommen werden und Trina fragte, ob sie wohl am Sonntag einige Stunden frei haben könnte.

»Du willst wohl zum Tanzen gehen?«, fragte die Alte, und der freundliche Blick war aus ihren Augen verschwunden.

»Nein«, sagte Trina, »ich bekomme Besuch von einer Freundin aus Bremen. Sie kommt früh, so gegen zehn Uhr, mit der Post und fährt um vier Uhr wieder zurück.«

»Das ist etwas anderes! Dann sollst du frei haben. Deine Freundin kann bei uns auch zu Mittag essen. Wenn du heute Abend deine Arbeit getan hast, kannst du zum Schlachter gehen und uns für morgen ein Stück frisches Schweinefleisch besorgen. Dazu können wir dicken Reis mit Zucker und Zimt essen. Ich will aber vorher noch meinen Georg fragen, ob er lieber Pudding dazu haben will.«

Am Sonntagmorgen um 10 Uhr stand Trina, die sich hübsch gemacht und ihre beste Schürze umgebunden hatte, vor der Haustür und wartete auf die Post. Sie musste bald kommen und direkt an Schweers' Haus vorüber. Sie schaute die Landstraße entlang. Weit in der Ferne sah sie etwas kommen, sie konnte es aber noch nicht erkennen. Nun kam es näher, es war ein Wagen. Er war gelb, richtig, es war die Post. Etwa hundert Schritte vor dem Hof hielt die Postkutsche mitten auf der Straße und eine stattliche Dame stieg aus. Nun würde Adelheid wohl auch kommen, dachte Trina, der Postillion aber schloss den Wagenschlag und fuhr weiter und an ihr vorüber. Sie wollte schon wieder hineingehen, als die Dame auf sie zukam und »Trina, meine gute Trina!« rief. Die Dame war Adelheid und nun fielen sich beide um den Hals und lachten und weinten gleichzeitig.

Wie viel hatten sich beide zu erzählen und wie genau hörte Trina zu, wenn Adelheid sprach. Wenn es auch noch so belanglos war, Trina nahm alles in ihr Herz auf, was ihre Freundin sagte. Adelheid verstand, mit Menschen umzugehen, und wusste auch von Wienstädt so zu berichten, wie es sich bei einem armen verlassenen Mädchen, wie Trina es war, gehörte. Als sie vom Tod der alten Frau Wienstädt sprach, liefen Tränen über Trinas Gesicht. Sie hatte ja auch lernen müssen, wie es ist, wenn man keine Mutter mehr hat.

»Nun sag mir aber, wie es dir in Bremen geht«, bat Trina und wischte sich die Tränen aus den Augen, »gefällt es dir dort?«

»Gar nicht!«, erwiderte Adelheid. »Das Stadtleben gefällt mir nicht. Die Straßen aus Stein, hohe Häuser und kein Grün vor der Tür. Ich höre keine Kuh muhen, kein Vogel singt vor meinem Fenster und ich höre kaum mal einen Hahn aus der Ferne krähen. Den ganzen Tag grölen die Weiber etwas ins Haus: ›Steckrüben, Wurzeln, Weißkohl, Petersilie und Suppenkraut!‹ – ›Wollen Sie auch Eier? Eiiiiier!‹ – ›Sand, Sand, kreideweißer Sand!‹ – ›Backtorf, Backtorf!‹, so geht es in einem fort! Mein Onkel und meine Tante sind ja herzensgut, sie haben auch genug Geld, aber den lieben langen Tag haben wir nichts zu tun und darum haben wir auch alle drei Langeweile. Morgens um neun Uhr muss ich schon hübsch angezogen sein. Meine Kusine ist, wie du weißt, vor einem Jahr als Braut gestorben und ich habe alles geerbt, was sie hinterlassen hat. Ihre Aussteuer, von allem sechsunddreißig, wie meine Tante immer sagt, bekomme ich auch, und, heiraten habe ich auch schon gesollt. Vor vierzehn Tagen nahm meine Tante mich ins Gebet. Sie meinte, dass der Bräutigam meiner verstorbenen Kusine mich gern heiraten wolle, und es wäre eine gute Partie. Ich solle ihn mir einmal ansehen. Er kam dann eines Tages auch, aber ich sage dir, er ist ein wahres Ekel. Er ist klein, hat gelbweiße Haare, Augen wie Milch und Wasser, und seine Wangen sehen aus wie geschminkt, so ein richtiges Puppengesicht. Und dabei ist dir der Kerl so süß wie Sirup. Es ging nur immer ›Fräulein‹ und wieder ›Fräulein‹. Und denk dir, als er kam, küsste er mir die Hand. An jedem Finger trug er einen goldenen Ring, und die ganze Stube stank nach seinem Taschentuch, als ob ein halbes Hundert Moschuskäfer darin herumkrabbelte. Er arbeitet bei der Post und soll auch nicht arm sein, wie der junge Tropf meiner Tante erzählt hat, der bei uns die Briefe bringt. Na, meinetwegen könnte er bis über die Ohren in Gold stecken, ich kann und würde ihn doch nicht heiraten! Als er weg war, fragte meine Tante, wie er mir gefiele und da schenkte ich ihr gleich reinen Wein ein und sagte, wenn das mein Bräutigam wäre, würde ich es ebenso machen wie meine Kusine, ich würde auch vor der Hochzeit sterben. Mit einem solchen Kerl wollte ich um keinen Preis leben. So einen Postschreiber könnte ich auch noch jeden Tag bekommen. Seit der Zeit ist er nicht wieder erschienen und das ist gut. Denn einen so süßen Kerl kann ich auf den Tod nicht ausstehen. Lieber will ich einen Mann haben, der mal mit einem Donnerwetter dazwischenfährt. Weißt du, wenn mich einer haben will, der muss groß sein, schwarze Haare und einen schwarzen Schnurr- und Backenbart haben, denn ein Kuss ohne Bart schmeckt nicht. Und wenn es sonst ein ordentlicher Mensch ist, werde ich seine Frau!«

Als Adelheid noch mitten im Erzählen war, öffnete sich die Stubentür, ohne dass sie es merkte, und plötzlich stand ein junger schlanker Mann mit schwarzen Haaren vor ihr. Adelheid schrie vor Schreck laut auf, als sie ihn sah und beide schauten einander an, als sähe jeder ein Gespenst.

»Ich bitte um Entschuldigung!«, sagte der junge Mann. Es war Schweers in seinem Arbeitszeug, der nun seine Mütze vom Kopf riss. »Ich habe nicht gewusst, dass hier Besuch ist«, sagte er und ging ganz verblüfft wieder aus der Tür.

»Mein Gott, wie habe ich mich erschrocken! Wie ist der so plötzlich in die Stube gekommen?«, fragte Adelheid. »Zuerst sage mir aber: Wer war das eben?«

»Das ist mein Chef«, sagte Trina, »von dem ich dir schon erzählt habe.«

»Ist das aber ein schmucker Kerl und wie mag er erst aussehen, wenn er sich gewaschen und etwas anderes angezogen hat! Sieh, das ist so mein Schlag, den mag ich leiden!«

»Der hat aber doch keinen Backenbart«, meinte Trina, die das alles für einen Spaß hielt.

»Hatte er keinen Backenbart? Ich habe vor Schreck nicht einmal richtig hingesehen. Na, dann soll es mir auch nicht darauf ankommen, wir schieben die Hochzeit so weit hinaus, bis der Bart gewachsen ist!«

Tante Stina stand gerade am Herd und stach mit einem Holzspan in den Pudding, um zu sehen, ob er gar war. Er war fertig, kein Stück Teig blieb am Holz sitzen. Nun erst sah sie sich den Besuch etwas genauer an. Und als sie bemerkte, dass Adelheid ihr Kleid hochgesteckt hatte, um Trina bei der Arbeit zu helfen, wurde sie freundlich. Nun dauerte es nicht lange und Adelheid und der alte Blücher waren gute Freunde.

Mittag kam heran. Schweers stand in seiner Kammer vor dem Spiegel. Er hatte sein bestes Zeug angezogen und war immer noch nicht mit sich zufrieden. Fünf Kragen hatte er schon zur Seite geworfen, der eine war zu steif, der andere zu schlapp, der eine war zu gelb und der andere zu blau. Der sechste hatte endlich Gnade vor seinen Augen gefunden, nun wollte die Schleife an seinem schwarzseidenen Halstuch noch gar nicht sitzen.

Adelheid hatte die Stube in Ordnung gebracht, hatte Georginen und Astern aus dem Garten geholt und vor die Fenster gestellt, die Fliegen mit großen Büschen aus der Stube gejagt und den Tisch auf ihre Art sauber gedeckt.

»Georg, bist du soweit? Das Essen ist fertig!«, rief die Alte, aber Georg antwortete nicht. Er hatte sein Halstuch noch einmal abgebunden und schmaler zusammengelegt, weil ihm die Kragenspitzen nicht weit genug zu sehen waren. Als er nun noch das rotseidene Taschentuch bis auf einen Zipfel, den er heraussehen ließ, in seine Jacke praktiziert hatte, und die große silberne Uhr mit der langen Haarkette in seine geblümte Weste gesteckt hatte, ging es zu Tisch.

Die Wohnstube kam Schweers ganz verändert vor, alles sah heute so festlich, so stattlich aus.

Die Alte war nun bei dem mächtigen Pudding und ärgerte sich, dass sie nicht eine Handvoll Rosinen mehr genommen hatte, die jetzt nur so vereinzelt darin vorkamen. Aufgegangen war der Pudding aber gut, er war ganz locker, nur ein wenig grau.

Tante Stina hielt den Teller mit dem geschnittenen Fleisch zuerst Georg hin, der plinkerte ihr aber zu, dass sie zuerst Adelheid anbieten sollte. Das wollte die Alte aber nicht. »Die Herrschaft zuerst!«, sagte sie. »Das gehört sich so.«

Georg warf ihr nun einen Blick zu, über den die Alte so erschrak, dass sie den Teller in die Mitte schob, ohne sich ein Stück Fleisch zu nehmen. Adelheid sah es und kam der Tante zu Hilfe, nahm den Teller und sagte: »Nehmen Sie es mir nicht übel, es gehört sich so: Zuerst kommen wir Damen und die älteste zu allererst!« Damit hielt sie Tante Stina den Braten hin und die nahm sich ihren Teil. Dann ging sie zu Trina. »So«, sagte sie dann, »wer anbietet, kommt zuletzt«, und hielt Schweers den Teller hin, der ihr zunickte, als wollte er sagen, so ist es richtig.

Am Anfang war es bei Tisch sehr still, Stina aber konnte ihren Mund nicht lange halten.

»Das ist ein feines Kleid, was Sie da anhat! Ist das reine Wolle?«, fragte sie Adelheid.

»Jawohl«, sagte Adelheid.

»Ist das echt?«

»Ich glaube ja.«

»Es hat wohl viel Geld gekostet?«

»Das weiß ich nicht, mein Onkel hat es mir geschenkt.«

»So, der Onkel. Ist das denn ein richtiger Onkel oder nennt Sie ihn nur so?«

»Jawohl, ein richtiger Onkel, der Bruder meines Vaters.«

Adelheid merkte, dass Georg mit seinen Augen seiner Tante zu verstehen geben wollte, dass ihm das Gerede nicht passte. Seine Augen funkelten vor Ärger, die Alte ließ sich aber nicht stören. Angst machen galt nicht für sie und so fragte sie weiter: »Hat der Onkel auch eine Frau?«

»Ja, meine Tante lebt noch.«

»Haben sie auch Kinder?«

»Nein, die sind tot.«

»Dann erbt Sie wohl noch mal etwas?«

»Danach habe ich noch nicht gefragt.«

»Gesegnete Mahlzeit«, sagte Georg, warf seinen Stuhl zur Seite und ging mit hochrotem Kopf aus der Tür.

»Was hat der Bengel denn?«, fragte Stina. »Steht vom Tisch auf und hat seinen Teller nicht leer gegessen! Habe ich denn etwas gesagt, was sich nicht gehört? Warum bleibt er nicht auf seinem Hosenboden sitzen? Das ist wohl immer so, wenn unsere Art Leute ihre Kinder in die Stadt in die Benimmschule schickt. Wenn sie dann wieder nach Hause kommen, haben sie an den Eltern von außen und von innen etwas auszusetzen und das Ei will immer klüger sein als die Glucke.«

Ihr Mops stand vor ihr und sah sie mit seinen tränenden Augen an, als wollte er sagen: Mit mir bist du doch zufrieden, ich bin nicht in der Benimmschule gewesen.

Als die Alte Georgs Teller für den Hund auf die Erde gestellt hatte, sagte Adelheid, um den alten Blücher auf andere Gedanken zu bringen: »Das ist ein allerliebster Hund!« Adelheid kannte sich aus in der Welt. Als sie vorhin mit Trina allein gewesen war, hatte sie das dicke Vieh einen unausstehlichen Fettwanst genannt.

»Ja«, sagte Stina, »er ist so klug wie ein Mensch.«

Georg war böse auf seine Tante. Er schlug in seiner Kammer mit der Hand auf den Tisch und schimpfte innerlich wie die Ziegen. Und je mehr er schimpfte, desto mehr geriet er in Wut. In diesem Augenblick hätte er Tante Stina, wenn auch nicht vergiften, so doch etwas zum Abführen eingeben mögen, das sie für Tage unschädlich gemacht hätte. Zuletzt riss er seinen Strohhut von der Wand und ging hinaus.

Als die Alte beim Abräumen helfen wollte, ließ Adelheid es nicht zu. Sie wollte es wohl mit Trina allein machen und stieg damit in Stinas Gunst. Dass es so noch weiterging, konnte man von Stunde zu Stunde deutlich merken. Erst einmal gab Stina zwei Lot Kaffeebohnen mehr als sonst in den Nachmittagskaffee, zweitens ging sie in die Milchkammer und pustete selbst den Rahm von der Milch, und drittens wischte sie die Porzellan-Kaffeekanne und vier Kaffeegedecke mit Goldrand ab, die wohl seit zehn Jahren nicht aus dem Schrank gekommen waren. Und auch das gelbbraune Tablett kam in Gebrauch. Was aber das Wunderbarste war, sie ließ durch die kleine Tochter des Dreschers für drei Grote süße Gusszwiebäcke holen, und das kam nur alle Jubeljahre einmal vor.

Danach schlenderten Adelheid und die Tante Arm in Arm um das Haus, und die Alte dachte bei sich: »Das wäre eine Frau für meinen Georg, wenn ich nur erfahren könnte, ob sie auch eine gute Mitgift bekommt, denn eine arme Frau kann ihren Mann genauso gut ärgern wie eine reiche.« Dann fragte sie Adelheid: »Wo mag wohl mein Georg geblieben sein?« Die wusste von nichts.

Georg war zu Frau Drews gegangen. »Nachbarin«, sagte er, »ich habe Ihnen geschworen, dass ich Trinas Geheimnis nicht verraten will, bis sie es mir erlauben. Heute aber müssen Sie mir noch mehr von ihr erzählen. Ich ertrage das Schweigen nicht länger. Meine Tante behandelt Trina wie eine Dienstmagd, darum muss ich ihr so viel wie nötig von Trina erzählen, damit es anders wird.«

»Das müssen Sie am besten wissen, Herr Schweers«, antwortete die Drews, »wenn Sie es besser für Trina halten, dann sprechen Sie in Gottes Namen!«

»Kennen Sie Trinas Freundin Adelheid? Sie soll früher, so viel ich gehört habe, bei Trinas Eltern gedient haben. Sie ist ein ganz flottes Mädchen mit munteren schwarzen Augen.«

»Ja, die kenne ich. Sie kam bei Babendamms in den Dienst, um beiden kleinen Kindern bei den Schularbeiten zu helfen. Allerdings hatte sie dazu wenig Lust. Viel lieber mochte sie, statt drinnen zu sitzen, in Haus und Hof arbeiten. Später hat sie sich an jeder Arbeit beteiligt. Babendamms hielten große Stücke auf Adelheid. Ich selbst kenne sie aber kaum.«

»Können Sie mir auch sagen, woher sie stammt?«

»Das weiß ich genau, ich habe ihren Vater gekannt. Er war ein einfacher Mann, war Lehrer in Knipperhausen. Geld wird sie wohl nicht haben.«

»Das will ich gar nicht wissen«, sagte Georg, und als er aus der Tür ging, drückte er Frau Drews einen Taler in die Hand.

Die Frauen in Schweers' Haus hatten sich mit ihrem Kaffee vor die Haustür gesetzt, weil das Wetter an diesem Tag besonders schön war.

»Wo steckst du denn eigentlich, Georg?«, rief ihm die Alte entgegen, als er wieder nach Hause kam. »Dein Kaffee wird ja ganz kalt!«

»Ich habe keinen Durst!«, antwortete Georg, setzte sich aber doch mit an den Kaffeetisch und schaute in Adelheids freundliche Augen. Die schienen ihm wie tiefes klares Wasser in goldenem Sonnenschein und wenn er gekonnt hätte, wäre er mitsamt seinem Sonntagsstaat hineingesprungen.

Während nun am Kaffeetisch über Ökonomie und Landwirtschaft diskutiert wurde und der alte Blücher sich nicht genug wundern konnte, dass Adelheid von allem auch Bescheid wusste, zogen sich über ihrem häuslichen Glück Sturmwolken zusammen, von denen sie noch keine Ahnung hatten.

Ziegen sind neugierig und die Ziege des Tagelöhners Witte machte da keine Ausnahme. Obwohl sie schon zum zwölften Mal gelammt hatte, hatte sie diesen Fehler noch nicht abgelegt. Im Moment stand sie vor ihrer Haustür und gab ihren beiden jüngsten Kindern Springunterricht. Da fiel ihr plötzlich ein, dass in Schweers' Haus wohl etwas los sein müsste. Manches Mal schon hatte sie dort einen leckeren Happen stibitzt und darum ging sie nun zu dem Hof, um mal wieder einen Besuch zu machen. Die Herrschaften saßen vor der Haustür. So kam sie von hinten ins Haus, ohne dass es jemand bemerkte.

Auf der Diele war niemand und die Wohnstubentür stand offen. Richtig, da lag tatsächlich so ein leckerer Happen. Sie sah Adelheids Hut auf der Kommode liegen und eins, zwei, drei hatte sie die Rosen zwischen ihre Zähne genommen und galoppierte mit dem Hut am Kaffeetisch vorüber, um wieder zu ihrem Haus zu kommen.

»Herrje«, schrie Stina, »was ist das?«

»Mein Strohhut!«, schrie Adelheid und alle vier sprangen auf und liefen der Ziege hinterher. Die machte nun einen Satz über den Misthaufen und alle vier hinterher. Als die Ziege gar keinen anderen Ausweg mehr wusste, sprang sie über den Zaun. Nur Georg, Adelheid und Trina sprangen auch hinterdrein, und selbst Tante Stina hob schon ein Bein. Sie wollte in ihrem Eifer mit hinüber, es gelang ihr aber nicht.

Sie blieb stehen und überlegte, ob sie ihre Pistole holen und die alte verrückte Ziege erschießen sollte. Als sie noch mit diesen Gedanken beschäftigt war, hatten die drei den Dieb schon gefasst und nahmen ihm den Hut wieder ab.

Die Zeit, die bei der Ziegenjagd vergangen war, hatten sich die Schweerschen Hühner zunutze gemacht. Die ganze Hühnerfamilie war auf den Kaffeetisch geflogen, ohne dass sie dazu eingeladen worden war. Sie ließ sich das Kaffeebrot mit Guss schmecken, nur der Hahn blieb unten auf dem Boden. Er war eben ein Aristokrat durch und durch. Er hatte ja auch seine noblen Passionen, das wusste das ganze Dorf, nur stehlen tat er nicht. Sein Hühnervolk ließ sich aber nicht stören, Vater Hahn mochte krähen, soviel er wollte. Auch, dass sein Kopf feuerrot dabei wurde, war ihnen ganz egal! Er versprach ihnen zuletzt fette Regenwürmer, wenn sie nur vom Tisch wegbleiben wollten, es half aber nichts. Er krähte mittendrin etwas von der Polizei, auch das war ihnen einerlei! Die älteste Glucke, die schwarze Dreckliese, war die Frechste. »Geh mir auf dem Rücken sitzen!«, rief sie vom Tisch herunter. Sie ging in ihrer Niederträchtigkeit so weit, dass sie sogar das Milchkännchen und die Tassen umwarf. Die jungen Hühner, die, weil er der einzige Hahn in der Familie war, es sich nicht mit ihm verderben wollten, warfen ihm ein paar große Stücke zu und flüsterten: »Friss auf! Friss auf!« Er aber rührte nichts an, drehte ihnen den Rücken zu und drohte: »Kommt mir in den nächsten vierzehn Tagen nicht zu nahe, ich will euch lehren, was es heißt, es sich mit mir zu verderben.« Der Hahn konnte einem leidtun. Zuletzt war er so in Wut geraten, dass er ihnen, als sie vom Tisch wieder nach unten kamen, mit seinem Schnabel in den Nacken biss.

Als die Ziegenjagd zu Ende war und die Gesellschaft zurückkam und die Bescherung sah, die die Hühner angerichtet hatten, lachten sie alle laut auf, nur Tante Stina nicht. Die zog ihre Augenbrauen noch einmal so hoch wie sonst und untersuchte das Geschirr.

»Gott sei Dank«, sagte sie, »es ist alles heil geblieben.«

»Die Uhr ist Viertel vor vier«, sagte Trina zu Adelheid, als sie sich alle von der Ziegenjagd erholt hatten, »es wird Zeit, wir müssen nun zur Post gehen. Deinen Hut habe ich wieder in Ordnung gebracht, der Schaden ist kuriert.«

Adelheid wollte gehen, die Alte meinte jedoch, die Uhr ginge fünf Minuten vor, sie solle noch ein wenig bleiben. Das tat sie nicht, sie versprach allerdings, in vier Wochen wiederzukommen.

»Vier Wochen sind sehr lang«, meinte Georg.

Adelheid musste beim Posthaus in Delmenhorst in den Wagen steigen und beide Mädchen gingen nun dahin. Um vier Uhr fuhr die Post nach Bremen ab, sie kam an Schweers' Haus wieder vorüber.

Tante Stina stand in ihrer Kammer und schaute aus dem Fenster und Georg stand traurig vor der Haustür. Als der Wagen vorüberfuhr, steckte Adelheid den Kopf aus dem Wagen und winkte noch einmal mit dem Taschentuch.

»Sie winkt mir noch einmal zu, das gute Mädchen«, sprach die Alte vor sich hin, »die mag mich und ich mag sie.«

Georg schwenkte seinen Strohhut und dachte: »Wenn das Winken mir gelten sollte, dann darf ich ja wohl hoffen, noch mal ein glücklicher Mann zu werden.«

Streit im Mutterherzen

Jan Babendamm, der reiche Bauer in Knipperhausen, saß vor seiner Kommode und vor ihm lag ein Haufen Geldrollen. Er hatte die Kerze angezündet und setzte nun mit seiner Petschaft auf jede Rolle unten und oben ein Siegel. Seine Frau saß in ihrem Lehnstuhl am Fenster und hatte ein Strickzeug in der Hand. Neben ihr auf der Fensterbank stand eine schneeweiße Katze, die ihr etwas in die Ohren jaulte.

»Habe ich nicht recht, Jan?«, fragte sie ihren Mann. »Sind es nicht genau sechstausend Taler?«

»Ja«, sagte er, »du hast recht, ich habe mich vorhin verzählt.«

»Wenn du zur Stadt gehst, nimm das Geld mit. Du hättest es schon vor vierzehn Tagen zur Bank bringen sollen, dann hätte es uns schon Zinsen gebracht.«

Babendamm erwiderte nichts.

»Mieze, was hast du?«, fragte nun die Alte ihre Katze. »Du machst dich ja so schick, hast dich schon dreimal gewaschen, wir bekommen wohl noch Besuch?«

Die Mieze antwortete nicht und begann, sich erneut zu putzen.

Als die Babendammsche an Besuch dachte, schaute sie zu ihrer Gardine hoch und ihr fiel ein, dass es Zeit wurde, eine neue aufzustecken. Sie sagte aber nichts und eine Zeit lang saßen die drei beieinander, ohne zu reden.

Da begann auf dem Hof der Hund zu bellen. Jan, der von seinem Geld nicht weggehen wollte, bat seine Frau, sie solle doch einmal nachsehen, was der alte Hund da draußen hätte. Die Babendammsche ging an das kleine runde Fenster und schaute hinaus.

»Da ist jemand«, sagte sie, »aber wer mag das sein? Ich glaube, es ist ein Pastor!«, und damit öffnete sie die Tür und ging auf den Herrn zu, der aus einem Einspänner gestiegen war. Sie schien dabei sehr verlegen, weil sie nicht wusste, wie sie sich verhalten sollte.

Der Herr kam ihr zu Hilfe, er fragte sie, ob er das Vergnügen hätte, Frau Babendamm zu sprechen.

»Ja«, antwortete sie. Und nachdem sie versucht hatte, einen Knicks zu machen, führte sie ihn in die Stube.

Ihr Mann hatte sich inzwischen erhoben, kam ihnen entgegen, gab dem Herrn die Hand und nötigte ihn, auf dem Sofa Platz zu nehmen. Alle drei setzten sich nun um den großen Eichentisch und der Herr begann: »Ich bin der Prediger Lingen aus Wasserhorst und habe in Familienangelegenheiten mit Ihnen zu sprechen. Wienstädt, der früher hier im Orte angestellt war, ist jetzt bei uns Lehrer …«

»Das habe ich gehört«, sagte Frau Babendamm, »hat er in Wasserhorst wohl auch wieder dumme Streiche gemacht?«

»Von dummen Streichen, die Wienstädt gemacht haben soll, ist mir nichts bekannt, sonst wäre er nicht im Amte und ich nicht in seinem Interesse hier.«

»Hier hat er genug ausgefressen! Wir haben aber kurzen Prozess mit ihm gemacht: Wir haben ihn zum Dorf hinausgejagt.«

»Wer ihn aus seiner Stelle vertrieben hat, wird den Kummer zu verantworten haben, den Wienstädt selbst und noch mehr seine kranke Mutter gehabt haben. Wienstädts Mutter ist in ihrer Schwachheit der ihr in ihrem Sohne widerfahrenen scheinbaren Schande erlegen. Es wäre besser gewesen, beiden wäre diese Kränkung erspart geblieben.«

»Ich habe im Wochenblatt gelesen, dass sie tot ist, sie ist an der Schwindsucht gestorben. Um den schlechten Kerl ist es ja weiter nicht schade. Der kann froh sein, dass er mit einem blauen Auge davongekommen ist. Unser Pastor Habicht ist sehr streng. Er sagt, dass es jedes Christen Schuldigkeit ist, auf Zucht und Ordnung zu halten. Und er ist klug und gottesfürchtig. Wir in Knipperhausen danken Gott, dass wir solch einen Pastor haben, der mithilft, dass ein gutes Regiment in Haus und Hof geführt wird. Sie, Herr Pastor, mögen darüber wohl anders denken, sonst würden Sie sich doch nicht in unsere Angelegenheiten mischen; denn wie ich merke, wollen Sie diesen Kerl, diesen Wienstädt, noch in Schutz nehmen. Ich bedauere nur, dass Sie den weiten Weg von Wasserhorst umsonst gemacht haben. Ich glaube nicht, dass Sie als sein Anwalt hier Glück haben werden.«

Beim Sprechen war sie immer mehr in Wut geraten und wäre ihr nicht ein Wort im Hals stecken geblieben, sodass sie husten musste, sie würde noch ganz andere Dinge gesagt haben.

»Ich komme zu Ihnen, weil ich nichts unversucht lassen will, das zu verhüten, was Ihnen manche trübe Stunde bereiten könnte. Sie werden es mir vielleicht noch danken, dass ich Ihrer Tochter Lebensglück, das auf dem Spiele steht, zu retten suche.«

»Das gott- und ehrvergessene Mädchen sollte erst einmal lernen, ihren Eltern zu gehorchen! Statt ihre Schande einzusehen und sich zu bessern, ist sie davongelaufen und lässt nichts von sich hören.«

»Eine Mutter darf ihrer Tochter nicht zumuten, was kein gesittetes Mädchen ertragen kann. Sie selbst, Frau Babendamm, haben Ihr ehrbares Kind beschimpft und haben das Band zerrissen, welches das Herz der Tochter an die Mutter bindet.«

»Warum wirft sie sich so weg und hängt sich an den hergelaufenen Lehrer, der vor lauter Hunger nicht in den Schlaf kommen kann.«

»Arm mag er in Ihren Augen sein! Er hat allerdings jetzt ein Amt, das ihn und eine Frau ernähren kann. Er ist treu und tüchtig in seinem Beruf. Und sein Beruf ist ehrenwert und gut. Ihm vertraut die Gemeinde ja ihr Bestes an, ihre Kinder. Was hat denn Wienstädt verbrochen, dass er hier fortgetrieben wurde? Wienstädt und ihre Tochter haben sich in allen Ehren gefunden. Er hat Ihr Kind weder verführt noch an sich gelockt. Wer möchte sich wohl zwischen zwei gute Herzen stellen.«

»Ich, Herr Pastor! Ich mag das nicht allein, ich tue das auch, verstehen Sie mich? Ich stelle mich zwischen sie! Und dann gibt es auch noch Gesetz und Recht.«

»Und Ihre Gründe?«, fragte Pastor Lingen.

»Das will ich Ihnen sagen, Herr Pastor, mein Kind ist zu gut für solch einen jämmerlichen Hungerleider. Und dann sagen Sie selbst, ist es von uns Eltern zu viel verlangt, dass sie den Mann nehmen soll, den wir ausgesucht haben? Bringen wir nicht Opfer genug, um ihre Ehre zu retten? Jan Harms in Strom ist ein fixer Kerl, ist aus guter Familie und sein Vater ist am letzten Sonntag noch wieder bei uns gewesen. Er sagt, dass sein Sohn dabei bleibt, dass sie zwanzigtausend Taler mitbringen muss, wenn er sie nehmen soll. Und wenn sie heute nach Haus käme und uns gehorchen würde, könnte noch alles gut werden. Wir würden das schwere Geld hingeben und vergeben und vergessen, welchen Kummer und welche Sorgen uns die Frau gemacht hat.«

»Und sehen Sie denn nicht ein«, sagte nun der Pastor, »dass dieser Mensch Ihre Verlegenheit ausnutzt und dass Ihre Tochter für so einen Kerl, der aus seiner Heirat ein Geschäft machen will, viel zu gut ist?«

»Das ist unsere Sache, Herr Pastor!«, antwortete die Babendammsche, warf den Kopf zu ihrem Mann herum und fuhr ihn an: »Was nickst du dem Pastor alle Augenblicke zu, Jan? Du sähest wohl gern, ich ließe mich beruhigen, darauf kannst du aber lange warten!«

Jan sagte kein Wort und der Pastor sprach weiter.

»Liegt es nicht in Ihrem eigenen Interesse, die 20.000 Taler zu behalten? Wienstädt verlangt von Ihnen nichts. Er ist ein guter Mensch und besitzt, was er für seine Familie und sich zum Leben braucht. In jedem Stande wäre dieser Mann an seinem Platze, auch als Landwirt würde er mit Ehren durch die Welt kommen. Ist es denn so schlimm, einem solchen Manne seine Tochter zu geben? Ihre Tochter fühlt, dass sie nur mit ihm glücklich werden kann. Ließe sie sich an Harms verkaufen, den sie nicht liebt und nicht lieben kann, wie lange würde es dauern, bis sie ins Elternhaus zurückkäme – ohne die 20.000 Taler? Dann wäre das Geld verloren und Ihr Kind zugrunde gerichtet. Es ist ein hoher Einsatz, Frau Babendamm, ein sehr gewagtes Spiel, und wenn es gelte, wär es im Voraus für Sie verloren!«

»Ja, Herr Pastor«, sagte Babendamm, »Sie haben ganz recht. Ich habe vor ein paar Tagen von Jan Harms so viele Geschichten gehört, dass ich lieber meine Tochter dem Wienstädt …«

»Was mischt du dich dazwischen?«, fiel die Babendammsche ihrem Mann ins Wort. »Halte deinen Mund, bis du gefragt wirst, verstehst du mich?«

»Was? Ich soll meinen Mund halten?«, schrie Babendamm und sprang auf. »Habe ich hier denn gar nichts mehr zu sagen? Das wird ja von Tag zu Tag besser. Ich wollte, ich wäre hundert Meilen von dir Rabenmutter weg!«

Und nun nahm er seine Mütze. »Mach meinetwegen, was du willst!«, sagte er, stürzte aus der Stube und warf die Tür so fest hinter sich zu, dass das kleine Fenster in tausend Stücke zersprang.

»Sehen Sie, Herr Pastor, da geht er hin. Nun haben Sie uns wieder für vier Wochen den Unfrieden ins Haus getragen!« Und dabei sah sie ängstlich zur Tür, denn so hatte sie ihren Mann noch nie erlebt.

»Ich war es nicht, der Unfrieden gesät hat, und nehme Ihren Mann trotz seiner Heftigkeit in Schutz.«

»Sie wollen damit wohl sagen, dass ich schuld bin?«

»Ja! Ihres Mannes Zorn ist zu entschuldigen. Ihre Sprache war nicht so, wie eine christliche Frau sie ihrem Manne gegenüber führen darf.«

»Sind Sie verheiratet, Herr Pastor?«

»Jawohl.«

»Dann darf Ihre Frau in Familienangelegenheiten wohl gar nicht mitreden?«

»Gewiss. Ich höre ihren Rat immer an. Wenn sie mir aber so kommen wollte, wie Sie Ihrem Manne, dann ...«

»Na, dann?«, fragte die Babendammsche.

»Nun, ich würde dann auch sehr böse werden!«, antwortete der Pastor.

Die Babendammsche lief aus der Stube, nahm ihren Mann, der gerade aus der Haustür gehen wollte, beim Arm und zog ihn wieder zurück in die Stube.

»Ich bitte dich, Jan«, sagte sie, »komm wieder herein. Ich habe mich vergessen, ich will es nicht wieder tun! Komm, setz dich auf deinen Stuhl, es geht um unser Kind, du musst dabei sein.«

Babendamm warf seine Mütze auf den Haken und setzte sich wieder in seinen Stuhl.

»Es ist nicht klug, Frau Babendamm«, sagte der Pastor, »dass Sie sich gegen die Wünsche so vieler stemmen. Es wird Ihr Herz erleichtern, wenn Sie Ihre Tochter nicht mehr in Angst und Sorgen wissen. Geben Sie Ihre Einwilligung zu der Heirat Ihrer Tochter mit Wienstädt! Geben Sie freiwillig, wozu das Gericht Sie früher oder später zwingen könnte oder was ohne Ihre Einwilligung geschehen könnte!«

»Dann müsste wohl kein Recht mehr zu finden sein. Die Schwester unseres Pastors hat mir gestern gesagt, dass wir das Recht haben, unser Kind von der Polizei zurückzuholen, und selbst unser Pastor will uns beistehen, damit wir recht bekommen!«

»Ihr Pastor hat Wienstädt widerrechtlich aus seinem Amt vertrieben. Wienstädt bekam sein Recht, ein besseres Amt. Und auch jetzt können Wienstädt und Ihre Tochter auf ihr Recht bestehen.«

»Unser Geld kann uns kein Mensch nehmen. Wir haben auch das Recht, unsere Tochter zu enterben.«

»Das ist in der Tat Ihr Recht! Nun, Ihr Geld soll Ihnen bleiben, doch hören Sie, es gibt noch ein anderes Recht. Ihre Tochter ist frei, wenn sie dem Anspruch auf Ihr Geld entsagt! Sie will auch das Geld nicht. Nichts hielt sie bisher zurück als die Scheu, ihre Eltern zu betrüben, wohl gar zu verlieren. Behalten Sie doch Ihr Geld; erhalten Sie sich Ihr Kind, das Ihnen kein Reichtum der Welt wiedergeben kann. Wenn das Gesetz erlaubt, dass Sie Ihr Kind enterben, gestattet das Gesetz auch, dass sich Ihre Tochter von Ihnen trennt, um den Mann zu heiraten, den Sie will.«

»Ist das wahr, gibt es so ein Gesetz?«

»Noch mehr, das Kind bekommt auch einen Pflichtteil, welchen ihm niemand streitig machen kann. Ob durch Gewalt gezwungen, ob freiwillig, Sie, Frau Babendamm, vermögen nichts dagegen, Sie müssen einwilligen! Ich habe es Ihnen leicht gemacht. Hier ist der Einwilligungsschein, es fehlt nur noch die Unterschrift.«

»Ja, Herr Pastor«, fiel nun Jan Babendamm ein, »ich unterschreibe, ich will mein Herz erleichtern. Die Qual, die mir der Gedanke macht, ich könnte meine Tochter ins Wasser jagen, kann ich nicht mehr tragen! Ich unterschreibe!«

Er nahm die Feder, unterschrieb mit seinem Namen und hielt seiner Frau die Feder hin.

»Ich unterschreibe nicht«, sagte die und warf die Feder von sich, »und wenn ich allein dagegen angehen soll! Wenn ich für solch einen Preis meine Tochter behalten soll, will ich sehen, dass ich ohne sie fertigwerde!«

»Das kannst du haben«, sagte Babendamm, »vielleicht wirst du auch ohne Mann fertig«, dann griff er nach seiner Mütze und wollte aus der Tür gehen. Da sprang die Babendammsche wieder vom Stuhl, packte ihren Mann am Arm und sagte: »Jan, du willst mich verlassen? Bleibe bei mir! Du willst, dass ich unterschreiben soll? Gut, wo ist die Feder? So! Hier ist meine Unterschrift, nun hast du deinen Willen, aber klag mir nicht deine Not, wenn dich die Leute auslachen!«, und dabei fiel sie in ihren Lehnstuhl.

Der Pastor wollte ihr zum Abschied die Hand geben, sie aber drehte ihr Gesicht von ihm weg und sagte: »Aber das bedinge ich mir aus, dass die beiden sich nicht unterstehen und mir über meine Schwelle kommen!«

»Nicht früher«, sagte der Pastor, »als bis Sie selbst darum gebeten haben, Frau Babendamm.«

Als Babendamm den Pastor an den Wagen gebracht hatte, sagte er: »Ich danke Ihnen für Ihren guten Willen, Herr Pastor. Ich kann weiter nichts dabei tun! Sie sehen selbst, wie es hier steht, gegen den Strom ist schwer anzuschwimmen.«

Als der Wagen weg war, ging Babendamm zu seiner Frau. Sie saß im Lehnstuhl, hielt ihr Taschentuch vor die Augen und weinte und schluchzte. Babendamm ging zu ihr, auch ihm standen die Augen voller Tränen. Er legte seinen Arm sanft um ihren Hals und sagte: »Gib dich zufrieden, Mutter, ich glaube, wir haben das Richtige getan.«

Sie schob seinen Arm von sich und sagte: »Lass mich in Ruhe, Jan, ich bin keine Rabenmutter. Erst heute fühle ich mein Unglück ganz, mein Kind ist von nun an für mich verloren, meine Trina ist für mich tot!«

Der Briefträger aus Delmenhorst

Es war wieder Sonnabend. Seit Adelheids Besuch in Delmenhorst waren zwei Wochen vergangen. Die Tage liefen in ihrem Einerlei dahin wie früher. Arbeit, Hoffnung und Traurigkeit wechselten sich bei Trina ab und Tante Stina bekam wieder ab und an ihre Leibschmerzen, mit denen sie schon immer sehr viel zu tun gehabt hatte. Heute war es aber besonders schlimm. Trina kam mit dem Universalmittel für allen Jammer, einem Tässchen recht starken Kaffee, aber es wurde nicht besser. Nein, von Stunde zu Stunde wurde es schlimmer und die alte Tante krümmte sich wie ein Wurm auf der Erde und heulte wie ein Wolf, den man eingesperrt und drei Tage ohne Fressen gelassen hatte. Trina bekam gewaltige Angst. Sie wollte Schweers holen lassen und zum Doktor schicken. Das wollte Stina aber gar nicht, sie meinte, es müsste sich von selbst bessern.

»Der unverschämte Kerl, der Doktor«, sagte sie, »nimmt mir für jeden Weg vierundzwanzig Grote ab. Und wenn er ein Rezept verschreibt – hu-u-u-u!, welche Pein, welch grässliche Pein! –, wenn er schreibt, nimmt der alte Topfgucker – au! – nimmt er noch zwölf Grote mehr. Das Geld können wir sparen!«

Als Georg nach Hause kam, beruhigte er Trina und sagte, dass seine Tante solche Anfälle zuweilen hätte, die gingen immer bald wieder vorüber. Stina legte sich ins Bett und musste einen großen Topf voller Brust- und Pfefferminztee trinken, und Trina legte ihr auch noch einen großen heißen Haferbeutel auf den Bauch. Der Anfall dauerte aber bis in die späte Nacht, bald schien es besser zu werden, bald ging es erneut los. Trina wollte nicht ins Bett gehen, wenn auch die Alte einige Male gesagt hatte, dass sie sich hinlegen solle. Sie setzte sich in die Wohnstube und schrieb noch einen Brief an Tante Burmeister, das tat sie meistens in der Nacht. Als sie mit dem Brief zu Ende war, kam Schweers in die Stube zurück. Er hatte sich noch eine Pfeife angezündet und setzte sich zu Trina an den Tisch.

»Ich dachte, Sie wären schon lange im Bett«, sagte Trina.

»Sie können sich ruhig hinlegen, um Tante Stina brauchen Sie sich nicht zu sorgen. Sie hat seit einer halben Stunde nicht mehr gestöhnt und wird wohl eingeschlafen sein.« Schweers schwieg einen Augenblick, dann fragte er: »An wen haben Sie geschrieben?«

»An Frau Burmeister in Bremen.«

»Wenn es meiner Tante morgen früh besser geht, will ich nach Bremen fahren. Soll ich den Brief dann mitnehmen?«

»Damit mag ich Ihnen nicht zur Last fallen.«

Das sei keine Last, meinte Schweers jedoch und nahm ihr den Brief aus der Hand.

»Wollen Sie nicht auch an Ihre Freundin, an Mamsell Adelheid schreiben?«

»Nein, das hat noch Zeit, sie will ja erst in vierzehn Tagen wiederkommen.«

»Mir wäre es lieb, wenn Sie heute auch an sie schrieben. Ich hätte dann einen guten Grund, sie zu besuchen. Ich will ihr sagen, dass sie öfter zu uns kommen soll, damit Sie nicht immer so allein sind.«

Trina überlegte einen Augenblick, dann nahm sie ihre Feder wieder zur Hand.

»Wo wohnt die Mamsell?«, fragte Schweers.

»Das weiß ich nicht, aber Frau Burmeister wird es wohl wissen.«

»Wer ist Frau Burmeister?«

»Das ist eine gute alte Frau, ein wahrer Schutzengel für alle, die Kummer haben.«

»Sollte sie für mich wohl auch Rat wissen?«

»Woher sollte bei Ihnen der Kummer kommen?«

Schweers antwortete nicht, er saß in Gedanken.

Als die Nacht vorüber war, fühlte sich Tante Stina besser und sie wäre aufgestanden, wenn Trina es zugelassen hätte.

Ein Schusterjunge brachte schon früh am Morgen ein Paar neue Stiefel und der Laufjunge des Schneiders eine schwarze Atlasweste.

»Wer ist da?«, rief Stina.

»Der Schuster«, sagte Trina, »schickt neue Stiefel für den Herrn.«

»Schon wieder neue Stiefel?«, knurrte der alte Blücher aus seinem Nest. »Der Junge ist ja wohl nicht recht klug, was will er mit all den Stiefeln? Ihn plagt wohl die Langeweile? Was ich zusammengescharrt habe, will er auseinandertreten. Na, warte nur, wenn die Butter alle ist, ist das Schmieren vorbei. Erst Nasen, dann Brillen.«

Trina lachte und sagte: »Vielleicht will er auf Brautschau gehen.«

»Dazu braucht er doch nur ein Paar Stiefel anzuziehen. Na, ich sehe wohl ein, ich muss ihm die Flügel beschneiden!«

»Der Blücher ist wieder auf dem Posten!« dachte Trina lächelnd.

Am Sonntagmorgen zwischen zehn und elf wollte Tante Burmeister gerade zur Frau Senatorin gehen – sie hatte ihr geschrieben, sie solle einmal kommen, sie hätte gute Nachrichten erhalten und »gute Nachrichten« war dreimal unterstrichen –, als ein junger schlanker Mann mit schwarzen Haaren in ihr Haus trat. Es war Schweers, den Tante Burmeister schon aus Trinas Briefen kannte. Er gab sich ihr zu erkennen und gab den Brief ab. Dann erkundigte er sich nach Mamsell Petersens Wohnung. Frau Burmeister antwortete, dass sie ihm gern das Haus zeigen wollte, sie hätte den gleichen Weg.

Unterwegs fragte Schweers so ganz nebenbei nach Adelheid, ob sie schon einen Bräutigam hätte.

»Was soll sie schon mit einem Bräutigam!?«, sagte die Burmeister.

»Ist sie ein gutes Mädchen?«, fragte er weiter.

»Ein prächtiges Mädchen«, erwiderte die alte Frau, »schnell bei der Arbeit und schnell mit dem Mund und von Herzen gut.« Sie wusste aber nicht, warum er danach fragte.

»Ich habe von Trina gehört, dass Sie eine brave Frau sind«, sagte Schweers, »darum nehmen Sie mir wohl die Frage nicht übel: Glauben Sie, dass Adelheid mich zum Mann nehmen würde, wenn ich ihr einen Antrag machte?«

Frau Burmeister staunte nicht schlecht. Sie sagte, Adelheid würde gern wieder aufs Land ziehen, Weiteres könnte sie ihm nicht sagen. Er solle ruhig allein sein Glück versuchen.

Das wollte er auch tun. Und als beide noch ein Ende des Weges zusammen gegangen waren, sagte Frau Burmeister: »Hier gleich um die Ecke, im zweiten Haus, wohnt Petersen, Adelheids Onkel.«

Schweers versprach, weil Freimarkt war und er heute noch nicht nach Delmenhorst zurück wollte, morgen noch einmal bei ihr vorbeizukommen und einen Brief für Trina abzuholen.

Als die Frau Senatorin ihre Kathrine sah, lachte sie übers ganze Gesicht und sagte: »Na, was sagst du nun, wir haben es durchgesetzt, Babendamms haben ihre Einwilligung gegeben.«

»Gott sei Dank!«, sagte Tante Burmeister, »nun fällt mir ein Stein vom Herzen. Ich habe mir schon tausend Gedanken darüber gemacht, ob mein Rat damals auch gut gewesen ist.«

»Leichtes Spiel hat Pastor Lingen mit der aufsässigen Frau nicht gehabt und er allein hätte es wohl nicht geschafft. Trinas Vater ist ihm zu Hilfe gekommen. Und da hat sie zuletzt doch unterschrieben. Nun musst du weiter sorgen, Kathrine! Hier ist der Schein, den mir der Pastor geschickt hat. Gestern kam der Brief. Er fragte an, ob er Wienstädt schon etwas davon sagen sollte, und ich habe ihm gleich zurückgeschrieben, dass er das so bald als möglich tun soll.«

Nun erzählte Tante Burmeister, dass vielleicht durch diese Geschichte noch eine zweite Hochzeit zustande käme und dass Adelheid Aussichten hätte, die Frau eines tüchtigen Mannes mit Geld und Gut zu werden. Das war Wasser auf die Mühle der Senatorin. Sie selbst hatte in einer so glücklichen Ehe gelebt, dass sie alle Ehen für glücklich hielt, und darum freute sie sich.

»Denk dir mal, Hermann«, sagte sie zu ihrem Sohn, dem Senator, der gerade in die Stube trat, »die Freundin von Trina Babendamm, die Adelheid, die immer so Anteil an Trina genommen hat, bekommt bei dieser Gelegenheit auch einen Mann.«

»Welche Adelheid?«, fragte der Senator.

»Ich habe dir doch von ihr erzählt, sie hat damals bei Babendamms gedient.«

»Beste Mutter, das habe ich schon längst vergessen! Erzähle es mir ein anderes Mal, ich muss jetzt weg. Ich kann mich heute mit euch beiden Hochzeitsmacherinnen nicht befassen.«

»Ach, du schlechter Junge! Hochzeitsmacherinnen!«

»Jawohl, Mutter, und du bist die tollste! Aber einen Kuss sollst du trotzdem haben«, sagte der Senator, gab ihr einen Kuss und sagte: »Adjüs, Kinners, ich habe heute wirklich keine Zeit!«

Bremer Freimarkt 1839

Damals galt der Bremer Freimarkt noch ganz anders als heute. Die Bauern der Umgebung mussten stundenlang zu Fuß laufen, um nach Bremen zu kommen. War das dann ein Spaß, wenn der alte Ranzelmann und seine Frau sich mit ihrem Leierkasten aufstellten und die ersten neuen Lieder anstimmten, die für ein ganzes Jahr ausreichten. Jungen und Mädchen kauften sich ein Lied für einen Groten, stellten sich neben der Leier auf und dann begann das Singen. Sie sangen so lange mit, bis sie die Melodie auswendig konnten und Ranzelmann ihnen sagte, dass es nun genug sei und dass die anderen auch einmal drankommen wollten. An hochdeutsche Lieder dachte man damals noch gar nicht, es mussten plattdeutsche sein. Hergelaufene Leierkastendreher, die mit hochdeutschen Liedern punkten wollten, hatten auf dem Markt selbst kein Glück. Sie mussten in der Stadt umherziehen – Mordgeschichten ausgenommen, die machten auch auf dem Markt ihr Glück. Heute sind sie alle vertrieben, und so ist denn auf dem Markt gar kein richtiges Leben mehr zu finden. Alle laufen nur in den Budenreihen hin und her, schauen sich an und lassen sich anschauen. Den Mund machen sie nicht mehr auf und vier schöne neue Lieder für einen Groten kann man sich auch längst nicht mehr kaufen.

Und nun erst die Karussells. Ja, Bölkens Karussell mit den vier großen Pferden, auf denen die Bauernjungen und Bauernmädchen ritten! Oder die Schaukeln, in denen sie sich selig Arm in Arm lagen und juchten und schrien, dass die Heide wackelte, bis sie durch das Schaukeln ganz seekrank wurden und sich den Magen dann erst wieder durch Speckaal und gelben Zwieback vollstopfen mussten, den die Jokelsche, die in der Nähe der Schaukeln stand, zu verkaufen hatte!

Und dann die vielen Waffelbuden mit den hübschen holländischen Mädchen, die den Kopf voller Gold trugen und sich immer bei den Jungen hinsetzten. Vor lauter Ärger darüber wollten die Bauernmädchen ihren Waffelkuchen nicht essen und ihren Curaçao nicht trinken, bis die Jungen ihnen versprachen, die holländischen Mädchen nicht wieder anzusehen!

Was war es für ein Vergnügen, wenn Anna von Jan neue Bänder für ihre Mütze bekam, und wie waren die Mädchen wild, wenn solch schaberneckischen Schuljungen die Bänder von Annas und Lisbeths Mützen zusammengebunden hatten und den beiden nun, wenn sie sich trennen wollten, die Mützen vom Kopf rissen. Was war es für ein Spaß, wenn abends auf dem Grasmarkt das Schattenspiel gezeigt wurde und sie alle das dazugehörige Lied mitsingen konnten!

Zauberer traten in großen Buden auf, beim Herdentor auf dem Wall hatte der Seiltänzer Kolter seine offene Bude aufgeschlagen. Das Beste und Vornehmste aber, was auf dem Freimarkt geboten wurde, war doch immer in Hildenbrooks Reitbahn, die beim Herdentor stand. In diesem Jahr gastierte dort der Zirkus Blondin. Und dass er gute Reiter und hübsche Reiterinnen beschäftigte, war stadtbekannt.

An einem solchen Freimarktssonntag war niemand zu Hause zu halten. Alles, was Beine hatte und über sein Tun und Lassen selbst verfügen konnte, lief zum Markt und auch Schweers hatte zu Hause gesagt, dass er zum Markt wollte. Es kam aber ganz anders, er blieb nämlich den ganzen Nachmittag bis zum Abend, als der Zirkus begann, bei Petersens. Sie hatten ihn gut aufgenommen und am Mittag war er auch zum Essen eingeladen worden.

Am Abend saßen nun die Familie Petersen und unser Schweers in der Reitbahn. Schweers hatte die teuersten Eintrittskarten für den ersten Platz gekauft. Er hatte das getan, erstens, weil er sich nobel zeigen wollte, und zweitens, weil man dort die Pferde am besten sehen konnte, die jeden Augenblick einen Haufen Sand zu diesem Platz hinwarfen, ein Vergnügen, dass man weiter hinten nicht haben konnte.

Von den Vieren amüsierte sich am meisten Onkel Petersen, Adelheids »rechter Onkel«. Als die erste Mamsell in ihrem Engelskleid auftrat, griff er in seine Tasche, holte ein Fernglas heraus und hielt es vor seine Augen. »Reizend, klassisch, famos!«, sagte er ganz laut, sodass seine Frau sich im Stillen über ihn ärgerte. Als er nun zuletzt in seiner Freude noch auf Hochdeutsch sagen wollte, dass die Mamsell mit dem Engelskleid so proportioniert gewachsen wäre, sagte er: »Wundervoll, von Kopf bis zu den Füßen moral!« Er meinte eigentlich »normal«, da wurde seine Frau giftig. Sie gab ihm mit einem Ellenbogen einen Knuff in die Seite, dass er keine Luft holen konnte, und sagte: »So ein alter Kerl wie du sollte sich doch etwas schämen!«, riss ihm das Fernglas aus der Hand und schaute selbst hindurch. Sie wollte die »Moral« auch einmal sehen und gab ihm das Glas während des ganzen Abends nicht zurück!

So ein Zirkus ist das reine Angstloch; die Pferde haben Angst, die Kunstreiter haben Angst und die Zuschauer haben auch Angst. Adelheid hatte bei jedem Sprung Angst, dass einer herabfiele, und darum drückte sie auch bei jedem Sprung Schweers Hand. Und weil so viele Sprünge gemacht wurden, konnte man gar nicht zählen, wie oft sie Schweers Hand drückte. Schweers hatte Angst, dass Adelheid die Angst schaden könnte, darum drückte er ihr auch die Hand, nur zu ihrer Beruhigung, und so ging das Handdrücken immer abwechselnd hin und her.

Der »rechte Onkel« hatte Angst um seine Frau. Ihn quälte das Gewissen, darum ging er in jeder Pause hinaus und trank einen halben Schuss Punsch.

Die Tante hatte auch ihre Angst. Schweers hatte ihr vom Konfektbäcker eine große, große Tüte mit Makronen gekauft. Sie wollte eine solche Schleckerei nicht; ängstigte sich aber, dass Schweers es übel nehmen könnte, wenn sie verschmähte, was er ihr gekauft hatte. In ihrer Angst hatte sie schon anderthalb Pfund Makronen gegessen, als glücklicherweise die Vorstellung zu Ende ging. Sie hätte sonst auch den Rest noch verzehrt.

Als die Vorstellung beendet war, hätten sie alle zusammen nach Hause gehen können. Weil es aber noch früh am Tag war, meinte Schweers, könnten sie, da das Wetter so schön war, doch noch einmal über den Markt gehen, zudem wollte er auch noch Einkäufe machen. »Tante Stina«, sagte er, »würde mir in meinem Leben nicht wieder gut werden, wenn ich ihr nicht ein paar Tafeln Braunschweiger Nüsse und ein großes Stück Honigkuchen vom Freimarkt mitbrächte, und den muss ich immer bei der Fredagschen aus Braunschweig besorgen.« Eigentlich ging es ihm aber darum, für Adelheid und Tante Petersen Kuchen zu kaufen.

Onkel und Tante Petersen entschlossen sich denn auch mitzugehen. Schweers nahm Adelheid am Arm und die beiden waren bald ein ganzes Stück vorangekommen, sodass die alten Leute sie gar nicht wieder einholen konnten. Weil es ein solches Gedränge war, trafen sie erst nach einer halben Stunde bei den Kuchenbuden zwischen Rathaus und Börse wieder zusammen. Schweers kaufte vier große Tafeln Nüsse, zwei bekam Adelheid und zwei bekam Tante Petersen, und dann Kuchen für Tante Stina, und dann ging es weiter.

Nun aber konnte Onkel Petersen wieder nicht nach Hause finden. Er wollte noch bei Friedrichs in der Kathrinenstraße ein Glas Glühwein ausgeben und Tante Petersen, die nach all dem Kuchenkram Durst bekommen hatte, war damit einverstanden.

Als sie über den Liebfrauenkirchhof kamen, stand da der Basssinger mit seiner Leier und drum herum standen Hunderte Leute und hörten ihm zu. Er sang ein sehr schönes Lied, es kam etwas von Liebe und schwarzen Augen darin vor und jedes Mal, wenn er mit seiner Stimme so recht nach oben hinauf musste, zog der Kerl seine Schultern auch nach oben und stellte sich auf die Fußspitzen.

»Komm, lass uns weitergehen«, flüsterte Adelheid, »ich glaube, der Kerl hat uns auf dem Kieker, er stellt sich immer auf die Fußspitzen und guckt hier herüber.«

Bei Friedrichs war ein furchtbares Gedränge. Im Haus stand ein großer Kessel mit Glühwein und das Einschenken wollte kein Ende nehmen. Schweers und Adelheid tranken jeder ein Glas, Tante Petersen zwei, und der Onkel hätte noch viel mehr getrunken, wenn die Tante nicht nach dem vierten Glas gesagt hätte, dass es nun genug sei.

Als sie nach Hause kamen und Schweers Abschied nahm, sagte Petersens Mädchen, dass der Briefträger Tropf für Frau Petersen einen Brief gebracht hätte.

Die Tante öffnete den Brief, las und sagte: »Der Postschreiber hat sich eine andere Braut angeschafft, nun haben wir den Menschen vom Hals!«

Die gute Nachricht

Am nächsten Morgen war Schweers schon gegen halb sieben bei Tante Burmeister und lud sie ein, mit nach Delmenhorst zu fahren. Er hatte einen Kutschwagen besorgt und wollte die ganze Familie Petersen mit nach Hause nehmen. Für Frau Burmeister war noch ein Platz vorhanden, weil er sich auf den Bock setzte und selbst fahren wollte. Er wollte sie auch abends wieder nach Bremen zurückbringen.

Gelegener als dies Anerbieten hätte unserer Tante so leicht nichts kommen können. Sie hatte schon versucht, an Trina zu schreiben, es wollte aber nicht so recht gelingen. Und so eine gute Nachricht, wie Tante Burmeister sie für Trina hatte, bringt man ja immer gern selbst. Sie nahm es nun mit Dank an und wollte gegen halb acht bei Petersens Haus sein. Sie litt es nicht, dass Schweers mit einem Wagen bei ihr vorführe.

Dass Trinas Angelegenheit in Ordnung gekommen war, davon sagte sie nichts, sie wollte es für Delmenhorst aufsparen. Und Schweers machte es nicht besser. Er erzählte auch nichts davon, wie es ihm gestern bei Adelheid gegangen war. Auf seinem Gesicht aber stand geschrieben, dass er Glück gehabt hatte.

Eine Stunde danach trug Tante Burmeister ihre beste Kleidung und mit dem Hut mit dem seidenen Band sah sie beinahe aus wie ein junges Mädchen. Das kam auch wohl daher, dass sie so vergnügt war über das, was sie gestern und heute gehört hatte. Für Trina hatte sie noch allerlei mitzunehmen, und weil der schwarze Koppelmeyer gerade vor ihrem Haus vorüberging, rief sie ihn an, damit er ihr die Sachen tragen sollte. Er war auch gleich dazu bereit, denn Tante Burmeister bezahlte nicht schlecht. Er machte ein so putzmunteres Gesicht, dass es unserer Tante auffiel und sie ihn fragte, was denn passiert sei.

»Ich habe im letzten Jahr den Herrn, der auf dem Freimarkt mit den Wappenbüchern sitzt, gebeten, er möge doch mal nachsehen, welches Wappen wir Koppelmeyers eigentlich haben, und dieser Herr, für den ich immer allerhand zu besorgen habe, hat mir nun in diesem Jahr mein Wappen mitgebracht. Er sagt, dass die Familie Koppelmeyer eigentlich Meyer geheißen hat. Weil aber einer meiner Vorfahren mit Hunden gehandelt hätte und immer so eine Hundemeute in seinem Hause gewesen sei, haben sie ihn Koppelmeyer genannt, zum Unterschied zu all den anderen Meyers. Ich will mir nun das Wappen, das er mir aus Gefälligkeit für zwei Taler gibt, einrahmen lassen und dann soll es in meiner Wohnstube hängen.«

Tante Burmeister erwiderte nichts. Sie dachte nur bei sich: »Wenn die Leute verrückt werden, fängt es meistens zuerst im Kopf an. Was will so ein vogeliger Kerl mit einem Wappen?«

Der Kutschwagen hielt schon vor Petersens Haus. Schweers saß auf dem Bock und knallte mit der Peitsche. Adelheid ging auf Tante Burmeister zu, gab ihr die Hand und machte sie mit Tante Petersen bekannt, die schon eingestiegen war. Der Onkel war noch im Haus, er hatte noch allerlei vergessen.

Gerade wollte Tante Petersen beginnen, Tante Burmeister zu klagen, was doch immer dazu gehörte, um den Alten rechtzeitig mitzubekommen, als er erschien und Tante Burmeister als eine gute alte Bekannte begrüßte. Er hatte sie einmal bei einem kranken Nachbarn getroffen.

Nun konnte die Fahrt beginnen und Georg, der prima mit Pferd und Wagen umzugehen wusste, wäre ganz gewiss in vollem Galopp durch die Stadt gejagt, wenn ihm nicht durch die vielen Leierkastendreher und Musikanten, die von der Neustadt kamen, jeden Augenblick der Weg versperrt worden wäre. Diese Art pflegte damals in der Langen Reihe im »Weißen Schwan« zu wohnen, und jeden Morgen gegen acht Uhr auf die Kunstreise auszuziehen, und alle hundert Schritte ging dann der Spektakel los, sodass oft drei Leierkastendreher, eine Musikantengruppe und, wenn es gut ging, auch noch Akrobaten und Bärentreiber in einer Straße standen. Weil nun um acht Uhr die Schulen begannen, waren auch immer viele Zuhörer da. Wenn so ein Kaspertheater kam, vergaßen Jungen und Mädchen, dass sie auf dem Weg zur Schule waren. Sie blieben stehen und gingen erst wieder weiter, wenn Kasper seiner Frau den Kopf abgeschlagen hatte.

Heute Morgen war es nun aber gar zu toll. Professor Werum, ein alter, still verrückter Mensch, der immer mit einem künstlichen Schwan in der Stadt herumzog und einen Haufen Jungen hinter sich hatte, stand inmitten der Zuschauer, und nun wurde überall Kasperletheater gespielt. Und weil keine fünfzig Schritte entfernt die Steiermärker Musikanten, die nachmittags und abends in »Schaers Kaffeehaus« und im »Lindenhof« am Domshof bliesen, sich aufgestellt hatten und eine kleine Strecke weiter Ranzelmann und seine Frau zum Leierkasten sangen, so war bald die ganze Wachtstraße versperrt und Schweers hatte seine Not durchzukommen. Bei Ranzelmanns Leierkasten musste er anhalten, bis die Weise zu Ende war. Sie sangen gerade das Lied von »Jan Dickmelk mit de S'latjack, dat is for mi keen Mann, he is von'n Buernstanne, dat is for em keen Schanne, man Jan Dickmelk mit de S'latjack, dat is for mi keen Mann«.

Kaum hatten sie aber mit dem Wagen die Stadt hinter sich gelassen, als Onkel Petersen eine Flasche Wein aus der Wagentasche zog. Und es dauerte nicht lange, da holte er die zweite. Das war bestimmt der Grund, weshalb die Gesellschaft bald ganz puppenlustig wurde und zu singen begann. »Wir sitzen so fröhlich beisammen« stimmte Onkel Petersen an und die anderen fielen ein, und selbst Tante Burmeisters Stimme konnte man deutlich heraushören.

Als der Wagen auf Schweers Hof fuhr und Tante Stina all die fremden Gesichter sah, zog sie die Augenbrauen in die Höhe und sperrte den Mund weit auf. Sie wusste nicht, was sie davon halten sollte, dass Georg Besuch ins Haus brachte, ohne zu fragen, ob es ihr gelegen kam.

Schweers gab dem Knecht, der aus dem Stall trat, die Zügel der Pferde, ging zu seiner Tante und sagte ihr, dass der alte Herr und die Dame der Onkel und die Tante von Adelheid seien und die ältere Frau Trinas Tante.

Als Stina mittendrin Adelheid entdeckte, war ihr Ärger vorüber. Adelheid war für sie das Fleisch vom Fleischtopf, die anderen Personen waren nur die Knochenzutat.

»Ich habe gehört, meine liebe Tante«, sagte Adelheid, »dass Sie krank gewesen sind, wie geht es Ihnen denn heute?«

»Ja, das habe ich auch gehört«, sagte Frau Petersen, »wie geht es heute?«

»Ach, es ist schon wieder vorbei«, sagte Stina. »Ich habe eine gute Natur. Wenn mir was fehlt, sind es immer nur verschlagene Winde.«

Die Familie Petersen wurde nun von Georg und seiner Tante in die beste Stube gebeten und sie schlossen die Tür hinter sich, sodass Trina und Tante Burmeister, die auf der Diele geblieben waren, nicht hören konnten, was in der Wohnstube gesprochen wurde. Sie wollten auch nichts hören, sie hatten mit sich selbst genug zu tun.

Als Trina den Einwilligungsschein mit Unterschrift von Vater und Mutter sah, standen ihre Augen voller Tränen. Sie faltete die Hände, dankte dem lieben Gott und bat ihn auch um seinen Segen. Am liebsten wäre sie gleich zu ihren Eltern gereist, um sich zu bedanken.

Tante Burmeister wusste aber, dass sie sich das extra verbeten hatten. Sie verstand es, den bitteren Beigeschmack, so gut es irgend ging, zu versüßen, und sagte zu Trina, dass sie ihr raten wollte, den Dank in einem Brief auszusprechen. Sie sagte, es wäre ihrer Mutter schwer gewesen, das Jawort zu geben, und deshalb solle sie lieber noch einige Zeit warten, bevor sie zu ihren Eltern ginge, damit die sich erst ein wenig beruhigten. Trina hörte auf diesen Rat und nahm sich vor, am nächsten Tag zu schreiben und ihrer Mutter zu ihrem Geburtstag, der auf den Mittwoch fiel, zu gratulieren.

In dem Moment trat der alte Blücher aus der Stube und sagte zu der Magd, die gerade den Trank für die Schweine zurechtmachte: »Lauf mal so schnell du kannst zu Frau Drews und sage ihr, sie solle alles liegen und stehen lassen und gleich zu uns kommen. Sie soll heute für uns kochen!« Und nun ging sie zu Trina.

»Trina«, sagte sie, »mein bestes Mädchen, schneide Schinken und Mettwurst ab und schlage so viele Eier in die Pfanne, wie du brauchst, hier sind die Schlüssel. Wenn Frau Drews kommt, rufe mich. Sie soll uns das Mittagessen zubereiten. Wir wollen das Frühstück in die Länge ziehen. Wenn wir dann auch erst um zwei Uhr essen, bis dahin schafft die Drews es wohl. Das Wasser kocht, mach nur zuerst gleich für die Frauen eine stramme Kanne Kaffee, aber nicht zu knapp!« Und nun lief sie wieder in die beste Stube.

»Nur nicht zu knapp?«, fragte sich Trina. »Was ist denn mit ihr passiert? Sonst sagt sie immer: ›Nur nicht zu viel!‹«

Tante Burmeisters lachte vor sich hin. Sie wusste ganz gut, was da in der Stube besprochen wurde.

Als Trina mit dem Kaffee in die Stube trat, prallte sie vor Schreck zurück. Was bekam sie da zu sehen! Schweers hatte Adelheid mit beiden Armen umfangen und küsste sie einfach mitten ins Gesicht.

Adelheid riss sich von Schweers los, fiel Trina um den Hals und sagte: »Meine gute Trina, ich bin Braut! Du freust dich gewiss mit mir. Hier stelle ich dir meinen Bräutigam vor!«

Trina bebte noch, so hatte sie die Nachricht ihrer Eltern angegriffen, und als Adelheid sprach, begann sie zu weinen. Sie wollte beiden gratulieren, konnte die Worte aber kaum herausbringen: »Du bekommst einen guten Mann!« Dann nahm sie stillschweigend den Schein ihrer Eltern und gab ihn Adelheid zu lesen.

Nun ging das Gratulieren von Neuem los. Alle freuten sich und alle kannten Trinas Schicksal, bis auf eine und diese eine war Stina. Schweers hatte es doch für besser gehalten, seiner Tante, solange sie mit Trina gut war, die Angelegenheit zu verschweigen.

Als Tante Stina nun hörte, dass Trina die Tochter des reichen Babendamm war, den sie ganz gut kannte und von dem sie ihre besten Kühe gekauft hatte, sanken ihr die Arme am Körper herab. Zuerst glaubte sie, ihr Anfall käme zurück. Trina merkte wohl, dass Stina einen Schreck bekommen hatte, und wusste auch, dass Stina sie ungern gehen ließ. Deshalb trat sie zu ihr und versprach ihr, sie wolle so lange ihre Arbeit tun, bis Adelheid als Frau ins Haus käme.

Tante Burmeister wollte draußen in der Küche der Frau Drews, die unterdes gekommen war, mit zur Hand gehen. Georg aber kam, nahm sie in seinen Arm und führte sie in die Stube. Und bald klangen die Gläser und das Hochrufen und Gratulieren nahm kein Ende. Auch Frau Drews wurde für einen Augenblick hereingeholt. Sie musste auf die Gesundheit der zwei Brautpaare trinken und Schweers drückte ihr vor lauter Freude noch zwei holländische Gulden in die Hand.

Beim Frühstück und ebenso beim Mittagessen, ein wahres Meisterstück von Frau Drews, es begann als das Frühstück eine halbe Stunde vorüber war, ging es lustig zu. Onkel Petersen war so mobil geworden, dass er bei Tisch seinem Herzen in Versen Luft machte:

»Zwei Paare sind zusammen hier gefügt,
Triumph, Triumph, die Liebe hat gesiegt!
Lasst die Gläser uns erheben,
Beide Paare sollen leben.
Doch indessen, trotz der Falten,
Lebet hoch nun auch Ihr Alten!
Seid Ihr zwar zu alt zum Lieben
Und zu den schönen Jugendtrieben –
Ihr beide wart doch auch mal nette –
Es leben Stina und die Jette.«

Als er mit seinem Vortragen zu Ende war, fiel er, wie das nach solch geistigen Anstrengungen wohl zu gehen pflegt, in sich selbst zusammen. Und als sie ihn später suchten, lag er auf dem Heuboden und schlief. Im Schlaf veranstaltete er ein solches Konzert, wie es der talentierteste Holzsäger nicht lauter geschafft hätte.

Das vergnügte Wiedersehen

Pastor Lingen ließ am gleichen Montag früh morgens an Wienstädt bestellen, dass er nur bis um zehn Uhr Schule halten solle. Von zehn Uhr an wollte er selbst Religion unterrichten und weil es ein so schöner Herbsttag war, sollten die Kinder am Nachmittag frei haben.

Kurz vor zehn erschien der Pastor in der Schule. Er nahm Wienstädt zur Seite und brachte ihm die frohe Nachricht, dass Trinas Eltern ihm nichts mehr in den Weg legen würden, wenn er Trina heiraten wollte. Dass er selbst deswegen nach Knipperhausen gegangen war, davon sagte der brave Mann nichts.

Wienstädt konnte gar keine Worte finden, seine Freude auszusprechen, er sagte gar nichts.

Der Pastor erzählte ihm, weil morgen wegen des Freimarktes doch keine Schule wäre, sollte er sich in Gottes Namen nur gleich auf den Weg zu seiner Braut machen. Und während der Pastor in der Schule die letzte Stunde gab, zog Wienstädt schnell seine Sonntagskleidung an. Er dachte nicht an Essen und Trinken, er machte sich sofort auf nach Bremen, weil Tante Burmeister ihm erst sagen musste, wo Trina sich aufhielt. Sie hatte es ihm immer noch verschwiegen, damit er Trina nicht heimlich besuchen konnte.

So schnell ist wohl noch kein Mensch zu Fuß von Wasserhorst nach Bremen gekommen wie Wienstädt an diesem Morgen. Da hörte er nun von Frau Burmeisters Tochter, dass ihre Mutter in Delmenhorst sei, um Trina dieselbe Nachricht zu bringen, die ihm der Pastor gebracht hatte.

Am Nachmittag um halb vier hielt der Postwagen aus Bremen vor Schweers Tür in Delmenhorst und Wienstädt stieg aus. Adelheid sah ihn zuerst. Sie sprang gleich zu Frau Burmeister hin und flüsterte ihr etwas ins Ohr. Die rief Trina und ging mit ihr in den Garten, damit sie Wienstädt nicht gleich sehen und sich erschrecken sollte. Im Garten fasste sie Trinas Hand und sagte: »Gott hat deine Bitte erhört, komm mit mir in die Stube, der, den er dir schenken will, ist da, Wienstädt ist angekommen!«

Nun war der Augenblick da, den sie so lange herbeigewünscht hatte, und doch befiel sie eine Angst, als ob sie etwas Schlimmes vorhätte.

Ja, da stand er, mit seinen treuen blauen Augen sah er sie an. Beide Hände streckte er ihr entgegen und die Angst verging!

»Wienstädt«, sagte sie, und ihre Augen leuchteten vor Freude, »als du mir den ersten Kuss gabst, der so schweres Leid, so viele traurige Stunden über uns gebracht hat, hast du mir versprochen, dass du mich so lange in Ruhe lassen wolltest, bis meine Eltern ihr Jawort gegeben hätten. Du hast dein Wort gehalten. Komm, nun will auch ich Wort halten. Ich habe dir für diesen Fall versprochen, dir den zweiten Kuss zu geben, hier, nimm den zweiten! Nun bin ich dein!«

Und auf den zweiten folgte der dritte, der vierte, der fünfte, und zuletzt waren die Küsse gar nicht mehr zu zählen, es schien bald in die Hunderte zu gehen.

Adelheid und Schweers konnten es nicht länger ertragen, sie kamen in die Stube. Auch Stina wollte den Bräutigam sehen und kam hinterdrein. Onkel Petersen hatte sich aus seinem Heu wieder herausgekrabbelt. Er war wieder ganz mobil und wäre wohl auch früher gekommen, wenn er nicht im Heu nach seiner Perücke hätte suchen müssen. Sie war ihm im Schlaf weggerutscht. Seine Frau hatte in Stinas Bett ein wenig ruhen wollen, war aber fest eingeschlafen und der Onkel hatte sie erst wecken müssen. Das Gratulieren begann nun zum dritten Mal und Wienstädt und Schweers waren bald dicke Freunde, auch Onkel Petersen schüttelte alle Augenblicke Wienstädts Hand.

Als sie nun alle gemeinsam beim Kaffee saßen, wollte der Onkel partout den Hochzeitstag bestimmen. Sie waren darüber einig, dass beide Paare am gleichen Tag in Schweers Haus Hochzeit halten sollten. Die Frage war nur noch, an welchem Tag. Der Onkel sagte immer: »Kinners, macht nicht zu lange, je eher, je lieber!«

Zuletzt ergriff Adelheid das Wort und erklärte: »Wienstädt kann nicht ohne Frau fertig werden, das seht ihr alle ein, und Trina kann Tante Stina nicht früher verlassen, als bis ich als Frau Schweers an ihre Stelle getreten bin. Ich hätte die Hochzeit gern noch ein paar Monate vertagt, aber Trinas wegen ist es mir recht, wenn wir schon am dritten Weihnachtstag Hochzeit halten.«

»Nein, Adelheid«, sagte Trina, »du sollst dich meinetwegen nicht aufopfern!«

»Sei bitte von so etwas still, Mädchen! Wenn ich nun aufgeopfert werden will?!«

»Zum Ersten, zum Andern und zum Letzten!«, sagte Onkel Petersen. »Es bleibt dabei, am dritten Weihnachtstag ist Doppelhochzeit!«

Die Glückseligkeit in der Stube war unbeschreiblich, nur Stinas Mops hatte sich verdrießlich in die Ecke verzogen. Solange er das Glück hatte, Mops zu sein, waren ihm noch keine Menschen begegnet, die sich küssten, und heute ging es in diesem Punkt geradezu toll her. Er konnte nicht daraus schlau werden, wer die Küsse gab und wer sie nahm. Auch um Stina hatte er Angst, dass sie sich mit der Küsserei abgeben würde. Aber um sie brauchte er sich keine Sorgen zu machen, sie dachte in ihrem Sinn, eine gute Tasse Kaffee ist mir lieber als zehn Küsse.

Plötzlich begann hinter dem Fenster ein Leierkasten Musik zu spielen. Das war eine Idee von Onkel Petersen. Er hatte, als er für einen Augenblick hinausgegangen war, diese reisenden Künstler auf der Landstraße aufgegriffen. Er dirigierte und ein Mann mit einer feuerroten Nase und eine Frau, die wahrscheinlich zum Bremer Freimarkt wollten, hatten sich aufgestellt und nun ging die Singerei los: »Die Liebe muss was Süßes sein, die Liebe, ach, die Liebe, die muss was Süßes sein!« Das Lied hatte etwa dreizehn Verse, und hinter jedem Vers wurde das mit der Liebe wiederholt, sodass zuletzt alle in der Stube mitsangen und Onkel Petersen sang draußen auch mit.

Es war bereits pechschwarze Nacht, als der Wagen angespannt war und die Familie Petersen und Tante Burmeister sich zur Abreise zurechtsetzten. Onkel Petersen war wieder der Letzte, er hatte sich wegen der Nachtluft noch erst eine kleine Flasche Curaçao und Wermuth geben lassen. Wienstädt stieg bei Schweers auf den Bock.

Als die Pferde vom Hof jagten, drehte sich der Onkel noch einmal nach Tante Stina und Trina um und rief: »Es bleibt dabei, am dritten Weihnachtstag!«

Wie es Babendamm in Bremen ging

Vierzehn Tage vor Weihnachten standen beim Bremer Rathaus Hunderte Tannenbäume. Man sah Leute, die mächtig große Bäume durch die Straßen trugen, man sah aber auch arme Frauen, die nur Tannenzweige mit nach Haus brachten, die sie auf dem Markt für ihre Kinder zusammengesucht hatten, weil ein Baum für sie zu teuer war.

Adelheid war von ihrer Tante zum Markt geschickt worden, um einen Baum auszusuchen.

»Ohne Baum ist gar kein Weihnachten!«, hatte sie zu Adelheid gesagt. »Suche bitte einen aus, der gleichmäßig gewachsen ist und nicht so ein kleines Ding!«

Als nun Adelheid an dem großen Süßwarengeschäft in der Bischofsnadel vorüberging, in dem die vornehmen Leute einkauften, kam der alte Babendamm, Trinas Vater, aus dem Laden. Schon lange hatte sie darauf gewartet, ihn mal ins Gebet zu nehmen.

Sie trat nahe an ihn heran und wünschte ihm einen guten Morgen. Er riss seine Mütze vom Kopf und dankte und wusste im Augenblick nicht, wo er die Dame unterbringen sollte.

»Herrje«, sagte er dann, »Adelheid, sind Sie das?« – »Du« wagte er nicht mehr zu sagen. »Ich hätte Sie bald nicht wiedererkannt. Sie haben sich ja ziemlich verändert! Na, ich kann Ihnen ja wohl auch gratulieren? Ich habe gehört, dass Sie eine gute Partie machen. Was ist denn Ihr Bräutigam für ein Mann? Ich kenne nur seine Tante.«

»Mein Bräutigam ist ein arbeitsamer, guter Mann und, was besonders wichtig ist, er ist keine Schlafmütze«, sagte Adelheid.

»Wann ist denn die Hochzeit?«

»Am dritten Weihnachtstag, heute in vierzehn Tagen. Es wird eine Doppelhochzeit. Trina und ich, wir feiern unsere Hochzeit am gleichen Tag in Delmenhorst.«

»So, also doch?! Ich wünsche ihr viel Glück, aber ich glaube, es wird ihr noch einmal richtig leidtun. Sie könnte es besser haben!«

»Sie meinen wohl, wenn sie Jan Harms heiratete? Haben Sie das Wochenblatt von gestern nicht gelesen?«

»Nein, das bekommen wir erst heute.«

»So? Na, dann können Sie es heute lesen, dass der alte Harms alle Leute warnt, seinem Sohn Jan etwas auf seinen Namen zu borgen. Er will für seine Schulden nicht mehr aufkommen. Es wäre nun wohl nicht so weit gekommen, wenn Jan Harms Babendamms Schwiegersohn geworden wäre. Dann hätte die Mitgift wohl noch eine Zeit lang vorgehalten. Der ›fixe Mensch‹, wie Ihre Frau ihn immer nannte, treibt sich schon wieder einmal seit vier Wochen in Hamburg herum.«

»Das ist mir ja ganz neu, was Sie mir da erzählen. Na, dann haben die Leute in Knipperhausen wieder etwas zu reden.«

»Ach, was werden die Leute groß reden? Sie werden sagen, dass Trina das geahnt hat oder dass sie den richtigen Verstand gehabt hat, als sie den Kerl zurückgewiesen hat.«

»Das kann ich Ihnen versichern«, sagte nun der kluge Babendamm, »mein Mann wäre Harms auch nicht, aber, leider Gottes, in dieser Angelegenheit habe ich bei mir zu Hause nicht viel zu sagen.«

»Das weiß ich«, sagte Adelheid. »Ich sage auch jeden Tag, wenn die Leute so über Sie herfallen, Kinners, sage ich, der Mann hat zu Hause nichts zu sagen.«

»Na, na«, meinte nun aber Babendamm, »so schlimm ist es ja nun auch gerade nicht!«

»Ist es wahr«, fragte Adelheid, »was die Leute sagen, dass Trina die freundlichsten Briefe an Sie geschrieben hat und Sie nicht einmal geantwortet haben?«

»Ja, geschrieben hat sie. Sie hat meiner Frau zu ihrem Geburtstag gratuliert und hat auch an mich geschrieben, aber geantwortet haben wir nicht. Ich kann nichts dagegen machen, meine Frau wollte es nicht, dass ich schreibe.«

»Das habe ich auch zu den Leuten gesagt. Ich sagte, der Mann kann gar nicht schreiben.«

»Das haben Sie gesagt? Ich kann aber doch schreiben!«

»So meine ich das nicht! Ich sagte, dass Sie keinen Auftrag von ihrer Frau dazu bekommen hätten.«

»Das hätten Sie nun gerade nicht zu sagen brauchen!«

»Was schenken Sie Trina denn als Aussteuer?«

»Nichts! Meine Frau hat geschworen, sie wolle ihr nichts geben.«

»Aber Sie, haben Sie sich das auch geschworen?«

»Nein, ich nicht! Ich habe aber kein Geld, ich, ich führe nicht die Kasse, die führt meine Frau.«

»Das habe ich auch zu den Leuten gesagt. Der Mann, sagte ich, muss um jeden Taler erst seine Frau bitten.«

»Das glauben die Leute aber wohl nicht, denn das ist nicht wahr!«

»Sie sagen mir das ja aber eben selbst, dass es so ist. Wie die Leute sich erzählen, haben Sie in die Stelle hineingeheiratet, und nun meinen die Leute, dass es vor der Heirat von den Eltern Ihrer Frau so ausgemacht war, dass Ihre Frau immer die Hand auf dem Geldbeutel hat. Der reiche Babendamm, sagen die Leute, ist ärmer als der ärmste Schuster, der doch wenigstens seiner Tochter ein Paar Schuhe zur Hochzeit schenkt.«

»Das wäre ja alles ganz anders gekommen, wenn sie nur nicht gerade so einen armen Lehrer heiraten wollte und uns nicht so einen Schimpf antäte!«

»Wenn ein Lehrer die Tochter eines Bauern heiratet, dann ist das kein Schimpf für die Tochter und auch nicht für die Eltern, aber es ist ein Schimpf für die reichen Eltern, wenn sie den Schwiegersohn für arm halten und dann dem armen Menschen die Sorge überlassen, für die Tochter der reichen Eltern Hemden anzuschaffen.«

»Ich habe gerade nicht viel Geld bei mir und soll für die beiden Mädchen auch noch Kleider mitbringen. Das Einzige, was ich wohl machen könnte, wäre, wenn ich zu dem Geldwechsler Benecke ginge und mir von dem hundert Taler geben ließe, die ich ihm bei Gelegenheit, ohne dass meine Frau etwas davon erführe, wiederbrächte.«

»Ja, dann lassen Sie uns mal zu Benecke gehen!«

»Aber ich muss zuerst hier in Eckhoffs Laden, ich soll vier Kleider mitbringen.«

»Ich gehe mit, wenn Sie nichts dagegen haben. Ich habe Zeit.«

Adelheid nahm ihn beim Arm und schob ihn in den Laden.

Babendamm holte Proben aus der Tasche und ließ sich den Stoff für vier Kleider abschneiden.

»Zeigen Sie uns doch auch schwarzen Taft! Der Herr will seiner Tochter das Hochzeitskleid kaufen«, sprach Adelheid den jungen Verkäufer an.

»Was?«, sagte Babendamm. »Adelheid, das geht auf keinen Fall gut, wenn das meine Frau erfährt!«

»Ich sage nichts und Sie brauchen Ihrer Frau auch nichts zu sagen, wenn Sie es nicht für gut halten.«

Der Verkäufer hatte bald den ganzen Ladentisch voller Seidenstoff liegen. Adelheid ließ den Taft durch ihre Finger gleiten und sagte: »Schneiden Sie von diesem hier sechsundzwanzig Ellen ab!«

Babendamm war still, aber der blonde Jüngling sagte: »So viel brauchen Sie nicht, das ist für ein Kleid viel zu viel!«

Adelheid warf ihm einen Blick zu, als ob er Schuhputzer und sie Prinzessin wäre. »Sie sind wohl Schneider, dass Sie es so genau wissen! Kaufmann sind Sie gewiss nicht. Schneiden Sie nur sechsundzwanzig Ellen ab.«

Und zu Babendamm sagte sie: »Zu einem solchen Kleid muss sie ja noch eine zweite Taille haben.«

Das Gesicht des jungen Mannes war feuerrot geworden, er sagte aber nichts. Nur die anderen Verkäufer lachten und flüsterten einander zu, was Adelheid gesagt hatte. Und Babendamm sagte auch nichts.

Adelheid war aber noch nicht zu Ende. Nein, nun kam noch dies und das. Erst noch einmal siebzehn Ellen weißen Pikees und dann noch zwölf Ellen breites schwarzseidenes Band, dann noch sechs Ellen schmales, und dann kamen auch noch drei Ellen Futterkattun!

»Adelheid, das geht nicht!«, sagte Babendamm. Die Rechnung bezahlte er aber doch.

Von Eckhoffs Laden gingen sie zum Geldwechsler und Adelheid bekam die hundert Taler.

»Aber«, sagte Babendamm, als er ihr das Geld gab, »Adelheid, ich bitte Sie, um Gottes willen, dass meine Frau das nicht erfährt. Auch Trina soll kein Wort darüber schreiben, hören Sie! Ich stehe nicht so unterm Pantoffel, wie die Leute glauben, ich will nur keinen Ärger mehr im Hause haben!«

Adelheid wünschte ihm fröhliche Weihnachtstage und ging seelenvergnügt mit ihren hundert Talern nach Hause.

Der heilige Weihnachtsabend

Wie schnell vergeht die Zeit und wie oft wünschen wir, dass es ein wenig langsamer gehen möge. Wenn aber die Woche vor Weihnachten erst einmal angebrochen ist, kann es gar nicht rasch genug sein. Der Weihnachtsabend kommt für große und kleine Kinder viel zu langsam heran. Die Kleinen nehmen dann wohl Kreide und malen an ihre Betten so viele Striche, wie noch Nächte zu verschlafen sind, und jeden Morgen wischen sie einen davon ab. Der letzte Strich war heute weggewischt, der 24. Dezember war da.

Die Sonne am Himmel machte ein recht verdrießliches Gesicht, weil sie merkte, dass die undankbaren Menschenkinder sie nicht mehr gern sahen und kaum die Zeit abwarten konnten, dass sie unterging. Darum zog sie früher als sonst ihren Schleier vor das Gesicht und ging ärgerlich nach Hause.

Kaum hatte sie sich umgedreht und kaum war die Dämmerstunde angebrochen, als auch in Jan Babendamms Haus in Knipperhausen die Bescherung begann. In der Mitte der Stube war ein großer Tannenbaum aufgestellt und eine Menge bunter Lichter waren an ihm befestigt, die nach allen Seiten einen hellen Schein ausstrahlten. Nur in die Herzen derer, die den Baum umstanden, fiel kein einziger Lichtstrahl, sie blieben dunkel!

Beide jungen Töchter waren am Tag vorher aus der hannoverschen Pension angereist. Sie saßen unter dem Baum, als müssten sie aufpassen, dass nichts von all den Geschenken wegkam. Sie sagten nur »ja« und »nein«, ganz so als wären sie bei wildfremden Leuten und nicht in ihrem Elternhaus. Kam es daher, dass die Frau Regierungsrätin, bei der sie lernten, sich zu benehmen, ihnen verboten hatte, zu Hause Plattdeutsch zu sprechen und ihnen das Hochdeutschsprechen keine Freude machte? Oder fühlten sie, dass ihre gute Schwester Trina fehlte, die ihnen beim letzten Weihnachtsfest die große Puppe mit den weißen Kleidern geschenkt hatte? Wer kann das wissen! Sie freuten sich über nichts, nicht einmal über die prächtigen Kleider, die für sie auf dem Tisch lagen. Sie berührten sie nicht einmal. Das rote, meinte die eine, wäre zu rot, und das blaue, meinte die andere, wäre zu blau.

»Damit lachen sie uns in Hannover aus!«, meinten beide. Und nicht das kleinste Stück der teuren Süßigkeiten steckten sie in den Mund!

Frau Babendamm saß in tiefen Gedanken vor ihrem Nähtisch. Sie hatte sich vorgestellt, es sollte heute wieder so vergnügt sein wie bei den vorangegangenen Weihnachten. Ihr war noch gar nicht nach Weihnachten zumute. Es mochte ihr wohl auch durch den Kopf gehen, dass die beiden Mädchen am Nachmittag gesagt hatten, dass sie nicht in der Pension bleiben wollten, weil sich die anderen Mädchen über sie lustig machten und sie die beiden »Bauernponys von Knipperhausen« nannten, weil sie sich beide so ähnlich sahen und auch die gleiche Größe hatten. Oder dachte die Mutter vielleicht an ihre Tochter Trina, die sich an anderen Weihnachtsabenden über jede Schürze, über die geringste Kleinigkeit gefreut hatte, die Vater und Mutter alle Augenblicke um den Hals gefallen war und sich für die vielen Weihnachtsgaben bedankt hatte? War sie vielleicht ärgerlich darüber, dass die beiden Kinder, die immer sehr viel Taschengeld nach Hannover geschickt bekamen, für die Eltern nicht einmal ein kleines Weihnachtsgeschenk mitgebracht hatten? Oder dachte sie wieder an Trina, die an jedem Weihnachten mit Handarbeiten, die sie nachts gefertigt hatte, Vater und Mutter überraschte? Die beiden Kleinen hatten nur eine französische Schrift mitgebracht. Sie und ihr Mann verstanden kein Französisch und die Kinder auch nicht!

Babendamm hatte seine Pfeife angezündet und las die Zeitung. Er hatte die »Schnellpost für anständige Passagiere aus allen Fächern«, die damals als Beilage zum »Bürgerfreund« erschien, vor sich und las einen Artikel über die Seeschlange. An keinem anderen Heiligabend hatte er so dagesessen! Die Freude, die nicht nachfragt, wo die größten Tannenbäume sind und die am liebsten bei den kleinsten sich aufhält, kehrte heute Abend bei Babendamms nicht ein. Der große Baum hatte noch keine halbe Stunde gebrannt, da fragte Babendamm, der mit dem Seeschlangenartikel fertig war, ob er die Kerzen auspusten solle. Und als seine Frau mit müder Stimme antwortete, dass es ihr egal sei, löschte er die Lichter.

Im Pastorenhaus in Knipperhausen waren alle Stuben dunkel und still. Pastor Habicht und seine Schwester waren nach Bremen gefahren. Sie feierten Weihnachten bei Ollermann Haase, der ganz ärgerlich darüber gewesen war, dass der Senator seinen Freund Habicht so behandelt hatte, und nun zeigen wollte, dass er noch immer große Stücke auf ihn hielt. Doris hatte zu Hause bleiben müssen. Sie saß in der Küche und stopfte Strümpfe bei einer Tranfunzel. Vor ihr stand ein Teller mit Pfefferkuchen, Äpfeln und Walnüssen, und beim Teller lag ein Traktätchen. Das Fräulein hatte es selbst betitelt: »Die durch eine einzige Lüge höchst unglücklich gewordene Dienstmagd.« Sie war also beschert worden. Und doch saß sie traurig da, und eine Träne nach der anderen lief langsam über ihre Wangen und fiel auf den Strumpf. War es in der Küche vielleicht kalt, weil sie nachmittags kein Feuer anzünden durfte, oder dachte sie an ihre verstorbenen guten Eltern und an die Weihnachten ihrer Kindheit?

Im Senatorenhaus ging es bunt durcheinander. Die Familie des Senators hatte sich in vier Lager geteilt und jeder Teil hatte in seiner Stube seine Helfershelfer. Die alte Frau Senatorin hatte schon den ganzen Nachmittag mit der dicken Köchin herumgekramt. Sie hatte für Kinder und Kindeskinder, für Bedienstete, Kranke und Arme Geschenke zurechtgelegt. Der Senator packte mit seinen Bediensteten hunderterlei Sachen aus den Papieren und legte sie auf den Weihnachtstisch. Am meisten aber rumorte die junge Frau Senatorin in ihrer Stube herum. Sie hatte das Kindermädchen, den Kutscher, die Bügelfrau und die Feinnäherin in Beschlag genommen, den Weihnachtsbaum zu schmücken. In der Kinderstube machten die Kinder einen Heidenlärm. Sie hatten auch einen kleinen Baum für ihre Eltern und ihre Großmutter geschmückt und jedes Kind wollte nun am besten wissen, wie der Baum behängt werden müsste.

Als die alte Senatorin sich bei ihrem Sohn für all die Geschenke mit Kuss und Hand ganz vergnügt bedankt hatte, führte er sie zuletzt noch an seinen Lehnstuhl, über den eine Tischdecke gebreitet war und den sie noch gar nicht angesehen hatte. »Das ist auch noch für dich«, sagte der Senator. Als sie nun das Tischlaken herunternahm, kam ein wunderschöner Pelz zum Vorschein, den er für viel Geld aus Russland hatte kommen lassen. Die alte Frau wusste zuerst gar nicht, was sie sagen sollte, so sehr war sie überrascht. Endlich sagte sie: »Hermann, mein bester Junge, das ist für mich alte Frau doch viel zu gut!«

»Für dich ist nichts zu gut, Mutter«, antwortete ihr Sohn. Dann setzte er lachend hinzu: »Den Pelz hast du dir um Wienstädt sauer genug verdient.«

Die alte Dame gab ihm einen Kuss und klopfte ihm mit der Hand auf den Rücken. »Du abscheulicher Junge«, sagte sie, »wirst doch von Tag zu Tag schlimmer!«

Bei Petersens war die ganze Etage hell erleuchtet. Auch sie hatten einen großen Baum in ihrer Stube. Adelheids Aussteuer, die sie von ihrer Cousine geerbt hatte, war ihr an diesem Abend feierlich übergeben worden und unter dem brennenden Baum ausgestellt.

Schweers war bei Petersens zu Besuch und ging nun mit Adelheid von einem Tisch zum nächsten, um all die Herrlichkeiten anzusehen. Dabei rief Petersen ihm dann einige Male zu: »Von allem sechsunddreißig!« Bei diesem Herumgehen hatten sich Adelheid und Schweers umschlungen, sie blieben aber oft stehen und schmusten und wenn sie ein paar Schritte gegangen waren, ging auch die Küsserei wieder los.

Adelheid hatte für ihren Schweers ein Paar Hosenträger mit Rosen und Vergissmeinnicht bestickt. Von ihrem Schatz sollte sie aber erst am nächsten Tag in Delmenhorst ihr Weihnachtsgeschenk erhalten, denn Schweers hatte die ganze Familie Petersen zum ersten Feiertag bei sich eingeladen.

Der alte Onkel war wieder rein außer Rand und Band. Er lief mit den Punschgläsern von einem zum anderen und ließ die Punschterrine nicht aus den Augen.

Die Hausbewohner aus der obersten Etage kamen herunter. Sie wollten sich die Pracht auch einmal ansehen. Besonders das schwarzseidene Brautkleid konnten die Frauen nicht genug bewundern. Und als sie sich über die vielen Leinenstoffe freuten, warf Tante Petersen den Kopf in den Nacken und sagte das Gleiche, was ihr Mann gesagt hatte: »Von allem sechsunddreißig!«

Das Abendessen, Heringssalat und geräucherte Gänsebrust, stand auf dem Tisch. Der Alte goss noch einen Schuss Rum in die Terrine und rief die anderen zu Tisch. Er machte dabei die nicht ganz neue, aber richtige Bemerkung, dass Essen und Trinken Leib und Seele zusammenhielten.

In Delmenhorst war es einsamer.

»Wir wollen uns heute Abend einen guten Kaffee kochen«, sagte Tante Stina in Delmenhorst zu Trina, als sie in die Stube kam. »Wir beide sind heute allein, die Maler und Tapezierer sind wir los und Adelheids Sachen werden heute Abend wohl nicht mehr kommen. Georg ist in Bremen bei seinem Liebchen und zu bescheren gibt es für uns heute nichts. Das haben wir ja auf morgen verschoben, weil Adelheid und Wienstädt dann auch hier sind. Ich habe schon ein Stück Klaben mitgebracht. Geh du nur hin und gieß den Kaffee auf, das Wasser kocht bereits, nimm aber ein Lot mehr! Ich will inzwischen einige Stücke Holz in den Ofen legen. Ich glaube, es wird wieder recht kalt in der Nacht oder wir bekommen Schnee.«

Beide saßen am Abend bei Kaffee und Klaben zusammen. Stina stopfte Strümpfe und Trina nähte an einem Hemd. Die Lampe brannte nur schwach, sie mussten sich etwas näher zusammensetzen, wenn sie beide etwas sehen wollten.

Trina hatte von ihrem Elternhaus erzählt, wie es dort an Weihnachtsabenden zugegangen war. Sie erzählte von ihren kleinen Schwestern. Als sie daran dachte, ob sie wohl heute Abend nach ihr fragen würden, begann sie, bitterlich zu weinen. Dabei entdeckte Trina zum ersten Mal, dass auch Tante Stina weinen konnte. Sie schnäuzte sich immer wieder, putzte die Nase und wischte dabei Tränen aus den Augen.

Als Trina einen Augenblick still war, begann Stina zu erzählen: »Ich habe den Heiligen Abend nicht gern. Er ist für mich immer ein Unglücksabend gewesen. Als ich zwei Jahre alt war, ich bin damals ein recht gesundes Kind gewesen, hat meine Mutter das Unglück gehabt, mich vom Tisch fallen zu lassen, als sie für meine Schwestern und mich die Kerzen am Baum anzündete. Diesen Schreck hat meine arme Mutter nicht vergessen können, und jeden Weihnachtsabend, den sie noch erlebt hat, hat sie über das Unglück geweint. Mir ist an dem Abend der Unglücksstempel, den alle Buckligen mit sich herumtragen, aufgedrückt worden. Das Unglück aber, das mich getroffen hat, habe ich erst erfahren, als ich in die Schule kam. Die anderen Kinder nannten mich immer die ›schiefe Stina‹. Als ich die Schule verlassen hatte und diesen Namen nicht mehr hörte, bildete ich mir ein, dass die Leute den Buckel nicht mehr so genau sehen konnten, wenn ich meinen Kopf richtig nach hinten legte, und in diesem Wahn bin ich lange geblieben. Trina! Ich will dir aus meinen Mädchenjahren etwas erzählen, was ich noch keinen Menschen anvertraut habe, denke dir, ich verliebte mich! Du musst dich darüber nicht wundern, ich hatte die gleichen Gefühle wie andere Mädchen, ich war auch aus Fleisch und Blut. Ich verliebte mich in den Nachbarssohn, Krischan Tietjen, der jeden Abend in unser Haus kam. Keinen Abend ging er weg, ohne mir die Hand zu drücken, und einmal brachte er mir auch eine schöne Rose aus seinem Garten mit. Er sagte, das wäre die beste, die er hätte finden können und er hätte sie für mich ausgesucht. An einem Sonntagabend machte meine Mutter einen Spaß mit ihm und fragte ihn, ob er sich schon nach einer Frau umsähe? Da sagte er, er hätte schon eine im Sinn, wüsste aber nicht genau, ob die ihn haben wollte. Als nun meine Mutter aus der Stube gegangen war, drückte er mir die Hand und fragte mich, ob ich ihn verstanden hätte. Ich antwortete nicht, fühlte mich aber überglücklich. Nun strickte ich ihm nachts einen seidenen Geldbeutel, den wollte ich ihm zu Weihnachten schenken. Ich zählte die Stunden bis zum Weihnachtsabend und die Zeit wollte gar kein Ende nehmen! Endlich kam dieser Abend heran. Wie klopfte mir das Herz, als meine Mutter mich und meine Schwester in die Stube rief, wo der Baum brannte und die Geschenke lagen. Ich dachte jede Minute, dass er zur Tür hereinkommen würde. Mir brannte der Kopf wie Feuer –

aber er kam nicht. Als ich zwei Stunden gewartet hatte, war ich ganz schwach, und alle fragten mich, was mir fehlen würde, ich sagte aber nichts. Sie wollten mich ins Bett bringen, das wollte ich aber nicht, denn ich dachte immer noch, er würde kommen. Die Tür öffnete sich. Ich glaubte, er wäre es, aber er war es nicht! Eine Freundin von mir kam, um unseren Weihnachtsbaum zu sehen. Die erzählte nun, dass sie gerade bei Webers gewesen wäre und dass es da sehr lustig zugegangen wäre. Anna Weber, von der ich in der Schule immer am meisten ertragen musste, hatte sich mit Krischan Tietjen verlobt. Ich sagte nichts, in meiner Brust aber klopfte es, als wäre ein Hammer darin. Als ich meine Freundin später zur Haustür brachte, erzählte sie mir noch, dass einer der anderen Gäste zu Tietjen gesagt hätte, er hätte immer geglaubt, dass er mich heiraten wollte, da hätte er geantwortet: ›Das schiefe Ding mag sich das wohl eingebildet haben, aber das ist mir selbst im Schlaf nicht eingefallen!‹ Sieh, Trina, als ich diese Worte gehört habe, ist mein Lebensglück gestorben. Die ganze Welt hatte für mich keinen Wert mehr, ich war nur noch die ›schiefe Stina!‹«

Trina, die ihre Tränen nicht zurückhalten konnte, drückte Stina still die Hand, Trostworte konnte sie für die Arme nicht finden!

Die Lampe hatte schon lange nur noch schwach gebrannt, sie flackerte noch einmal auf und erlosch dann und beide gingen im Dunkeln ins Bett.

Der erste Weihnachtstag

Der erste Weihnachtstag hatte ein weißes Kleid übergezogen. Kein Weg war zu sehen, der Schnee lag fußhoch. Der Winter hatte sein weißes Laken über Häuser, Bäume und Felder gedeckt und auf der Landstraße herrschte die Stille des Feiertages.

In Schweers Haus gab es heute viel zu erledigen. Stina war vor Tau und Tag aufgestanden und Frau Drews stand schon bei Tagesanbruch auf dem Hof und zog einigen Hasen das Fell über die Ohren. Die beiden Stallmädchen saßen bei Krüsellicht[12] in der Dienstbotenkammer und rupften Hühner und Gänse, der Knecht holte mit der großen Gabel eine Speckseite vom Wiemen.

»Wenn die Mädchen mit den Gänsen fertig sind«, sagte Stina zu dem Knecht, »sollen sie nach draußen gehen und den Schnee zur Seite schippen, damit der Weg bis an die Landstraße frei wird. Wir bekommen heute noch viel Besuch, und die Lauferei wird schon früh losgehen. Heute gibt es noch viel zu tun, und ich will euch schon vorher sagen, dass es euch schlecht geht, wenn ihr nicht ordentlich die Knochen rührt. Ich komme euch sonst mit dem Reitstock!«

Schweers hatte sein Haus schön putzen und zur Landstraße hin ein Stück anbauen lassen, sodass er zwei Stuben, zwei Kammern und eine große Küche gewonnen hatte. Der alte Küchenherd war von der Diele verschwunden. Adelheid wusste davon, gesehen hatte sie es

12 Hängende drehbare Lampe, die meistens mit Tran befüllt war.

aber noch nicht. Kein Mensch hatte geglaubt, dass der Bau bis Weihnachten fertig wäre. Schweers hatte es sich ein Stück Geld kosten lassen und Meister und Gesellen, Maurer- und Zimmerleute hatten Tag und Nacht gearbeitet. Bis auf Kleinigkeiten war alles geschafft und die Drews hatte in der neuen Küche schon ein lustiges Feuer entfacht.

Stina ging mit Trina in die vergrößerten und tapezierten Stuben. Sie wollte mal nachsehen, ob die Farbe an Türen und Fenstern getrocknet war. Sie tippte mit ihren Fingern überall hin und sagte: »Trocken ist es, aber es stinkt noch gewaltig nach Farbe!«, und öffnete die Türen weit. Und dabei schnüffelte sie mit ihrer Nase in Stuben und Kammern herum, als wollte sie den schlechten Geruch wegschnüffeln, um Adelheid nichts davon zu hinterlassen.

»Ich freue mich«, sagte sie zu Trina, »dass alles zur rechten Zeit fertig ist. Sieh nur, wie hübsch die Schlafkammer ist.« Trina wollte das aber nicht hören, sie hatte gerade viel zu tun, sie putzte Fenster.

Gegen neun Uhr kam Adelheids großer Möbelwagen an und mit dem Wagen auch ein Bremer Tischler, der die Sachen gleich an Ort und Stelle aufstellen sollte. Trina schlug vor Verwunderung die Hände über dem Kopf zusammen, als sie die wunderschönen Möbel aus Mahagoni sah. Solche blitzblanken Tische und Stühle, solche Sofas und Spiegel hatten sie nicht einmal in ihrem Elternhaus. Was quoll da alles aus dem Wagen heraus! Kisten und Kasten, Körbe und Schachteln und zuletzt noch ein riesiger Tannenbaum!

Der Tischler bestellte, dass Herr Petersen mit seiner Frau und den jungen Leute erst nachmittags kommen wolle. Er hatte den Auftrag, die Sachen nach seinem Gutdünken hinzustellen und wollte gern gleich wieder mit dem Wagen nach Bremen zurückfahren.

»Es ist in Ordnung«, sagte Stina zu ihm und sie musste wohl ganz zufrieden sein, denn sie ließ dem Tischler ein Frühstück und seinen Pferden eine Portion Hafer geben.

»Sie kommen, sie kommen!«, rief am Nachmittag endlich die Viehmagd ins Haus hinein. Klingelingeling ging es und ein prächtiger Schlitten hielt auf dem Hof. Zwei feine Schimmel, am Kopf mit roten Federbüscheln geschmückt, waren vorgespannt und schüttelten lustig ihr daran festgemachtes Glockenspiel. Petersen mit der langen Peitsche saß hinten auf dem Sitzbrett, Adelheid mit ihrer Tante und Frau Burmeister saßen im Schlitten und Schweers direkt zwischen ihnen.

Stina sah ihre Adelheid wieder! Sie drückte das Mädchen, das zuerst aus dem Schlitten sprang, vor lauter Liebe an sich. Das hatte sie früher noch mit keinem Menschen gemacht.

Mit Adelheid war es nicht anders. Vor lauter Freude fiel ihr Blick noch gar nicht auf den Anbau. Sie hatte nur Augen für ihre Tante Stina und fragte auch gleich, was der Mops mache.

»Kommt doch herein«, schrie Petersen, der schon ins Haus gegangen war, aus der Tür, »draußen ist es verflucht kalt!«

Alle fröstelten und trampelten vor Kälte mit den Füßen. Das hatte Trina schon im Voraus bedacht und im Ofen ein Feuer angezündet, in dem man einen Ochsen hätte braten können. Tante Petersen, die dauernd in ihre frierenden Hände pustete und nichts sagte als: »Kinder, was für eine Kälte, was für eine Kälte«, bekam die erste Tasse Kaffee, dann kam Tante Burmeister und schon bald waren sie alle miteinander wieder aufgetaut.

»Wer ist das?«, fragte Tante Stina und zeigte zum Hof. »Ist der auch aus Bremen?«

»Ach«, sagte Petersen, »ich habe den Hochzeitsbitter Pfeifer, den verdrehten Kerl, bestellt, der weiß mit der Aufwartung Bescheid.«

Und es dauerte auch nicht lange, da trat Pfeifer ins Haus. Er band seine Schanillje ab und präsentierte sich nun in einem blauen Frack mit blanken Knöpfen und gelben Hosen, die er, weil Schnee lag, in die Stiefel gesteckt hatte. Auf dem Kopf trug er einen hohen schwarzen Hut und an den Händen grasgrüne Wollhandschuhe.

Tante Burmeister und Trina wärmten sich am Ofen und tuschelten miteinander. Sie sprachen von Wienstädt, der erst um vier Uhr mit der Post kam, weil er vormittags noch beim Gottesdienst die Orgel spielen musste, dafür aber am zweiten Feiertag ganz frei hatte. Der alte Lehrer Lampe wollte an diesem Tag nach Wasserhorst kommen und seinen Posten versehen.

Schweers und Adelheid sprachen am Fenster über die Weihnachtsbescherung.

Nachher wechselte die ganze Sippschaft in den Anbau. Adelheid bezahlte ihre Freude an Schweers mit Küssen und Schweers stellte seine Rechnung unverschämt hoch aus.

»Was meinst du, Jette«, sagte Petersen zu seiner Frau, als sie in die neue Schlafkammer gingen, »wenn wir noch mal wieder jung wären und Hochzeit machten?!« Davon wollte seine Frau aber nichts wissen. Sie zwinkerte ihm zu, er solle still sein.

Jette wollte nun aber wieder in die Wohnstube. Es wäre ihr zu kalt, sagte sie. Und außerdem hätte sie auch erst zwei Tassen Kaffee getrunken und so etwa sechs bis acht gehörten dazu, bis sie ordentlich durchgewärmt wäre.

Adelheid und Schweers trugen den Tannenbaum in die Wohnstube und Petersen kam mit Schachteln voller Weihnachtsschmuck hinterher. Adelheid hatte die Süßigkeiten, die am Tag vorher am Baum gehangen hatten, in einen Korb gepackt und mitgebracht. Nun reichte Tante Petersen Adelheid ein Stück nach dem anderen hin, die auf der Trittleiter stand und den Baum schmückte.

Inzwischen brannte Trina in der Küche Kaffeebohnen und musste sich dabei dauernd das Gesicht abwischen. Es kam aber nicht von der Hitze, nein, wer genau hinsehen wollte, konnte erkennen, dass sie blanke Tränen weinte. Noch nie hatte sie ihre Armut so gefühlt wie gerade heute. Kisten und Kästen voller Sachen, mit denen sich die Familie untereinander beschenken wollte, waren in die Stube getragen worden. Trina wusste, dass Adelheid von Schweers eine goldene Uhr mit Kette geschenkt bekam, sie wusste auch, dass Adelheid für Tante Stina viele Geschenke mitgebracht hatte. Sie aber konnte nichts schenken. Nichts! Und darum weinte sie. Sie hatte kein Geld. Tante Stina hatte sie nicht einmal gefragt, ob sie auch etwas brauchte, und Schweers hatte ihr wohl nichts anbieten mögen. Was sie von Frau Burmeisters fünf Talern an Geld überbehalten hatte, hatte sie in Wollgarn investiert und zwei Paar Strümpfe für Wienstädt gestrickt. Strümpfe, nichts als Strümpfe konnte sie schenken. Für Tante Burmeister hatte sie auch zwei Paar und für Stina noch einmal zwei Paar, sie, die an früheren Weihnachtstagen immer so reichlich geschenkt hatte.

Das war aber noch nicht alles, was ihr das Herz schwer machte. Vor drei Wochen hatte sie in ihrem Brief Tante Burmeister ersucht, sie möge doch in Bremen für sie ein schwarzes Merinokleid nähen lassen, ein altes Muster, nach dem sich die Näherin richten konnte, hatte sie mitgeschickt und sie hatte sie auch gebeten, das Geld für das Kleid auszulegen, sie wollte es ihr allmählich wieder zurückzahlen. Nun hatte sie schon zweimal mit der Burmeisterschen gesprochen, von dem Kleid hatte die aber nichts gesagt und sie selbst mochte nicht danach fragen. Sie hatte nur Adelheid gefragt, die stellte sich aber unwissend, als hätte sie von nichts gehört. Wenn sie aber das Kleid nicht bekam, wusste sie gar nicht, was sie zu ihrer Hochzeit anziehen sollte.

Als Tante Burmeister aus der Stube kam, sah sie mit einem Blick, was Trinas Herz bewegte. Sie nahm sie in ihren Arm und sagte: »Ich weiß nicht, Trina, ob dir die Leute heute Abend auch eine Freude machen. Sollte das nicht sein, so glaube mir, dass dein Weihnachten noch das Beste ist. Zwei Tage bin ich in Wasserhorst gewesen. Wienstädt hat alles angeschafft, was im Haushalt noch fehlte. Deine Stube, deine Küche, die Kammer, die Betten, alles ist in bester Ordnung. Funkelnagelneue Gardinen habe ich an die Fenster gesteckt. Der Bierbrauer hat das Haus von Wienstädts Mutter gekauft und Wienstädt hat dabei vierhundert Taler verdient. Er will dich in Wasserhorst damit überraschen. Ich halte es aber für gut, dir das schon zu sagen, damit dir das Herz nicht blutet, wenn die anderen sich so reichlich beschenken. Du findest dein Weihnachten in Wasserhorst!«

»Ich bin traurig«, sagte Trina, »weil ich nichts geben kann, an das Nehmen habe ich nicht gedacht.«

Plötzlich machte Trina wieder ein ganz vergnügtes Gesicht, ihr Wienstädt trat ins Haus, er war eben mit der Post angekommen. Nun fehlte ihr nichts mehr, in seinem Arm vergaß sie all ihr Leid.

Als sie in die Wohnstube gehen wollten, war die Tür verschlossen.

»Hier darf niemand mehr hinein!«, rief Adelheid von drinnen, »geht in die andere Stube.«

»Wo sind die beiden schwarzen Pferde?«, fragte Stina, als Georg an ihr vorüberging.

»Die habe ich weggeschickt«, sagte Georg.

»Wohin?«

»Nach Bremen.«

Georg hatte es heimlich bewerkstelligt. Aber Stina hatte ihre Augen überall, ihr konnte nichts entgehen.

»Nach Bremen? Und das ohne Wagen? Das verstehe ich nicht«, sagte sie.

»Verderbe mir nicht meine Freude, Tante, lass mir heute mal meinen Willen!«

Sie schüttelte den Kopf. »Ich kann mir wohl denken, was du vorhast. Du hast dir den Kutschwagen gekauft, von dem du schon so lange gesprochen hast!«

»Ja, Tante, das habe ich.«

»Auch wohl zwei andere Pferde?«

»Nein, Tante, damit wärest du ja nicht einverstanden.«

»Na, es ist mir lieb, dass du auf mich gehört hast. Es wäre auch zum Fenster hinausgeworfenes Geld gewesen. Unsere beiden Schwarzen sind dick und fett, kein Amtmann braucht sich zu schämen mit ihnen auszufahren!«

Onkel Petersen hatte aus Bremen eine alte Trompete mitgebracht. Leider war sie verstimmt und er hatte unterwegs schon ein grässliches Konzert darauf gegeben. Als Adelheid ihm nun ein Zeichen gab, dass die Kerzen am Baum angezündet waren und die Feier beginnen konnte, blies er so laut in seine alte Trompete, dass das Vieh im Stall ganz rebellisch wurde.

Adelheid wollte zuerst Tante Stina beschenken. Auf dem Tisch, den Adelheid für Stina zurechtgemacht hatte, lagen für sie die Geschenke von Adelheid, von Schweers und von Petersen. Du lieber Gott, seit ihrer Kindheit war die alte Person nicht so beschenkt worden. Solange ihre Eltern tot waren, hatte sie keinen Weihnachtsbaum gesehen. Sie hatte nicht einmal für ihren Georg einen Baum angeschafft! Ihr altes verschrumpeltes Herz wurde plötzlich ganz froh. Sie küsste ihre Adelheid und ihren Georg. Ja, so ein Weihnachtsbaum schließt manchem das Herz auf! Lange, lange war es her, dass ihr Mund geküsst hatte! Sie wischte sich die Augen und sagte zu Georg: »Heute frage ich nicht mehr, warum unser Herrgott mir das Leben gelassen hat.«

Nun kam Trina an die Reihe. Sie war nicht mit in die Stube gekommen, aber Adelheid nahm sie am Arm, holte sie herein und fragte: »Wo bleibst du denn so lange? Komm bitte!«

Kragen, Manschetten, Taschentüche, einen Hut und lauter solche Sachen bekam Trina von Adelheid und zuletzt zog Adelheid ein Tischtuch von dem Korb, der auf der Kommode stand.

»Hier, Trina«, sagte sie, »hier ist dein Brautkleid, was sagst du dazu? Und hier in dieser Schachtel sind hundert Taler! Nun rate mal, von wem sie sind.«

Trina stockte der Atem. »Das kann ich nicht raten«, flüsterte sie.

»Von deinem Vater!«, sagte Adelheid.

»Von meinem Vater, von meinem guten Vater?! Gott sei Dank, dann ist er nicht mehr böse auf mich! Wenn ich ihm doch gleich um den Hals fallen könnte und ihm sagen, welche Freude ich darüber habe! Weiß meine Mutter das?«

Adelheid schwieg.

»Ja, sie weiß es bestimmt, ohne ihren Willen tut mein Vater nichts. Ja, ich glaube, sie weiß es. Gottlob, sie haben mich beide noch lieb, ja, sie müssen mich noch lieb haben, denn ich habe sie ja auch alle beide von ganzem Herzen lieb!«

Nun kam Wienstädt zu ihr und hängte ihr einen besonders feinen wärmenden Wollmantel um und steckte ihr einen Ring an den Finger. Als Trina gar nicht von Wienstädts Hals weg wollte, rief Stina: »Komm auch mal an meinen Tisch, da ist auch etwas für dich.«

Zwei Berge Leinenstoff lagen auf dem Tisch. »Das ist deins«, sagte Stina, »das ist etwas für deinen Hausstand. Das Garn dazu habe ich noch selbst gesponnen. Und dann nimm auch noch drei Dutzend Handtücher. Sie sind dauerhaft, gehen nicht so leicht kaputt. – Ich bin noch nicht fertig!«, sagte sie, als Trina ihr die Hand geben wollte. »Hier stehen noch zwei Milchkannen und hier ist noch ein

Butterfass und hier sind zwölf Milchschälchen. Wenn du auch keine Kuh hast, so schafft ihr euch vielleicht noch mal eine an. Wienstädt sagt, dass ihr dafür genug Futter habt.«

Trina gab Stina die Hand und küsste sie auf den Mund. Sie konnte nicht anders, sie musste es, die Dankbarkeit trieb sie dazu. Stina schlang ihren Arm um Trina und sagte: »Ich werde den Winter nicht vergessen, an dem du, mein gutes Mädchen, bei mir gewesen bist!«

»Tatterrata!«, blies draußen schon wieder Onkel Petersen. Die Tür öffnete sich, und wer kam herein? Schweers, die rotbunte Kuh, die Prinzess, am Strick! Er führte sie bis in die Mitte der Stube. Die Kuh sah heute wirklich aus wie eine Prinzessin, sie trug auf dem Kopf eine Krone aus Buchsbaum und ihre Hörner waren vergoldet wie die der Bremer Klosterochsen und an ihrem Kopf hingen viele seidene Bänder herab.

Schweers hielt nun eine Dankesrede auf Trina. Er sagte, dass er ihr für ihre Dienste in seinem Haus die Kuh schenken wollte. Das Glück, das sie in sein Haus gebracht hatte, konnte er ihr nicht bezahlen, sie möge darum den guten Willen sehen.

»Tatterrata!«, blies der alte Petersen wieder dazwischen und machte ein solches Spektakel, dass man gar nicht verstehen konnte, was Trina sagte, als sie Schweers die Hand gab und sich bedankte. Petersen blies bald vorne und bald hinten auf der Diele. Als Trina ihre Strümpfe verschenkte und als die Kuh hinausgeführt war, blies er wieder von ganz weit hinten.

»Was soll das denn schon wieder?«, fragte Adelheid.

»Komm mit, wir wollen mal sehen, was draußen los ist«, sagte Schweers, hielt Adelheid seinen Arm hin und ging mit ihr hinaus. Alle anderen folgten ihnen, um zu sehen, was da los war.

Und es war allerhand los, auf der Diele stand ein prächtiger Kutschwagen mit zwei strammen schwarzen Pferden davor.

»Was ist das? Wem gehört der?«, fragten alle durcheinander.

»Das ist unser Hochzeitswagen«, sagte Schweers.

Stina riss ihren Neffen mit einem Ruck von Adelheid los, weil sie fürchtete, dass Adelheid ihren Georg gleich vor Liebe fressen würde.

Als sie wieder zusammen in die Stube gekommen waren, fragte Stina: »Nun ist die Bescherung wohl vorüber? Wir können den runden Tisch wohl abräumen, das ist der Esstisch. Trina will das Abendessen hereinholen.«

Die Bescherung war aber noch nicht zu Ende. Tante Burmeister ging noch einmal zu Trina und sagte: »Als Wienstädts Mutter im Sterben lag, gab sie mir ein goldenes Kreuz, das sie wie ein Heiligtum aufbewahrt hatte, und sagte zu mir: ›Wenn Heinrich sich mal verheiratet, dann gib seiner Braut das Kreuz von mir zur Hochzeit. Sage ihr, wenn in der Ehe mal eine böse Stunde kommen sollte, dann solle sie das Kreuz zur Hand nehmen, das gibt Mut und Trost.‹«

»Gott segne Dich!« las Trina auf dem Kreuz. Sie legte ihren Kopf an Heinrichs Brust. Wo blieb nun Wienstädts Standhaftigkeit, als er inmitten seines Glückes und seiner Freude wieder an seine gute Mutter denken musste. Seine Tränen vereinten sich mit denen, die seine Trina weinte.

Zum Glück begann nun die Krone des Weihnachtsbaumes lichterloh zu brennen. Alle mussten zugreifen, damit kein Unglück passierte, und dabei geriet die Gesellschaft in eine andere Stimmung.

Einige Stunden saßen sie noch zusammen bei einer Terrine Punsch, die der Onkel zurechtgerührt hatte. Dann ging Schweers mit Wienstädt und Petersen, der von dem vielen Redenhalten ein wenig angegriffen war, nach Delmenhorst ins Posthaus. Dort schliefen sie in dieser Nacht, weil bei Schweers nicht für alle Platz war.

Sie kriegen sich

Am zweiten Feiertag stand Stina in der Milchkammer, klopfte Zucker und schnitt Kuchen. Sie wollte es selbst machen, weil die anderen ihr die Stücke zu groß schnitten. Die Drews rührte Apfelmus durch ein Sieb. Frau Burmeister pellte Kartoffeln, die für den Salat gebraucht wurden, und Trina brannte noch einmal Kaffee, weil die Drews gemeint hatte, dass sie sonst leicht zu kurz kommen könnten.

Pfeifer und Onkel Petersen holten Wein aus dem Keller. Petersen probierte andauernd, sagte aber, dass er auf keinen Fall voreilig sein Urteil darüber abgeben könnte. Er wollte zuerst noch einige Male probieren und Pfeifer ging es ebenso, er probierte auch schon wieder.

Adelheid und Frau Petersen kramten in den Schränken herum und suchten Tischwäsche für den nächsten Tag. Sie hatten es ziemlich eilig, denn sie mussten auch noch Gardinen vor allen Fenstern aufstecken.

Petersen und Pfeifer hatten den Wein besorgt und wollten nun noch die Tische zurechtstellen, als die Stubentür geöffnet wurde.

»Kommen Sie herein, Herr Pfeifer«, rief Stina, »kommen Sie herein und trinken Sie erst eine Tasse Kaffee!«

Pfeifer gehorchte gern. Er machte es sich bequem und Stina schenkte ihm nach und nach so etwa vier oder fünf Tassen von ihrem unschuldigen Kaffee ein.

»Sagen Sie mal, Herr Pfeifer«, fragte sie, als sie so zusammensaßen, »haben Sie auch eine Frau?«

»Ja«, sagte Pfeifer, »und was für eine! Einen wahren Satan!«

»Was«, fragte Stina, »einen Satan?«

»Ja«, sagte Pfeifer, »das Menschenkind hat mich um sechstausend Taler gebracht. Sie kann mit kaltem Blut morden. Haben Sie mal von einem gewissen Nero gehört?«

»Meinen Sie den großen Hund unseres Nachbarn?«, fragte Stina. »Der heißt Nero.«

»Nein, der Nero, den ich meine, war ein Kaiser. Er ließ einmal an einem Sonntagnachmittag zu seinem Vergnügen ein Dutzend Menschen hinrichten. Wenn meine Frau als Mann auf die Welt gekommen wäre, wäre sie wohl auch so eine Art Nero geworden.«

Stina standen die Haare zu Berge. »Wie ist das menschenmöglich?«, fragte sie. »Erzählen Sie mir doch mal, was sie für Geschichten gemacht hat!«

»Meine beste Tante Stina«, sagte Pfeifer, »das will ich tun, wenn mir auch das Herz dabei blutet.«

Mit einem Jammergesicht zog er nun sein Taschentuch aus der Tasche, schnäuzte sich die Nase und wischte sich die Augen, sodass es Stina schon bei der Einleitung ganz weich ums Herz wurde.

»Sie wissen ja, Stina«, begann er, »ich bin Hochzeitsbitter und Leichenbestatter, und das brauche ich Ihnen gar nicht erst zu sagen, ich verstehe mein Amt aus dem Effeff. Nun kommt aber ab und zu auch in meinem Geschäft eine flaue Zeit, in der nichts zu tun ist und in der mein Geldbeutel die Schwindsucht hat. Was soll ich armer Sünder dann anfangen? Die Leute sind leider so dumm, dass sie meistens in ihrem Leben nur einmal heiraten, und sterben tun sie leider Gottes auch nur einmal. Woher soll ich nun Arbeit bekommen, wenn so eine flaue Zeit eintritt? Nun überlegte ich hin und her, ob ich nicht eine Nebenbeschäftigung finden könnte, und richtig, ich fand eine. Es war gerade Freimarkt, da hatte so ein Kerl eine Bude aufgeschlagen, in der er für Geld dressierte Flöhe sehen ließ. Das machte mir viel Spaß und ich trank noch am gleichen Tag mit dem alten Flohdirektor Brüderschaft. Er erzählte mir, dass er in jedem Jahr über tausend Taler zurücklegte und zeigte mir auch die Kniffe, wie ich die Biester an eine kleine goldene Kette legen konnte, und flüsterte mir zu, dass das Dressieren gar nicht so schwer wäre. Einen Floh hatte er, der schoss eine Kanone ab, einen, der tanzte auf einem Seil, zwei hatte er vor einen Wagen gespannt, und auch sonst machten die Racker noch vielerlei Kunststücke. ›Die Hauptsache‹, sagte er, ›die du immer bei der Flohdressur beachten musst, ist, dass du dein Personal immer auf die kluge Art zusammensetzt. Die Schwarzen sind zu nichts nutze und haben auch alle Augenblicke Rheumatismus, die anderen aber sind unter Umständen das Stück zehn Taler wert. Schau dir den mal an, der sich da auf der Baumwolle rekelt, das ist ein Nachkomme des Flohes, den mal ein König so lieb gehabt hat, wie seinen eigenen Sohn. Du kannst dich auch selbst davon überzeugen, sein Stammbaum hängt an der Wand.‹

Als ich nach Hause kam, saß meine Frau und stopfte Strümpfe. ›Werf die alten Socken nur gleich aus dem Fenster‹, sagte ich. ›Du sollst dich mit solchen Sachen gar nicht abgeben, du sollst nun jedes Jahr tausend Taler zurücklegen!‹

›Du bist wohl verrückt geworden‹, antwortete meine Frau, ›was ist mit dir? Woher willst du die tausend Taler bekommen?‹

›Anna‹, sagte ich, ›sage mir mal die Wahrheit, hast du Flöhe?‹

›Dummes Gerede!‹, antwortete meine Frau.

›Sage, hast du Flöhe?‹

›Ja, mein Gott, ja, ich habe Flöhe.‹

›Wie viele hast du etwa? Genier dich nicht, je mehr du hast, je höher steigst du in meiner Achtung! Überschlage mal, wie viele? Wenn du von der gelehrigen Art hast, ist das Stück zehn Taler wert.‹

›Na, so etwa zehn könnten es wohl sein‹, sagte sie.

›Macht gerade hundert Taler‹, sage ich. ›Nun noch eins! Hast du wohl schon nachgesehen, ob deine Flöhe schwarz sind? Nur ein Wort will ich jetzt wissen, sind sie schwarz oder nicht?‹

›Ich glaube‹, sagte meine Frau, ›es ist mit dir wohl wie in den Hundstagen.‹

›Anna‹, sage ich, ›es ist mein Ernst, sage mir, sind sie schwarz?‹

›Zum Kuckuck noch mal‹, sagte meine Frau, ›ja, die ich gefangen habe, sind alle schwarz!‹

›So muss es kommen‹, sagte ich, ›das sind die Dummen, das habe ich mir wohl schon gedacht, denn Art lässt nicht von Art.‹

›Ich glaube, weiß Gott, du bist übergeschnappt!‹, sagte meine Anna. ›Sage mir nur, was willst du mit den Flöhen machen?‹

›Dressieren will ich sie‹, sagte ich, ›Kanonen sollen sie auf Kommando abschießen, auf dem Seil tanzen und einen Wagen sollen sie auch ziehen!‹

›Na‹, sagte sie, ›dann lass dich nur zuerst mit deinem Flohwagen ins Tollhaus fahren, du alter Quasselkopf! So etwas ist mir doch in meinem ganzen Leben noch nicht vorgekommen.‹

Am nächsten Morgen brachte mir der alte Koppelmeyer, den ich darum ersucht hatte, weil meine Frau nichts von der Geschichte wissen wollte, in der Schachtel mit Baumwolle fünfundzwanzig Stück, lauter helle Bengel! Nun bin ich früher mal einem Uhrmacher durchs Haus gelaufen und verstehe mich so ein wenig auf seine Sachen. Von ganz feinem Messingdraht hatte ich mir eine kleine Kette gemacht, und begann noch am gleichen Tag mit dem Dressieren. Die Tiere waren aber so munter, dass mir alle Augenblicke eins wegsprang. Meine Frau redete kein Wort mit mir und wenn sie hereinkam, sah sie mich so schief von der Seite an, als ob sie mich mitsamt meinen Künstlern vergiften wollte. Ich hatte glücklich etwa sieben an die Kette gebracht, die anderen achtzehn waren mir alle ohne Kündigung durch die Lappen gegangen! Ein paar tüchtige ›Kräfte‹ bekam ich noch von anderer Seite, einen von einem Unteroffizier aus der Kaserne und einen von einem dicken Bierbrauer. Bierbrauer haben auch Flöhe! Den Floh aus der Kaserne nannte ich ›Herkules‹, das war der beste, er war schon an Kommandos gewöhnt. Die anderen nannte ich ›Ophelia‹, ›Preziosa‹, ›Griseldis‹, ›Mazeppa‹ und so weiter, nur mit den letzten war nicht viel los. Das waren nur Statisten, die waren alle schwarz.

Ein Jahr lang hatte ich mich nun mit der Flohdressur abgeplagt und der Herbst kam heran. Freimarkt stand wieder vor der Tür, und dafür wollte ich mir eine Bude bauen lassen. Am 18. Oktober – Schlacht bei Leipzig, ich vergess diesen Tag in meinem ganzen Leben nicht! – hatte ich mit dem Zimmermann wegen der Bude gesprochen. Als ich nun nach Haus kam und mit meiner Bande noch eine Generalprobe abhalten will, denken Sie sich, Tante, finde ich meine Schachtel nicht, in der die Künstlergesellschaft logierte. Ich fragte meine Frau: ›Wo ist meine Schachtel, wo ist mein Konservatorium?‹ Sie antwortete mir gar nicht. Da schwante mir schon Schlimmes! Himmelhoch habe ich sie gebeten, sie solle mir meinen ›Herkules‹ wiederbeschaffen, zu ihren Füßen habe ich gelegen, sie solle mir meine ›Ophelia‹ wiedergeben. Sie wollte von nichts wissen; ich hätte ihr diese Menschen nicht in Verwahrung gegeben, sagte sie, und mein alter Flohkram ginge sie gar nichts an. In meiner Verzweiflung stieg ich auf den Boden und holte meine Pistole. Ich hatte sie mal auf einer Auktion für sechs Grote gekauft, ein Hahn war aber nicht mehr daran. Das Ding setzte ich mir vor ihren Augen auf die Brust und sagte: ›Anna, ich habe dich rasend geliebt, dafür bestrafe ich mich mit diesem unnatürlichen Tode. Nimm mir's nicht übel, aber ich schieße mich tot!‹

Nun sprang sie auf und sagte: ›Pfeifer, um Gottes willen, mach doch keine Geschichten, ich will dir auch alles erzählen, wie es gekommen ist. Sieh, ich konnte mich vor Flöhen nicht mehr retten und da habe ich dein ganzes Konservatorium ins Feuer geworfen.‹

Sehen Sie, Stina«, sagte er zum Schluss, »was soll ich noch weiter sagen, nun haben Sie ein Bild von meiner Frau. Das ist nun sechs Jahre her, jedes Jahr tausend Taler Verlust, macht sechstausend Taler!«

»Pfeifer!«, rief jetzt der alte Petersen in die Stubentür, »Pfeifer, ist das Kaffeetrinken denn noch nicht vorüber? Wir wollen die Tische zusammenstellen, kommen Sie doch wieder heraus!«

Pfeifer huschte aus der Tür und Stina saß da und wusste nicht recht, ob es Ernst oder Spaß war, was Pfeifer ihr eben erzählt hatte.

Bei all den Vorbereitungen war der Abend herangekommen. Da trat der Pastor, der am nächsten Tag die Trauung durchführen sollte, ins Haus. Stina führte ihn in die beste Stube und setzte ihm ein Glas Wein hin und ein großes Stück vom besten Kuchen.

Er war ein schlichter Mann und in der ganzen Gegend bei Alt und Jung beliebt. Er predigte auch ganz gut. Dass die meisten Leute seine Predigten auswendig wussten, weil er sie so oft wiederholte, daran war er weniger schuld als seine Frau. Wenn er mal eine neue Predigt machen wollte und seiner Frau daraus vorlas, sagte sie immer: »Die gefällt mir nicht, nimm doch wieder eine von den alten, die sind und bleiben doch noch immer die besten!«

Von diesem Pastor erzählten sich die Leute allerhand Geschichten. Sie wollten wissen, dass er nur zwei Leichenpredigten in Gebrauch hatte. Die eine, für die Reichen, kostete drei Taler und begann: »Wie der Hirsch schreit nach frischem Wasser …«, und die für die Armen kostete nur einen Taler und begann: »Es ist ein elend, jämmerlich Ding …« Die Leute erzählten sich auch, dass einmal Klaus Mencke, der Kleinbauer, als dessen Frau gestorben war, zu dem Pastor gekommen war, um eine Leichenpredigt zu bestellen. »Na, Klaus«, hatte der Pastor gesagt, »ich habe leider gehört, dass Seine Frau gestorben ist!«

»Ja, Herr Pastor«, sagte Klaus, »sie ist tot. Einer von uns beiden musste ja den Anfang machen und für mich ist es gut, dass sie es war.«

»Ich kann mir wohl denken, warum Er kommt. Ich soll wohl ein paar Worte an ihrem Grab sprechen?«

»Ja, Herr Pastor, das wird wohl nicht anders werden!«

»Was nehmen wir denn für eine? Nehmen wir denn die von dem Hirsch oder nehmen wir: ›Es ist ein elend, jämmerlich Ding?‹«

»Jeh, Herr Pastor, das ist nun so eine Sache, die eine ist mir zu teuer und das elend jämmerlich Ding gefällt mir nicht. Ich will Ihnen etwas sagen, ich will Ihnen zwei Taler geben, aber dann lassen Sie den Hirsch ein paar Mal mit hineinspringen!«

Stina gab dem Pastor nach einer halben Stunde das Geleit bis an die Haustür und sagte beim Abschied: »Es bleibt dann dabei, Herr Pastor, wir lassen die Orgel spielen und auch die Glocken läuten, das macht genug Spektakel und kostet nicht viel.«

Bei der Trauung am dritten Feiertag war die Kirche brechend voll und der alte Kantor Geerken hatte genug zu tun, dass er Ordnung hineinbrachte. Eine Doppelhochzeit hatten die Leute in Delmenhorst noch nicht gesehen. Die jungen Mädchen wollten Schweers, der sich früher um kein Mädchen gekümmert hatte, auch mal als Bräutigam sehen. Sie wollten auch sehen, ob die Braut so hübsch war, wie die Leute sagten.

Beide Brautpaare stiegen aus der neuen Kutsche. Als sie in die Kirche gingen und vier Mädchen auf dem Weg Blumen streuten, gerieten die Leute in Streit, welche Braut die schönste war. Die Frauen stimmten mehr für Trina, die Männer für Adelheid. Einig waren sie sich aber darüber, dass beide Brautpaare sehr gut aussahen.

Adelheid und Trina hatten gleiche schwarzseidene Kleider an, Goldschmuck trugen sie nicht. Adelheid hatte nicht einmal ihre goldene Kette umgelegt, die sie von Schweers geschenkt bekommen hatte. Sie wollte vor Trina nichts voraushaben. Man sollte glauben, sie wären Schwestern. Auf dem Kopf trugen beide die gleichen Myrtenkränze, die sie von der alten Frau Senatorin geschenkt bekommen hatten.

Trina sah heute ein wenig bleich aus, ihr mochte wohl doch so allerlei durch den Kopf gehen. Adelheid schaute den Leuten mit ihren freundlichen Augen direkt ins Gesicht, als wollte sie fragen: Kinder, was sagt ihr zu meinem Bräutigam, bin ich nicht glücklich? Sie hätte den Leuten gern im Vorübergehen erzählt, dass Schweers sich ihr zu Gefallen den Backenbart hatte stehen lassen.

Der Pastor sprach über den Text: »Ich und mein Haus wollen dem Herrn dienen.« Die Rede war einfach, sie kam aber von Herzen und ging zu Herzen und war viel besser, als man nach dem Gerede der Leute hätte vermuten können.

Sie haben sich bekommen! Nun könnte die Geschichte zu Ende sein, aber nein, sie ist noch nicht aus! Erst will ich noch sagen, dass die Hochzeit am nächsten Morgen unter Sang und Klang ihr Ende nahm, dass Trina und Wienstädt am nächsten Tag in Schweers Kutsche nach Wasserhorst fuhren, dass das ganze Schulhaus dort mit Tannenbäumen geschmückt und mit Kränzen behängt war, dass der Pastor Lingen und seine Frau das junge Ehepaar begrüßten und dass Trinas Speisekammer ganz vollgestopft war.

Und nun wollen wir die jungen Eheleute eine Zeit lang allein lassen und die Flitterwochen nicht stören!

Der Wagen des Doktors vor Tantes Tür

Närrische Menschen, die für Flitterwochen eine bestimmte Zeit festsetzen! Sie rechnen vier Wochen. Ich glaube, sie dauern so lange, wie keine Sturmwolke, kein Blitz- und Hagelwetter sich am Ehehimmel sehen lässt, solange Mann und Frau ein Herz und eine Seele bleiben! Und wenn es so ist, dann lebten unsere jungen Leute noch in den Flitterwochen, als der Oktober schon bald zu Ende war. Der Sommer war vorüber. Der Himmel hatte Regen und Sonnenschein zu rechter Zeit gegeben und daher kam es auch, dass im Herbst Scheune, Boden, Keller und Fass gefüllt waren. Der Erntekranz wurde gebunden und die jungen Eheleute dankten Gott für seinen Segen.

Der Wind wehte über die Stoppelfelder, die Gänse hatten sich die letzten Reste des Korns schon herausgesucht und sich so dick gefressen, dass sie von einer Seite zur anderen wackelten, wenn sie abends ihren Stall aufsuchten. In dieser Jahreszeit war es, dass Schweers mit seiner Adelheid nach Bremen fuhr. Sie machten die Fahrt nicht nur, weil in Bremen wieder Freimarkt war, das Wichtigste war, sie wollten mal bei Tante Burmeister vorbeischauen.

Der Storch hatte eine kleine Tochter zu Wienstädts gebracht, das hatten sie durch einen Brief des glücklichen Vaters erfahren. Vierzehn Tage war Tante Burmeister bei Trina gewesen und nun wollten sie gern einmal hören, wie es zugegangen war. Jungen Frauen geht es mal so, besonders wenn sie, wie Adelheid, die Hoffnung haben, auch bald Mutter zu werden.

Seit der Hochzeit hatte Adelheid die Tante noch nicht wieder gesehen. Schweers hatte bei ihr aber schon mehrmals einen Besuch gemacht, ihr mitunter auch etwas mitgebracht, heute auch wieder eine fette Gans. Adelheid traf die Burmeistersche zu Hause. Sie war seit vier Tagen wieder aus Wasserhorst zurück. Kaum waren sie in die Stube getreten und hatten Tante Burmeister guten Tag gesagt, als Adelheid auch schon zu Schweers sagte: »Lauf nur, Georg, gehe, mach deine Wege und hole mich später von hier wieder ab!« Die beiden Frauen hatten zu viel zu besprechen, wozu sie einen Mann nicht gebrauchen konnten. Die Tuschelei ging auch sofort los, als Schweers kaum aus der Tür war.

»Du hättest die Glückseligkeit sehen sollen«, berichtete Frau Burmeister, »als ich zu Wienstädt kam und ihm sagte, dass ein kleines Mädchen angekommen sei! Er stand in seiner Schulklasse am Fenster, die Hände gefaltet, er hatte den Kopf ganz und gar verloren. Nun war die Freude umso größer. Er wusste nicht, ob er mich, seine Frau oder sein Kind zuerst küssen sollte. Seine Frau lag in einer weißen Nachtjacke in ihrem Bett und hielt das süße Kind im Arm. Ich kann dir sagen, es war ein prächtiges Bild, kein Maler kann ein Mutter-Gottes-Bild besser malen. Nun konnte man richtig sehen, wie lieb sich die beiden haben. Er ließ nicht eher Ruhe, bis ich ihm das Kind in seinen Arm legte. Und nun hättest du sehen sollen, wie er das süße Mädchen wiegte.«

Als Schweers nach einer Stunde seine Frau abholte, wollten sie Tante Burmeister absolut zum Freimarkt mitnehmen, die alte Frau aber sagte, sie sei froh, wenn sie von dem Spektakel nichts hörte und nichts sehe und gab beiden das Geleit bis an die Haustür.

Acht Tage waren nach Adelheids Besuch vergangen. Frau Burmeister und ihre Tochter saßen am Tisch und wollten zu Mittag essen. Es gab sauren Kohl mit Topfbraten und Kartoffeln. Sie hatten ihr Tischgebet noch nicht zu Ende gesprochen, als ein Wagen vor dem Haus hielt. Tante Burmeister lief ans Fenster und schaute hinaus. Da sah sie, dass der dicke Doktor Albers aus dem Wagen stieg. Es zog ihr durch Mark und Bein, sie dachte nichts anderes, als dass der Frau Senatorin etwas passiert war.

»Pass auf«, sagte sie zu ihrer Tochter, »die Senatorin ist krank, wenn sie nicht gar tot ist! Ich ahne so etwas, mein Herz war den ganzen Tag so schwer!«

»Mich haben Sie wohl nicht erwartet«, fragte der Doktor, als er in die Stube trat, »und werden auch wohl nicht raten, warum ich zu Ihnen komme!«

»Ja«, sagte die alte Frau, »ich ahne es«, und dabei bebte ihre Stimme, »sprechen Sie das Wort ruhig aus, die Frau Senatorin ist krank?«

»Nein«, sagte der Doktor, »ich komme gerade von ihr, sie ist gottlob munter und wohlauf. Sie hat gerade eben eine ganze Taube gegessen!«

»Wenn das so ist, bin ich beruhigt, dann kann ich alles anhören, was Sie mir zu sagen haben!«

»Ich habe etwas auf dem Herzen, ich muss Sie fragen, ob Sie wohl einer Frau, die in Not ist, beistehen wollen?«

»Wenn es nötig ist, Herr Doktor, ja!«

»Auch wenn Sie die Frau hassen?«

»Ich weiß nicht, dass ich einen Menschen hasse, aber wenn es auch so wäre, wenn die Frau im Unglück ist, helfe ich ihr erst recht und mache mir aus der Feindin vielleicht eine Freundin.«

»So habe ich mir die Antwort gedacht. Nun kann ich auch sagen, wer die Frau ist, es ist Frau Babendamm in Knipperhausen! Gestern Nachmittag bin ich dort gewesen, die Frau geht wahrscheinlich ihrem Tod entgegen. In meiner ganzen Praxis ist mir so ein Fall noch nicht vorgekommen! Doktor Wiedmann und sein Gehilfe sind seit gestern Mittag bei ihr, weil ich die Sache nicht allein übernehmen wollte. Wenn wir nun die Frau auch durchbringen sollten, so ist doch die größte Vorsicht nötig, und wir können der Pflegerin, sie ist ein altes Bauernweib, auf keinen Fall allein die Aufsicht über die Kranke anvertrauen. Der alte Babendamm hat mich wahrhaftig auf Knien gebeten, eine Person mitzubringen, die genug Verstand hat, um dem Doktor zur Seite zu stehen. Wollen Sie das machen, dann fahre ich heute Nachmittag bei Ihnen vor und nehme Sie mit nach Knipperhausen. Packen Sie aber Ihr Schlafzeug ein, heute kommen Sie nicht wieder zurück.«

»Ja, ich gehe mit, Herr Doktor, holen Sie mich ab.«

Der Doktor gab Frau Burmeister die Hand und sagte: »Punkt zwei Uhr bin ich wieder da!«

Als der Wagen davonrollte, machte Marie ein ärgerliches Gesicht und sagte zu ihrer Mutter: »Ich kann dich nicht begreifen, dass du das angenommen hast. Die Leute haben Geld genug, die können sich eine andere Frau leisten. Das stolze Weib sagte ja immer: Für Geld kann man alles haben! Was brauchst du woanders Pflegerin ohne Bezahlung zu spielen, wo du in unserem Haushalt so nötig bist?«

Tante Burmeister saß in tiefen Gedanken, sie hatte gar nicht gehört, was ihre Tochter gesagt hatte. Dann sprach sie leise vor sich hin: »Einen Zufall soll es auf der Welt nicht geben. Es ist doch wohl möglich, dass unser Herrgott mich alte Frau schickt, damit sein Wille zur Ausführung kommt!« Mit diesen Gedanken ging sie an ihre Kommode und packte in ihre Reisetasche, was sie bei ihrem Samariteramt brauchte.

Die Fahrt nach Wasserhorst

Wie Doktor Albers gesagt hatte, kam um zwei Uhr der Wagen. Tante Burmeister stieg ein und fuhr mit nach Knipperhausen. Als der Wagen auf Babendamms Hof fuhr, kam Doktor Wiedmann gerade aus dem Haus. Er sah ganz verstört aus, Schweiß tropfte von seiner Stirn. Man sah ihm an, er freute sich, dass Doktor Albers wieder zurück war. Er ging gleich auf ihn zu und begann mit ihm zu flüstern.

Auf der Diele lief Babendamm hin und her. Er raufte sich die Haare und stöhnte fürchterlich: »Ach, du lieber Gott, was mache ich armer Mensch, wenn meine Frau stirbt?« Und als er Doktor Albers sah, flehte er: »Bester Herr Doktor, retten Sie meine Frau! Mein halbes Vermögen gebe ich Ihnen, wenn meine Frau am Leben bleibt!«

Doktor Albers nahm sich gar nicht die Zeit, ihm zu antworten. Er ging in die Kammer und schob Babendamm zurück, als der mit hinein wollte. Im gleichen Augenblick kam der Storch durchs Fenster geflogen, und Doktor Albers rief seinem Kollegen zu: »Es ist ein Junge angekommen, er scheint aber leider tot zu sein.«

»Geben Sie mir den Jungen mal her, Herr Doktor«, sagte Frau Burmeister, »das wollen wir doch erst einmal sehen!« Sie nahm das Kind und schlug mit der flachen Hand so lange auf den kleinen Kerl ein, dass es dem Jungen zuletzt zu viel wurde und er laut zu schreien begann!

Jetzt wäre die Freude wohl groß gewesen, wenn auch eine Besserung bei Frau Babendamm eingetreten wäre. Sie aber lag wie tot und

Doktor Albers hatte, wie er zu Frau Burmeister sagte, wenig Hoffnung, die Frau zu retten.

Die Kranke war nun ganz in die Hände von Frau Burmeister gegeben. Drei Tage und drei Nächte ging es so weiter, ohne dass eine Besserung zu spüren war, und Frau Burmeister hatte wenig Schlaf gefunden. Babendamm wusste gar nicht, was er ihr alles Liebes dafür antun sollte. Bald kam er mit Wein, bald mit Kuchen, er wollte ihr sogar eine Rolle Geld geben. Die nahm sie aber nicht.

»Meine Dienste lass ich mir nicht bezahlen!«, sagte sie.

Heute ging es Frau Babendamm besonders schlecht und dazu kam das Unglück, dass es mit der Amme nicht klappte. Die zweite war vom Arzt weggeschickt worden, weil sie keine Nahrung für das Kind hatte. Nun war guter Rat teuer. Alle verloren den Kopf, denn keiner wusste, wo so plötzlich eine Amme herkommen sollte. Nur Frau Burmeister wusste Rat.

»Wir brauchen keine Amme«, sagte sie. »Eine gute Krankenpflegerin tut hier dieselben Dienste, wir haben doch die gute Milch. Es kommt nur darauf an, dass die Pflegerin das Kind wie ihr eigenes versorgt. Ich kenne eine junge, gesunde und kräftige Frau. Deren Kind ist zwar erst drei Wochen alt, aber ich glaube, dass sie hierher kommt und den Jungen mit übernimmt.«

»Wo ist sie? Ich will sie bezahlen, als wäre ich ein König!«

»Bezahlt nimmt sie nichts, sie ist gerade so wie ich.«

»Sagen Sie mir, wo sie wohnt. Ich will sie so lange bitten, bis sie mir das zusagt! Wie heißt ihr Mann und was ist er?«

»Ihr Mann ist Lehrer, er heißt Wienstädt und wohnt in Wasserhorst!«

Als Babendamm das hörte, prallte er zurück. »Wenn Sie keine andere wissen, dann steht unsere Sache leider schlecht. Das ist meine Tochter.«

»Ich weiß, dass es Ihre Tochter ist, und dass Sie in Feindschaft leben, weiß ich auch. Ich kenne aber Ihr Kind besser als Sie. Ihre Tochter ist gut, sie wird in dieser Not ihren Bruder nicht umkommen lassen. Ich weiß auch, wie sie darunter leidet, dass sie mit ihren Eltern in Unfrieden lebt. Sie hat es mir manches Mal unter vier Augen geklagt. Sie hat ihre Eltern lieb, das hat sie ja auch an ihre Eltern geschrieben, aber sie haben ihr auf keinen ihrer Briefe Antwort gegeben!«

»Ja, das stimmt, Antwort hat sie nicht bekommen, aber lieb habe ich sie doch. Ich denke jeden Tag an meine Trina.«

Das Kind in der Kammer begann nun so kläglich zu wimmern, dass Babendamm vor lauter Angst um seinen Jungen Schweißausbrüche bekam.

»Nun hilft es nicht«, sagte Frau Burmeister, »nun fahren Sie am besten gleich hin nach Wasserhorst und sagen Sie Ihrer Tochter, dass sie mit ihrem Kind herkommen soll. Sagen Sie ihr auch, dass ich hier bin! Lassen Sie ihr eine Kammer herrichten, in der sie mit den beiden Kindern wohnen kann.«

»Sie haben recht, das will ich machen. – Krischan!«, rief er aus der Tür, »spann mal die beiden Braunen vor den Kutschwagen, aber schnell, wir müssen weit fahren.«

Als Babendamm in den Wagen stieg, fragte er Krischan, der auf dem Bock saß, ob er den kürzesten Weg nach Wasserhorst wüsste.

»Den kenne ich, aber in dieser Jahreszeit ist er nicht zu benutzen.«

»Dann fahre die Landstraße entlang«, sagte Babendamm, »so schnell wie du kannst. Ich will meine Tochter Trina holen.«

In schnellem Trab ging es nach Wasserhorst. Es war als hätten die Pferde verstanden, um was es ging, und als freuten sie sich, Trina wiederzusehen.

Krischan wusste gar nicht genau, was es zu bedeuten hatte. Er wusste wohl, dass es um die Frau seines Herrn schlimm stand, auch dass drei Ärzte aus Bremen bei ihr waren, dass aber Trina so Hals über Kopf geholt wurde, das konnte er nicht begreifen. Er überlegte hin und her, bis er glaubte, das Richtige gefunden zu haben.

»Die Alte liegt im Sterben«, dachte er, »ihr Gewissen hat sich gemeldet und nun will sie vor ihrem Tod Abbitte leisten.«

So kamen sie in vollem Trab in Wasserhorst an.

»Fahre zuerst zum Pastorenhaus!«, rief Babendamm aus dem Wagen heraus.

»Das Pastorenhaus wird wohl bei der Kirche liegen«, dachte Krischan. Und als er die Pferde stoppte, hatte er das richtige Haus getroffen.

Der Pastor hatte Babendamm nur einmal gesehen, erkannte ihn aber sofort. Umstände machte er nicht mit ihm, allerdings war sein Gesicht ernst und zurückhaltend. Er wollte erst einmal erfahren, in welcher Absicht Babendamm gekommen war.

»Herr Pastor«, begann Babendamm, »als Sie bei mir in meinem Haus waren und Frieden und Ruhe in unsere Herzen bringen wollten, sagte meine Frau in ihrer Erregung, dass unsere Tochter Trina uns nicht wieder ins Haus kommen sollte. Sie sagten zu uns: ›Nicht früher, als bis die Eltern es wünschen!‹ Meine Frau steht jetzt mit einem Fuß im Grab und ich, Trinas Vater, bin nun gekommen, meine Tochter zu bitten, einige Zeit in unser Haus zu kommen, und, wenn es Gottes Wille ist, dass meine Frau sterben muss, Schwester und Mutter für das Kind zu sein, das mir vor drei Tagen geboren ist.«

»Und Wienstädt?«, fragte der Pastor. »Soll der inzwischen Ihrem Hause und Ihrem Herzen fernstehen?«

»Nein, Herr Pastor, ich will ihn bitten, dass er uns das Leid vergibt, was wir über ihn gebracht haben!«

»Ein Wort dazu wird genügen. Ich kenne Ihre Kinder. Hass hat nie in ihren Herzen Wurzeln gefasst und es wird ihnen die größte

Freude sein, sich mit ihren Eltern zu versöhnen. Folgen Sie mir später nach. Ich will vorangehen und Ihre Tochter vorbereiten. Ein jäher Schreck könnte ihrer Gesundheit schaden und uns einen Strich durch die Rechnung machen.«

Der Pastor ging nun voraus in die Schule und fand Trina in ihrer Stube an der Wiege sitzen. Er hatte noch gar nicht alles ausgesprochen, was er sagen wollte, als Trina, die nur so viel gehört hatte, dass ihr Vater gekommen war, vor lauter Freude des Pastors Hand nahm und sagte: »Ich bitte Sie, Herr Pastor, sagen Sie mir schnell, wo ist mein guter Vater, wo ist er?«

Einen Augenblick später lagen sich Vater und Tochter in den Armen. Babendamm wollte seine Trina gar nicht wieder loslassen.

Das Gesicht des Pastors war freundlicher geworden. Er sagte kein Wort, aus seinen Augen aber konnte man lesen, dass ihm das Bild gefiel, das vor ihm stand.

Trina war keinen Augenblick unschlüssig. Sie wusste was sie machen wollte, sie hatte aber einen Mann, den musste sie fragen. Sie lief in die Schule, in den Raum, in dem Wienstädt gerade Musik unterrichtete. Er wusste noch von nichts und wollte sich auch nicht gern stören lassen, aber Trina nahm seinen Arm und brachte ihn zu ihrem Vater.

»Sieh, Vater«, sagte sie, »das ist der Mann, der deine Tochter so glücklich gemacht hat. Kannst du den von dir stoßen?«

Babendamm hielt ihm seine Hand entgegen und fragte: »Kannst du vergessen, was zwischen uns vorgefallen ist, dann schlage ein, mein Sohn, du sollst einen Vater an mir haben!«

Vater und Sohn – Mutter und Tochter

Wienstädt stand zuerst da, als hätte der Blitz ihn getroffen, so waren ihm die Worte »du« und »mein Sohn« in die Knochen gefahren, dann aber schlug er ein, und mit diesem Handschlag hatte jeder einen Menschen fürs ganze Leben gewonnen.

Und welches Opfer brachte Wienstädt! Seine Frau, seine Trina, ohne die er nicht eine Stunde hatte sein können, sollte er hergeben. Sein liebes Kind, das er am Tag wohl zehn Mal im Arm gewiegt hatte, sollte er von sich lassen! Diese Gedanken schossen ihm durch den Kopf, als er aber seiner Frau in die Augen sah, in denen so deutlich zu lesen war: »Lass mich zu meiner kranken Mutter gehn!«, sagte er: »Geh mit Gott!«

»Komm du auch zu uns, mein Sohn, bleibe ganz bei uns! Hänge den Lehrerberuf an den Nagel und stelle dich auf den Platz, an dem du schon längst hättest stehen sollen«, sagte Babendamm.

»Ich habe vermutet«, begann nun der Pastor, »dass Ihre Herzen sich wiederfinden würden und freue mich herzlich, Zeuge Ihrer Versöhnung sein zu können.« Dabei gab er beiden die Hand.

»Kannst du das Fahren auch aushalten, mein Kind?«, fragte Babendamm seine Tochter. »Sonst lass ich dich bis Knipperhausen tragen, auch wenn fünfzig Mann dazu nötig sind.«

Trina war aber schon beim Einpacken. An sich selbst, an ihre eigenen Kleider dachte sie gar nicht, sie nahm nur mit, was sie für ihr Kind benötigte.

Während Trina sich für die Reise zurechtmachte, war Wienstädt mit seinem Schwiegervater in den Garten gegangen und zeigte ihm sein Feld und all seine Herrlichkeiten. So hatte Babendamm sich das nicht gedacht. Er konnte sich nicht sattsehen und sagte immer wieder, dass es eine Musterwirtschaft im Kleinen sei.

Wienstädt hatte nun von seiner Frau Abschied genommen und versprochen, jeden Mittwoch und Sonnabend Trina und sein Kind zu besuchen. Um elf Uhr, wenn die Schule zu Ende war, wollte er von Wasserhorst weggehen.

»Du willst zu Fuß gehen?«, fragte Babendamm. »Nein, Punkt elf soll die Kutsche vor deiner Tür stehen und dich nach Knipperhausen bringen. Du bist Babendamms Sohn!«

Nun kam Pastor Lingen noch an den Wagen heran und fragte: »In unserer Freude, meine gute Frau Wienstädt, haben wir alle nicht an die Taufe gedacht, die auf nächsten Sonntag festgesetzt war. Wir werden sie wohl aufschieben müssen?!«

Trina bekam einen Schreck, daran hatte sie auch nicht gedacht.

»Herr Pastor«, sagte Babendamm, »ich lasse Sie bei Zeiten holen, wenn Sie zu uns kommen und beide Kinder gleichzeitig taufen wollen!«

»Wenn Sie das wünschen und Ihr Herr Pastor Habicht die Genehmigung dazu erteilt, dann von Herzen gern!«

Babendamm sagte zu Krischan: »Ich binde es dir auf die Seele, fahre langsam, wenn es auch ein paar Stunden länger dauern sollte. Meine Tochter kann das schnelle Fahren noch nicht vertragen.«

Was mögen sie sich in der Kutsche erzählt haben! Alle Augenblicke gab Babendamm seiner Trina die Hand und auf dem ganzen Weg lagen die Kissen, in denen sein Enkelkind lag, auf seinem Schoß.

Erst gegen zehn Uhr abends erreichten sie Knipperhausen. Dennoch standen große und kleine Hausbewohner, alt und jung, auch der alte Müller mit seiner Frau vor der Tür, jeder wollte helfen. Am liebsten hätten sie Trina ins Haus und in die blaue Kammer getragen, die für sie unterdessen hergerichtet war. Tante Burmeister hatte dafür gesorgt, dass Stuben und Kammern warm waren. In der Kammer standen zwei Betten und eine prächtige Wiege, so groß, als wäre sie extra für zwei eingerichtet, stand vor Trinas Bett.

Ein Stein war von Trinas Herz genommen, als Tante Burmeister ihr sagte, dass sich das mit ihrer Mutter zu bessern schiene, und sie lachte übers ganze Gesicht, als sie ihr den kleinen Bruder gab.

Als Tante Burmeister am nächsten Tag in die Kammer kam, war Trinas erste Frage, was ihre Mutter mache. Dass es noch schlimm mit ihr aussah und der Arzt wenig Hoffnung gab, verschwieg ihr Tante Burmeister.

Neun Tage waren so dahingegangen, ohne dass Frau Babendamm ihre Besinnung wiedererlangte. Als die Burmeister ihr gegen Abend die Medizin eingeben wollte, schlug sie jedoch plötzlich die Augen weit auf und fragte: »Was ist das?«

»Das ist Medizin, die soll Sie wieder gesund machen!«

»Bin ich denn krank?«

»Ja, aber schon wieder auf dem Wege der Besserung.«

Da fasste die Kranke selbst den Löffel und nahm die Medizin.

»Gott sei Dank!«, sagte die Burmeistersche zu sich. »Sie bekommt ihren Verstand zurück!«

»Wo ist mein Mann?«

»Den habe ich weggeschickt, weil Sie schlafen sollen.«

Bald danach schlief die Kranke wieder ein. Es dauerte aber keine Stunde, da schlug sie die Augen wieder auf und fragte die Burmeistersche: »Wer sind Sie?«

»Ich bin Ihre Pflegerin. Ich will Sie versorgen, bis Sie wieder gesund sind.«

Da nahm sie mit ihrer mageren Hand die Hand von Frau Burmeister, drückte sie an ihre Lippen und schlief danach sanft ein und schlief bis zum nächsten Morgen. Tante Burmeister ging nicht von ihr und als die Kranke ihre Augen aufschlug, stand sie schon wieder vor ihrem Bett.

»War das tote Kind ein Junge oder ein Mädchen?«, fragte sie.

»Das Kind ist nicht tot«, sagte die Burmeistersche. »Es ist frisch und gesund und es ist ein strammer Junge!«

»Belügen Sie mich nicht, das Kind muss tot sein!«

In diesem Augenblick trat Doktor Albers in die Kammer. Tante Burmeister ging ihm entgegen und sagte ihm, dass Frau Babendamm ihre Besinnung zurück hätte. Der Doktor ging nun an das Krankenbett und rief mit lauter Stimme: »Na, Frau Babendamm, wie steht es denn heute mit uns?«

»Ach, ganz gut«, sagte die Kranke, »ich bin nur noch so schwach.«

»Kräftig werden wir wohl wieder werden. Wenn wir erst so weit sind, haben wir gewonnenes Spiel!«

Er sagte, Frau Burmeister solle streng darauf achten, dass acht Tage lang kein Mensch zu der Kranken käme, selbst ihr Mann und ihr Kind nicht. Vor jeder Aufregung müsse sie geschützt werden, sonst könnte er für nichts garantieren.

Wie ein Vogeljunges von den Vogeleltern, so wurde Frau Babendamm von ihrer Pflegerin gehegt und gepflegt und die acht Tage waren noch lange nicht vorüber, als sie schon drei Stunden am Tag in ihrem Lehnstuhl sitzen konnte.

Gern hätte sie ihr Kind einmal gesehen, Frau Burmeister erlaubte es aber nicht. Auch sprach sie des Öfteren von Trina und die Burmeistersche erzählte ihr viel von ihrer Tochter und wie es ihr ergangen war, nachdem sie das Elternhaus verlassen hatte. Nur dass sich Trina in ihrem Haus aufhielt, das sagte sie nicht.

»Was müssen Sie für einen Eindruck von mir bekommen haben«, sagte die Kranke. »Wie müssen Sie brave Frau mich verachtet haben. Und doch sind Sie gekommen, mich zu pflegen! Sie haben die letzte Kraft gegeben, um mich wieder gesund zu machen, und nun setzen Sie mich auch noch in die Verlegenheit, dass Sie für die vielen Dienste, die Sie für mich getan haben, nicht einmal Geld annehmen wollen. Sie sollen mich aber noch achten lernen«, sagte sie und gab Frau Burmeister die Hand. »Ich bin damals aus mir selbst nicht schlau geworden; denn denken Sie sich, bei all meiner Strenge ist die Liebe zu meiner Tochter nicht aus meinem Herzen gewichen!«

Und nun erzählte sie, wodurch das Unglück entstanden war, durch die Wahrsagerin, die Ehlersche. Sie klagte auch den Pastor Habicht und seine Schwester an.

»Die Ehlersche«, sagte Frau Burmeister, »hat ihren Lohn bekommen. Sie sitzt im Zuchthaus beim Steffenstor und wird es wohl nicht wieder verlassen, weil sie ein junges Mädchen mit ihrer Quacksalberei ums Leben gebracht hat.«

»Dann will ich die hundert Taler, die ich ihr versprochen habe, an die Armen geben. Ich mag das Sündergeld nicht mehr in Händen haben!«

Frau Babendamm ging es nun von Tag zu Tag besser. Sie bekam auch schon wieder Appetit und das Verlangen, ihren Mann und ihr Kind zu sehen, wurde immer größer. Tante Burmeister gab aber noch nicht nach. Sie wusste, dass Doktor Albers sehr streng war und nicht umsonst verordnet hatte, dass erst acht Tage vorübergehen mussten, bis jemand in die Krankenkammer hineinkommen durfte. Jeden Tag aber erzählte sie ihr von dem Prachtjungen, von ihrem Mann und von ihrer Trina. Die Liebe zu ihrer Tochter war mit solcher Macht in ihrem Herzen wieder lebendig geworden, dass sie nicht genug von ihr hören konnte. Sie wünschte den Augenblick herbei, an dem sie ihrem Mann sagen konnte, dass er nach Wasserhorst gehen und Trina bitten möge, zu vergessen, was vorgefallen war. Sie sollte zu ihrer Mutter kommen, die schwer unter dem Gedanken litt, dass sie ihre Tochter ins Elend gestürzt hatte.

So war der Tag herangekommen, den Doktor Albers für das Wiedersehen mit ihrem Mann festgesetzt hatte. Die Kranke wachte schon früh am Morgen mit den Worten auf: »Gott sei Dank! Heute darf ich meinen Mann sehen!«

Nach einer Weile sagte sie zu Tante Burmeister: »Ich fühle mich heute Morgen ganz kräftig. Kommen Sie, lassen Sie mich aufstehen.«

Tante Burmeister sagte ihr nun, dass es noch zu früh wäre, sie solle noch ruhig liegen bleiben. Um zehn Uhr wollte sie Babendamm rufen. Aufstehen sollte sie aber erst nach dem Mittagessen.

Die Kranke gab sich zufrieden, man sah es ihr aber an, sie konnte vor Ungeduld die Stunde nicht erwarten. Um halb zehn kam Doktor Albers, der sich in den letzten Tagen nicht mehr hatte sehen lassen. Er war ausnahmsweise freundlich und freute sich über den guten Fortgang der Besserung.

»Herr Doktor, um zehn Uhr soll ich meinen Mann sehen, Frau Burmeister will es mir endlich erlauben!«, sagte die Babendammsche und dabei lachte sie über das ganze Gesicht.

»So? Will sie es erlauben? Na, ich habe nichts einzuwenden. Nur, das versprechen Sie mir, dass Sie ruhig bleiben und sich nicht zu sehr aufregen wollen. Ich werde nun fürs Erste nicht wiederkommen. Frau Burmeister kennt sich mit allem aus und wie sie es bestimmt, ist es gut. Im Moment müssen Sie sich noch genau nach ihr richten! Adjüs.«

Als der Doktor die Kammer verlassen hatte, holte Frau Burmeister Jan Babendamm herein. Er bekam einen gewaltigen Schreck, als er seine Frau sah. Wie war sie zusammengefallen!

»Jan, sage mir die Wahrheit«, rief sie ihm entgegen, »lebt unser Kind?«

»Jawohl, mein Mädchen«, sagte Babendamm und küsste seine Frau, »es ist ein dicker Junge.«

»Sie glaubt es mir nicht!«, sagte Frau Burmeister. »Na, heute Nachmittag soll sie den Jungen mal in den Arm nehmen, damit sie sich selbst davon überzeugt. Auch diejenige, die bisher Mutterstelle an dem Jungen vertreten hat, soll sie dann sehen.«

Die beiden Eheleute sprachen nun noch manches miteinander. Das Erste aber, was die Kranke zu ihrem Mann sagte war, dass sie solch eine Sehnsucht nach ihrer Trina hatte, und Babendamm versprach ihr dann auch, alles in Ordnung zu bringen. Dann gab Frau Burmeister ihm ein Zeichen, dass er wieder hinausgehen sollte, seine Frau durfte noch nicht zu viel sprechen. Sie schien aber ein wahres Sprechfieber bekommen zu haben und stellte, als ihr Mann mit einem Kuss von ihr Abschied genommen hatte, noch vielerlei Fragen an ihre Pflegerin. Sie ließ sich genau beschreiben, wie der Junge aussah und auch, ob die Pflegerin, die sie für ihn angeschafft hatten, eine nette Person war.

»Sie ist der reine Engel!«, sagte Tante Burmeister.

Als Frau Babendamm nach dem Mittagessen noch ein kleines Schläfchen gemacht hatte, erhob sie sich und Frau Burmeister half ihr beim Anziehen. Währenddessen fragte sie, ob es denn nun dabei bliebe, dass sie ihren Jungen sehen sollte.

»Jawohl, es bleibt dabei. Sie sollen Ihren Jungen sehen und auch eine Stunde in der Stube auf dem Sofa sitzen. Ich habe da einheizen lassen und die Pflegerin sitzt schon parat. Sie hat den Jungen und ihr eigenes Kind auf dem Schoß.«

Nun nahm Frau Burmeister ihren Arm und führte sie in die Wohnstube. Trina, die dort mit den Kindern auf dem Schoß saß, wollte ihrer Mutter entgegenlachen, konnte es aber nicht. Sie hatte sich so sehr über das Aussehen ihrer Mutter erschreckt.

»Ja, sie ist ein Engel, das ist meine Trina!«, sagte die Babendamm, als sie die Kinder sah. Dann begann sie still zu weinen, sprechen konnte sie nicht mehr und Tante Burmeister hatte Schwierigkeiten, sie auf das Sofa zu setzen. Sie machte sich schon im Stillen Vorwürfe, dass sie zu viel gewagt hatte, und wäre gern gleich wieder mit ihr umgekehrt. Da kam Trina, die die Kinder schnell in die Wiege gelegt hatte, auf ihre Mutter zu, nahm sie in den Arm und sagte unter Tränen: »Bist du mir wieder gut, meine liebe Mutter?«

Frau Babendamm sah sie mit nassen Augen an, sie sagte aber nichts, sie weinte noch immer.

»Ich bitte dich, meine liebe, gute Mutter, weine nicht so. Ich kann das nicht sehen und es greift dich auch noch sehr an«, sagte Trina und gab ihrer Mutter einen Kuss.

Die Kranke versuchte zu sprechen. Es wollte aber nicht gelingen. Nun kam Tante Burmeister, die Angst bekommen hatte, dass es schlimme Folgen haben könnte, und sagte: »So, nun ist es genug. Sie haben nun alle gesehen, nach denen Sie so großes Verlangen hatten. Nun müssen Sie erst wieder Ruhe haben. Morgen ist auch noch ein Tag, da können Sie sich aussprechen. Hier, geben Sie dem Jungen noch einen Kuss«

Tante Burmeister hatte eines der Kinder aus der Wiege genommen, in der Aufregung aber nicht das richtige. Sie merkte es erst, als der alte Babendamm, der aus der Ferne alles verfolgt hatte, mit dem Jungen auf dem Arm ankam und sagte: »Was machen Sie denn nun, das ist ja gar nicht unser Junge, das ist ja Trinas Mädchen!«

Frau Babendamm küsste Kind und Kindeskind, gab auch ihrer Trina noch einen Kuss und ließ sich dann ruhig in ihre Kammer zurückführen. Sie sagte nichts und als Tante Burmeister nach einer halben Stunde an ihr Bett trat, weinte sie noch immer still vor sich hin.

In der Nacht schlief Frau Babendamm sehr gut und am nächsten Morgen ließ sie Trina hereinrufen und blieb eine lange Zeit mit ihr allein. Was sie zusammen gesprochen haben, hat niemand erfahren. Als Tante Burmeister wieder hereinkam, saß Trina auf dem Rand des Bettes und hatte den rechten Arm um ihre Mutter geschlungen. Den glücklichen Gesichtern der beiden konnte man ansehen, dass hier eine Aussöhnung stattgefunden hatte, wie sie wahrer und aufrichtiger auf dieser Welt nicht hätte sein können.

Frau Babendamm war nun bald wieder soweit hergestellt, dass sie sich selbst um ihre Wirtschaft kümmern konnte. Sie war wieder ganz auf ihrem Platz. Mit ihr war eine große Veränderung vorgegangen, sie war sanft und still geworden. Es war eine Lust zu sehen, wie sie dafür sorgte, dass die beiden kleinen Kinder ihr Recht bekamen und dass Trina, die ihr eigenes Kind selbst stillte, sich schonte.

Der alte Babendamm war glücklich, wenn er seine Frau, seine Trina und die kleinen Kinder um sich hatte, und in seiner Freude versprach er, seinen Leuten ein Tauffest zu spendieren, wie Knipperhausen noch keines gesehen hatte. Seine Frau ließ ihm den Willen, sie war ganz damit einverstanden, nur im Haus wollte sie den Spektakel nicht haben.

Wienstädt wurde mittwochs und sonnabends nach Knipperhausen geholt und auch mit ihm hatte sich Frau Babendamm vollständig ausgesöhnt. Sie gewann ihn bald recht lieb und freute sich, dass Wienstädt darauf eingehen wollte, den Lehrerberuf aufzugeben und nach Knipperhausen zu ziehen.

Die Kindtaufe in Knipperhausen

Mit der Taufe sollte es so gehalten werden, wie Babendamm zu Pastor Lingen gesagt hatte: Pastor Lingen sollte von Wasserhorst kommen und beide Kinder taufen. Weil Pastor Lingen sonntags nicht gut von Wasserhorst wegkommen konnte, wurde festgesetzt, dass die eigentliche Taufe am Sonnabend, das Fest für die Leute aber an einem Sonntag sein sollte. Alles war soweit geregelt, nur eines fehlte noch: die Einwilligung von Pastor Habicht. Ohne diese durfte Pastor Lingen die heilige Handlung in Knipperhausen nicht vornehmen. Jan Babendamm hatte den Weg zum Pastorenhaus bis auf den letzten Moment aufgeschoben. Es stand ihm sehr bevor, Pastor Habicht um seine Einwilligung zu bitten, und Frau Babendamm war ängstlich, dass sie sich bei einer Zusammenkunft mit dem Pastor vergessen und ihm allerhand harte Worte an den Kopf werfen könnte, und gerade das war doch nicht nötig.

Endlich hatte sich Babendamm auf den Weg gemacht. Die Schwester des Pastors stand an der Tür und empfing ihn mit einem katzenfreundlichen Gesicht. Sie sagte, dass ihr Bruder Ehrwürden in seiner Studierstube sei, er möge nur zu ihm gehen. Auch der Pastor machte ein ganz freundliches Gesicht und wollte ihm eine große Rede darüber halten, dass der Herr die Binde von aller Augen genommen und wieder einmal habe erkennen lassen, wie all das menschliche Wissen nur Stückwerk sei, dass nun doch alles zum Besten sich gewendet und wieder Frieden in die Familie eingekehrt sei.

»Wienstädt«, sagte er zuletzt, »hat die Prüfung, die vom Himmel über ihn verhängt war, bestanden. Er ist geläutert und bewährt daraus hervorgegangen, und ich wünsche Ihnen, lieber Herr Nachbar, von Herzen Glück zu einem solchen Schwiegersohn.«

»So? Na, das ist recht nett von Ihnen, Herr Pastor. Es wäre aber besser gewesen, wenn Sie im letzten Jahr dazu beigetragen hätten, dass diese Prüfung, wie Sie das nennen, gar nicht nötig gewesen wäre. Uns allen wären dann viele Sorgen und mancher Kummer erspart geblieben. Na, daran ist nun nichts mehr zu ändern. Aber warum ich komme, wir wollen am nächsten Sonnabend taufen lassen und ...«

»Ich bin gern bereit«, unterbrach ihn Pastor Habicht, »die heilige Handlung am Sonnabend zu vollziehen, obwohl ich gewohnt bin, diesen Tag zur Vorbereitung für meine Amtstätigkeit am Sonntag zu nutzen.«

»Das ist dankenswert, Herr Pastor, aber Sie haben mich eben nicht ausreden lassen. Wir wollen beide Kinder, das kleine Mädchen meiner Tochter und unseren Jungen zusammen taufen lassen, und ...«

»Auch dazu bin ich bereit, Ihrem Enkelkinde die Weihe zu geben. Es ist mir das sogar sehr lieb, ich werde die Gelegenheit nutzen können, Ihrem Schwiegersohn und seiner Frau die Versicherung zu geben, dass ich sie allezeit in mein Gebet mit eingeschlossen habe.«

»Herr Pastor, darf ich Sie bitten, mich ruhig aussprechen zu lassen? Wir wollen Sie bitten, uns die Erlaubnis zu geben, dass Pastor Lingen aus Wasserhorst die Taufe an den Kindern vornehmen darf.«

»Ah sooo«, antwortete der Pastor, und sein Gesicht wurde dabei immer länger, »Sie wollen die Taufe nicht durch den Seelsorger Ihrer Gemeinde vollziehen lassen, Sie wollen einen fremden Prediger nach Knipperhausen ziehen? Nun, wenn es im Worte des Herrn auch heißt: ›Überlasset Eure Herde nicht fremden Hirten‹, so will ich doch in diesem Falle meine Zustimmung nicht versagen.«

»Herr Pastor, dann danke ich Ihnen auch vielmals und will hoffen, dass Sie uns das nicht übel nehmen. Wir konnten ja gar nicht anders, weil Pastor Lingen schon vor langer Zeit von meinem Schwiegersohn gebeten worden war, seine kleine Tochter zu taufen.«

»Schon gut, Herr Nachbar, hier ist der Erlaubnisschein.« Die Tür war dabei nicht ganz geschlossen. Das Fräulein stand draußen und lauschte. Und als sie das hörte, warf sie die Tür mit einem mächtigen Ruck zu. »Ich muss Sie nur noch bitten, mir die üblichen Taufgebühren zu übersenden. Das ist nur wegen der Observanz, nicht meinethalben. Ich werde das Geld für mildtätige Zwecke verwenden.«

»Wenn es weiter nichts ist, Herr Pastor, hier ist das Geld. Ich hätte es auch ohne diese Mahnung eingeschickt! Nochmals Dank für Ihre Freundlichkeit und Adjüs denn.«

Der Sonnabend war herangekommen. Tante Burmeister hatte die beste Stube herausgeputzt. Es war eine Lust, alles sah so feierlich aus und selbst Blumen hatte sie anzuschaffen gewusst. Um die Taufschale legte sie einen Kranz aus Myrten und Rosen, den sie bei dem Gärtner Kleine in der Langen Reihe in Bremen hatte binden lassen.

Die Paten der Kinder sollten Frau Burmeister und ihre Frau Senatorin sein und die alte Dame hatte die Einladung auch angenommen. Sie kam mit Pastor Lingen in der Kutsche angefahren und wurde von Frau Babendamm recht freundlich empfangen. Und Pastor Lingen? Ganz anders als im letzten Jahr, als er die Einwilligung zur Heirat holen wollte, kam ihm die Babendammsche entgegen. Wer sie früher in ihrer Wut gesehen hatte und nun in ihrem bescheidenen Wesen, der konnte sich gar nicht vorstellen, dass es eine und dieselbe Person war.

Der Pastor und auch die Frau Senatorin wollten noch bei Tageslicht wieder nach Hause zurück. Darum versammelte sich bald nach ihrer Ankunft die Familie zu der feierlichen Handlung.

Frau Babendamm saß auf ihrem Lehnstuhl vor dem Pastor und Frau Burmeister hatte ihr Kind in den Arm genommen. Trina stand dabei und hatte ihr eigenes Kind auf dem Arm. Babendamm und Wienstädt standen bei ihren Frauen und die Frau Senatorin saß auf einem Stuhl, den sie bei Frau Burmeister hingestellt hatten. Wienstädts Tochter bekam den Namen »Malchen« und Babendamms Junge wurde »Heinrich« getauft, nach seinem Schwager Wienstädt.

Der Pastor sprach über den Text: »Lasset die Kindlein zu mir kommen!« Am Schluss seiner Rede kam er darauf zu sprechen, dass das Fest, das heute gefeiert wurde, nicht allein der Aufnahme zweier Kinder in den Christenbund galt, sondern dass es zugleich ein Dank-, Buß-, Versöhnungs- und Freudenfest war. Er erinnerte an all die schweren Stunden, die die Eltern beider Kinder durchgemacht hatten, an die Stürme, die dazu geführt hatten, dass scheinbar ganz von Selbstsucht erfüllte Herzen sich wieder ganz für die Nächstenliebe aufgetan hatten. Heute lag die Zukunft wieder in rosigem Lichte vor ihnen, keine Wolke war am Himmel zu sehen. Es könnten aber und würden neue Stürme kommen, und dann, wenn wieder Wolken die Lebenssonne verhüllten, sollten sie sich das ins Gedächtnis zurückrufen, was die nun glücklich überwundene Sturmzeit ihnen an guten Lehren gegeben hätte. Sie sollten dann fest stehen und nicht zittern, sondern sich darauf verlassen, dass der liebe Gott doch noch alles zum Besten wenden würde. Hätten sie doch auch jetzt das verloren geglaubte Glück, die Eltern- und Kindesliebe, in unendlich größerem Maße wiedergefunden und wenn noch ein Groll in ihren

Herzen zurückgeblieben sein sollte, dann wäre heute der Tag, an dem er mitsamt der Wurzel herausgerissen werden müsste.

Zu Trina sagte der Pastor, sie habe nun begonnen, die Freuden und Leiden einer Mutter kennenzulernen. Sie wisse nun, was Mutterliebe ist, und möge daran denken, dass ihre Mutter sie dereinst mit dem gleichen Gefühl behütet hatte wie sie ihr eigenes Kind. Mutterliebe dauere so lange wie das Leben und auch ihre Mutter hätte sie nicht eine Stunde aus ihrem Herzen verdrängt gehabt. Das Band, das ihr und ihrer Mutter Herzen umschlang, hätte wohl gelockert werden können, aber heute war es wieder neu geknüpft worden und hoffentlich würde es bis an das Lebensende halten. Dann wandte er sich an die jungen Eheleute und erinnerte sie an die heiligen Pflichten, die sie gegen Kinder und Eltern zu erfüllen hätten. Sie müssten dereinst auch ihren Eltern, wenn sie von einem langen Arbeitstag müde sich nach Ruhe sehnten, eine Stütze sein.

Und nun sprach er zu der Frau Senatorin und Frau Burmeister: »Euch stillen Zeugen der heutigen Feier«, sagte er, »euch war es stets Bedürfnis, Tränen zu trocknen und Herzen froh zu machen. Auch hier seid ihr unermüdlich gewesen, den Kindern die Eltern, den Eltern die Kinder wiederzugeben, und es ist euch gelungen. Eltern und Kinder schauen auf euch mit dankerfüllten Blicken! Der Keim der Liebe, der in jedes Menschen Herz gelegt wird, ist in euren Herzen zu einem herrlichen Baum geworden, dessen Früchte wir genießen. Keinen Lohn gibt es auf Erden, der genügend für euch erscheinen könnte. Möge der Allgütige euch dereinst den Preis geben, den ihr verdient, möge euch in verklärter Herrlichkeit der Ruf entgegenschallen: ›Du warst getreu bis in den Tod, ich will dir die Krone des Lebens geben.‹ Amen!«

Bei der Rede war kein Auge trocken geblieben und als der Pastor »Amen« gesagt hatte, war es in der Stube so still wie in der Kirche.

Die Frau Senatorin war die Erste, die dem Pastor die Hand gab und sich für die schöne Predigt bedankte. Sie war ihr tief ins Herz gezogen und besonders das, was er von Mutter und Kind gesagt hatte. Dabei war ihr die Zeit ins Gedächtnis zurückgerufen, als sie vor achtzig Jahren als Kind auf dem Schoß ihrer lieben Mutter gebetet hatte. Und wenn sie nun auf ihre alten Tage jemand gefragt hätte: »In welchem Alter hört der gute Mensch auf, seine Mutter zu lieben?«, dann hätte sie geantwortet: »Ich weiß es nicht, danach müssen Sie jemanden fragen, der älter ist als ich!«

Nun ging Frau Babendamm zum Pastor, bedankte sich und bat ihn, er möge auch in Zukunft ein Freund ihres Hauses bleiben. Und der Pastor gab ihr die Hand und versprach es ihr. Dann ging sie zu ihrer Tochter, nahm sie in den Arm und sagte: »Trina! Wenn mal wieder ein böses Wort aus meinem Munde kommen sollte, dann zeige mir die Narben an deinem Kopf, an denen ich die Schuld habe, und ich werde wieder auf den rechten Weg kommen!«

Wienstädt und sein Schwiegervater standen beieinander am Fenster und sprachen leise miteinander. Die Wand, die bisher zwischen ihnen gestanden hatte, war gefallen. Beide dankten ihrem Herrgott im Stillen für diesen Wechsel.

»Frau Senatorin«, fragte Tante Burmeister, die zuerst wieder vom Himmel auf die Erde gekommen war und schon lange mit den Tassen geklappert hatte, »wollen Sie lieber eine Tasse Schokolade oder ein Tässchen Kaffee?«

»Meine beste Kathrine, du weißt ja wohl, mir geht es genauso wie dir, ich trinke auch lieber Kaffee, wenn Doktor Albers auch immer sagt: ›Kaffee ist ein langsam tötendes Gift.‹ Was das Langsame anbetrifft, da hat er recht, über achtzig Jahre nagt das Gift schon an mir. Ich kann mir nicht helfen, eine gute Tasse Kaffee frischt mir immer Leib und Seele auf.«

Als nun die Senatorin neben dem Pastor auf dem Sofa saß, nahm sie aus ihrem Strickbeutel zwei kleine Pappschachteln, die innen mit blauem Samt ausgelegt waren. In jeder Schachtel lag eine goldene Gedenkmünze. Auf einer Seite zeigte ein Bild, wie unser Herr Jesu die Kinder segnet, und auf der anderen Seite stand der Name, auf der einen »Malchen«, auf der anderen »Heinrich« und die Jahreszahl war eingraviert.

»Die eine ist für mein Patenkind«, sagte sie zu Frau Burmeister, »und die andere für deins!«

Alle saßen nun um den Tisch und wenn der Pastor sich auch meistens mit der Frau Senatorin unterhielt, so waren die Gespräche doch ziemlich im Gange. Plötzlich trat Frau Burmeister, die sich um die Bedienung der Gäste kümmerte, mit Schweers und Adelheid in die Stube. Sie hatten Babendamms einen Besuch abstatten wollen. Beide hatten geglaubt, dass erst am Sonntag die Taufe sein sollte, sonst hätten sie sich nicht ungeladen eingestellt.

Adelheid war, solange die Familie in Unfrieden gelebt hatte, dort nicht ins Haus gegangen. Und als nun Frau Babendamm Adelheid sah, erhob sie sich, ging ihr entgegen und sagte: »Da kommt auch noch jemand, dem ich unrecht getan habe und bei dem ich noch Abbitte leisten muss.«

»Fangen Sie nur nicht mit den alten Geschichten an«, sagte Adelheid, »alles vergeben und vergessen! Schauen Sie sich lieber mal meinen Mann an. Ist das nicht ein hübscher Kerl?«

»Er hat ja auch eine hübsche Frau bekommen«, sagte die Senatorin, die sich über Adelheids schmuckes Aussehen freute. Denn bei dieser Gelegenheit, bei der die Senatorin die Bekanntschaft von Schweers und seiner Frau machte, bekam sie auch einen alten Bekannten zu sehen – und das war der Paradiesvogel, den sie Tante Burmeister gegeben hatte. Jetzt sorgte er für Furore auf Adelheids Hut.

Als sie später mit Tante Burmeister darüber sprach, sagte sie: »Das hast du richtig gemacht, Kathrine, dass du ihr den Vogel gegeben hast. So ein Tier will an die Luft und nicht in der Kommode liegen.«

Plötzlich begannen auf der Diele Schuljungen zu singen: »Wer nur den lieben Gott lässt walten.« Es hörte sich ganz feierlich an. Wienstädt hatte diesen Choral mit den Jungen dreistimmig einstudiert, als er noch Lehrer in Knipperhausen gewesen war, und Hinnerk Schwertfeger, der immer die meisten Prügel von Wienstädt bekommen hatte, hatte die Jungen zum Singen zusammengetrommelt.

Sehr lange wollten sich die Gäste nicht aufhalten, die Wagen wurden rechtzeitig angespannt. Alle waren zur Abreise fertig und warteten nur noch auf Frau Burmeister. Endlich kam sie, in Hut und Mantel, um Abschied zu nehmen. Frau Babendamm bekam einen Schreck, als sie das hörte. Mit den schönsten Worten versuchte sie, sie zum Dableiben zu bewegen. Aber Tante Burmeister ließ sich nicht mehr halten, sie hatte noch andere Pflichten zu erfüllen. Sie wollte in Schweers Wagen mit zur Stadt fahren.

Als die Gäste zu den Wagen gingen, saßen die Schuljungen auf der Diele, tranken Kaffee und hatten jeder einen großen Teller mit Kuchen vor sich stehen. Sie langten kräftig zu, denn so etwas wurde ihnen nicht jeden Tag geboten.

Als Tante Burmeister von der Senatorin Abschied nahm, flüsterte die ihr ins Ohr: »Jetzt, wo ich die vielen glücklichen Gesichter gesehen habe, glaube ich selbst, was der Pastor sagt: ›Der liebe Gott ist mit uns zufrieden.‹«

Am nächsten Tag war das Wirtshaus, in dem das Tauffest für Babendamms Dienstleute und andere Leute aus dem Dorf stattfinden sollte, beflaggt und der große Saal mit Kränzen geschmückt.

Alt und Jung hatten sich auf den Tag gefreut, nur zwei Personen nicht, das waren Pastor Habicht und seine Schwester. Er war plötzlich erkrankt und ein Kandidat hatte für ihn predigen müssen und seine Schwester war auch krank geworden, sie hatte, wie Doris beim Bäcker erzählt hatte, die Gallseuche.

Als sich die Leute in Babendamms Haus am nächsten Morgen erhoben hatten, fanden sie die Haustür von außen bekränzt und mit einem großen Hufeisen versehen. Das war mitten in der Nacht geschehen und wer es getan hatte, wusste kein Mensch.

Gegen zehn Uhr, als sie sich zum Frühstück hinsetzen wollten, hielt die Postkutsche vor der Tür und wer stieg aus? Es waren Trinas beide Schwestern, die ihr Vater, ohne seiner Frau etwas davon zu sagen, aus der Pension hatte zurückholen lassen.

Wie jauchzten beide Mädchen vor Freude, als sie ihre Trina wiedersahen. Und als sie hörten, dass sie nun zu Hause bleiben und nicht wieder in die Pension sollten, dass Wienstädt ihr Schwager geworden, dass sie einen kleinen Bruder bekommen hatten und dass sie Tanten geworden waren, war ihr Glück vollkommen.

Aber nicht nur die beiden Mädchen freuten sich. Auch aus Frau Babendamms Augen konnte man die Freude über das Glück lesen, dass alle ihre Kinder wieder bei ihr waren, ein Glück, gegen das sie sich lange genug gestemmt hatte.

Nachmittags um vier Uhr begann im Wirtshaus die Musik zu spielen. Die Trompeten und die große Trommel konnte man schon von Weitem hören. Die Tanzerei und das Singen hatten schon begonnen. Gegen Abend machten Babendamm und sein Schwiegersohn dort einen Besuch. Sie wollten sich dort mal sehen lassen. Als sie in den Saal traten, wurden sie mit einem Tusch empfangen, das Hurra-Rufen wollte kein Ende nehmen. Alle griffen nach ihren Gläsern, um mit ihren Herren anstoßen zu können.

Als Babendamm dem Wirt gesagt hatte, dass er es an nichts fehlen lassen sollte, gingen sie wieder nach Hause.

»Zu Hause«, sagte Babendamm zu seinem Schwiegersohn, »ist es doch am besten.« In dem Gewühl und in dem Trubel, bei dem Gläserklingen und dem Gegröle fühlten sich beide nicht wohl. Sie sehnten sich zurück nach dem stillen Glück, das ja nun in ihre Familie eingekehrt war.

Pastor Lingen hatte beim Weggehen am Tag vorher noch gesagt: »Da ist das Glück zu Hause, wo der Friede und die Liebe das Zepter führen«, nur Müller wusste es besser. Dass das Glück wieder in Babendamms Haus gezogen war, hatten sie nur dem Hufeisen zu verdanken, das seine Frau heimlich vor die Tür genagelt hatte!

Viele Jahre sind nun seit der Zeit verflossen, und vieles hat sich in der Welt verändert. Unser Bremen ist viel größer geworden. Wo einst noch Bauern und Kohlhöker wohnten, stehen jetzt stattliche Häuser und nur noch wenige Straßennamen erinnern an die alten Zeiten. Auch in Knipperhausen sieht nun manches anders aus. Manch einer, der in unserer Geschichte eine Rolle gespielt hat, liegt schon lange tief unter der Erde. Wienstädt und seine Trina aber leben noch und sind frisch und munter. Trinas beide Schwestern haben fixe Männer bekommen. Ihr kleiner Bruder hatte gar keine Lust zum Ackerbau. Er ist Kaufmann geworden und lebt in Peru als ein angesehener und schwerreicher Mann und will, wie man sagt, im nächsten Jahr nach Deutschland zurückkommen. Auch Wienstädts drei Kinder sind glücklich verheiratet, die jüngste Tochter mit einem Schweers-Sohn.

Wienstädt hat schon seit langer Zeit die Wirtschaft in Knipperhausen allein geführt und niemand kann in dem großen, breitschultrigen Landwirt den Lehrer von damals wiedererkennen! Seine

Leute gehen für ihn durchs Feuer und seine Wirtschaft ist das, was aus ihr zu machen er sich vorgenommen hatte: eine wahre Musterwirtschaft. Ehrenämter sind ihm von hier und da zugeteilt und Arme finden bei ihm Rat und richtige Hilfe.

Frau Babendamm hat ihren Mann überlebt. Sie ist vierundachtzig Jahre alt und kümmert sich nicht mehr um das, was in der Welt passiert. Sie ist schon ein wenig schwächer geworden und kennt nur noch ihre Trina, die ihre alte Mutter auf Händen trägt. In Trinas Engelsherz hat der Hass nie eine Wurzel fassen können. Wenn sie ihre Mutter morgens angezogen hat, streichelt sie ihr über das alte runzelige Gesicht und sagt: »Habe nur Geduld bis es Sommer wird, dann wirst du wieder gesund, Mutter! Dann wirst du auch den Schlaf wiederfinden, der dir nachts häufig fehlt. Unser Herrgott will uns nicht verlassen, unser Heiland hat ja gesagt: ›Siehe, ich bin bei Euch alle Tage bis an der Welt Ende!‹«

Die Deutsche Nationalbibliothek verzeichnet diese Publikation in der Deutschen Nationalbibliografie; detaillierte bibliografische Daten sind im Internet über http://dnb.dnb.de abrufbar.

Für die Abdruckgenehmigung des Umschlagbildes und die Vermittlung bedanken wir uns herzlich.
»Das Taubenmädchen« von Friedrich von Ammerling (Privatbesitz),
Fotografie: Österreichische Galerie Belvedere, Wien

www.schuenemann-verlag.de

1. Auflage 2018

Autor: Wilhelm Rocco
Übersetzerin: Rita Schloendorff
Lektorat: Caroline Simonis
Satz und Buchgestaltung: Karin Hannemann

Printed in EU 2018 | ISBN 978-3-96047-040-3